Agnes Hammer · Dorfbeben

Von Agnes Hammer bei
script5 erschienen: *Herz, klopf!*

Agnes Hammer

Dorfbeben

Thriller

script 5

ISBN 978-3-8390-0119-6
1. Auflage 2010

script5 ist ein Imprint der Loewe Verlag GmbH, Bindlach
Umschlagfoto und Umschlaggestaltung: Christian Keller
Redaktion: Susanne Bertels
Printed in Germany (003)

www.script5.de

In the end
all you can hope for
is the love you felt
to equal the pain you've gone through.

Editors: Bones
Von der CD »An end has a start«, 2007

1

Die Klänge im Dorf gehörten zu einem späten, aber sonnigen Oktobertag. Jakob, unser Nachbar, schob den brummenden Rasenmäher über seinen gepflegten Rasen und oben auf dem Hang konnte ich einen Traktor hören, der sich langsam entfernte. Die Blätter des Essigbaumes raschelten leise im Wind, als ich daran vorüber ging. In der linken Hand hatte ich die Mappe mit den Noten für die Probe unserer Band und ich fühlte mich tatsächlich cool. Keine Ahnung, eben so, wie ich mir Brian Molko auf dem Weg zur Probe vorstelle. Obwohl ich sonst Brian nicht besonders ähnele, leider. Und die Hauptstraße von Auroth ist ja auch nicht das, was Brian unter den Füßen hat, wenn er zur Probe geht. Wahrscheinlich verlässt er nicht mal das Haus, sondern geht einfach in den Keller seines Schlosses, wo er die Wände trockengelegt und sich ein Tonstudio eingerichtet hat. So stelle ich mir jedenfalls das Leben von Brian vor.

Leider trug ich auch kein cooles T-Shirt mit dem Aufdruck von irgendeiner Band vorne und den Tourdaten auf dem Rücken – dafür war die Abendluft Ende Oktober schon zu kalt –, sondern die hässliche rote Winterjacke, die Oma mir letztes Jahr gekauft hatte, und darunter einen schwarzen Pulli. Aber ich war wenigstens auf dem Weg zur Probe, und ich hatte einen tollen Song geschrieben, einen, der ihnen die Ohren weghauen würde.

Fast immer, wenn ich zur Probe gehe, träume ich vor mich hin. Ich sehe mich in einem dunklen Bühneneingang, ich gehe auf die Bühne zu, höre, wie ein großes Publikum unruhig wird, klatscht und mit den Füßen stampft. Dann gehe ich ein paar Stufen hoch, unsicher und geblendet vom Scheinwerferlicht und das laute Johlen von mindestens tausend Menschen, die gekommen sind, um mich spielen zu hören, brandet mir entgegen wie eine große Welle. Und dann – während ich mich an mein Keyboard setze – stelle ich mir einen Moment der Stille vor, die so gewaltig ist, dass der erste Ton darin klingt wie der erste Regentropfen auf dem Blatt eines Baumes.

Vor dem Pfarrheim standen Felix und Suder. Sie warteten. Felix ist unser Leadgitarrist, jedenfalls sieht er gut aus, vom Typ her wie ein selbstverliebter Fußballspieler, durchtrainiert und gepflegt, und genau das brauchen wir, wenn wir freitagabends in den Dorfdiskos auftreten.

Suder spielt Schlagzeug und deshalb ist es nicht schlimm, dass er im Dorf »Monster« heißt, knapp zwei Meter groß und völlig verpickelt ist. Suder sieht man eben nicht so genau hinter seiner Schießbude. Er ist eher der stille Typ und hilft seinem Vater nach der Schule in der Landwirtschaft. Er riecht auch immer ein bisschen nach Kühen.

»Hi«, machte Felix. Er strich sich seine langen Haare hinter die Ohren mit einer Bewegung, die man sonst nur bei Mädchen sieht, Suders dicker Bauernkopf nickte mir nur zu.

»Hi«, machte ich. »Los geht's.« Ich schloss die Tür zum Jugendheim auf.

Die beiden schoben sich vor mir her wie ein Cristiano Ronaldo mit Föhnfrisur und ein riesiger Bauer, aber ehrlich gesagt, ich war froh, dass ich sie kannte. Die meisten Typen in meinem Alter, die in Auroth leben, haben nicht gerade meinen Musikgeschmack. Sie hören deutschen Hiphop, fahren, sobald sie achtzehn sind, mit aufgemotzten Autos über die Dorfstraße und lassen dabei ihre Subwoofer donnern. Und außerdem halten sie mich für behindert. Wenn sie wüssten, dass ich mich auf dem Weg zum Proberaum regelmäßig in Brian Molko verwandele, oder zumindest an ihn denke, würden sie mich beim nächsten Auftritt wahrscheinlich mit faulen Tomaten bewerfen oder mit Feuerwerkskörpern. Sie sind nicht gerade zimperlich. Und Brian schminkt sich und trägt Röcke – zumindest tat er das in der Anfangszeit seiner Band. Aber meine Beine stecken meistens in einer unauffälligen Jeans.

Suder nahm die Abdeckung von seinem Schlagzeug, sein Fuß tappte ein paar Mal gegen die Basstrommel, dann fischte er seine Sticks aus dem zerrissenen Innenfutter seiner Jacke und schlug damit gegen die High-Heat.

Felix zupfte an seiner Gitarre herum. Er hielt sein Ohr nah an die Saiten, was vielleicht bei einer akustischen Gitarre beim Stimmen hilfreich ist, bei einer elektrischen aber völlig sinnlos. Dabei strich er sich immer wieder seine langen Haare hinter die Ohren. Es ist mir unbegreiflich, warum die Mädchen so auf ihn abfahren.

Ich setzte mich hinter die Keyboards und stellte das E-Piano ein.

Wir begannen mit einer alten Nummer von U2, die Felix vorschlug. Suder am Schlagzeug brachte zweimal seinen Einsatz nicht, aber das war nicht schlimm. Wir spielen das sowieso nie vor Publikum, höchstens, wenn wir keine Zugaben mehr haben, und so weit waren wir noch nie.

Dann kam Vane und plötzlich war die kalte Luft ganz warm und ich musste ständig aufstoßen und grinsen und schubste mit dem Hintern das Mikro um und merkte gleichzeitig, dass ich schwitzte.

Felix hat es einfach besser drauf, klar, sie sind fast Nachbarn und gehen in eine Klasse und sie sehen sich jeden Tag. Sie sind aneinander gewöhnt. Oder er ist an sie gewöhnt, und ich bin immer völlig außer Atem, wenn Vane im gleichen Raum ist wie ich.

Vane hängte sich ihren Bass um. Sie schaute auf Suder, der ihr den Einsatz gab, und dann spielten wir *Everytime*, eine Nummer, die ich vor drei Jahren oder so geschrieben habe, ein tolles schnelles Stück Musik, bei dem man immer, wenn man glaubt, genauso müsste es jetzt weitergehen, überrascht wird, aber nicht zu überrascht. Das war unser Opener, fast immer, und die Leute mochten es, jedenfalls klemmten sie sich ihr Bier in die Armbeuge und klatschten, wenn wir damit fertig waren.

Danach spielten wir was Langsames. Das Stück heißt *Circle Train*, und ich hab es geschrieben, als mir klar wurde, dass es vielleicht mit Vane und mir nie was würde. Ist so etwa ein Jahr her.

Und danach spielten wir *Fairy Tale Bubbles*, das ich geschrieben habe, als ich wieder fest daran glaubte, dass es mit Vane und mir in jedem Fall was würde. Das war etwa vor zehn Monaten. Und so spielten wir uns durch meine ganzen Hoffnungen, Enttäuschungen und Sehnsüchte, und Vane stand da und zupfte am Bass und Felix sang die ganzen Worte, die ich für Vane geschrieben hatte, und weder Felix noch Vane und schon gar nicht Suder wussten, dass sie über mich und Vane sangen.

Dann redete ich über das neue Stück. Es hat eine treibende, schwierige Basslinie, dazu eine einfache Melodie und ein schönes Riff für die Gitarre.

Es handelte davon, dass ich eine schöne unerreichbare Frau liebe, die nur ein paar Zentimeter von mir entfernt atmet. Es hieß daher auch *Just a few Centimeters.*

Vane ist eine Erscheinung. Ich meine, ich lebe seit Jahren in diesem Dorf, seit es in Köln einfach nicht mehr ging, und Vane hatte mich sofort umgehauen. Also, sie sieht erst mal unglaublich aus, jedenfalls wenn man sie näher ansieht. Vielen ist sie vielleicht ein bisschen zu dick, oder ihre Haare sind ein bisschen zu kurz, aber sie ist – darüber habe ich lange nachgedacht, und ich glaube, deshalb finde ich sie so unglaublich – völlig ohne Angst. Sie hat für ein Mädchen eine richtig tiefe Stimme und sagt Sachen, die ich mich nie trauen würde. Sie spielt einfach drauflos, ist nicht schon bei einfachem Gezupfe mit dem schwierigen Lauf beschäftigt, der später kommt. Hält einfach den Rhythmus. Jeder Ton ist bei ihr einfach gleich wichtig. Und deshalb ist sie eine richtig gute Musikerin.

Der Bass ist ja ein völlig unterschätztes Instrument. Wer mit der Gitarre nicht zurechtkommt oder zu faul zum Üben ist, soll Bass spielen, das sagt man so. Aber das stimmt nicht. Ich schreibe ständig Songs mit schwierigen Basslinien, die sich hinter dem Geschrammel von Felix verstecken (das Gitarrentalent, das ich mir eigentlich für die Band wünsche, ist Felix nicht, aber er kann einigermaßen singen), und die Leute verstehen nicht, dass der Bass ihnen sofort in den Bauch geht und dort alles herumwirbelt, weil sie so melodiefixiert sind. Sie wollen was zum Mitsummen. Ich schreibe auch Melodien, einfache zum Mitsingen, die – so hoffe ich – ab und zu einen überraschenden Kick haben. Wir üben jetzt seit zwei Jahren zusammen und wir treten seit einem Jahr auf. Wir haben den Talentwettbewerb der Sparkasse gewonnen und in drei Monaten geht's zu etwas Überregionalem, veranstaltet von Antenne 222. Und wir sparen, um eine CD aufzunehmen und endlich bekannt zu werden. Was nicht nur mein musikalisches Ego weiter voranbringen würde. Ich brauche einfach Geld. Ich lebe von dem, was Oma von ihrer Rente übrig hat (haha), von dem Geld, das meine Mutter mir schickt, und dem, was ich als sonntäglicher Spieler der Kirchenorgel im Gottesdienst verdiene. Achim hält mich für ein tragisches Genie oder so ähnlich. Jedenfalls greift er mir immer wieder unter die Arme.

Felix dagegen ist weit davon entfernt, ein tragisches Genie zu sein. Er sang sich gerade durch den Refrain von der neuen Nummer, und begriff einfach nicht, dass ich – um die Sache spannender zu machen und den Text zu unterstreichen – eine Synkope eingebaut hatte, aber egal, er umklammerte den Mikroständer, hauchte und säuselte die Töne hinein, und seine braunen, halblangen Haare – sie sahen weich aus wie von einem Mädchen – flogen hin und her.

Vane spielte ihre Basslines, Suder trommelte ein bisschen am Takt vorbei und ich saß an den Keyboards. Okay, es hörte sich noch nicht wirklich gut an, aber ich konnte mir vorstellen, wie es sich anhören würde, wenn wir's wirklich draufhatten. Die Probe war fast zu Ende.

»Kommst du denn auch Samstagabend?«, fragt mich Suder. Es ging um eine Party in ihrer Schule. Felix verstaute schon seine Gitarre – ein echt tolles Stück – und Vane blickte mich mit ihren großen Augen an. Sie hat wunderschöne Augen, besonders seit sie den Pony so kurz geschnitten hat. Das betont die hohen dunklen Augenbrauen so schön.

»Vane und ich fahren auch hin. Wir können dich mitnehmen«, sagte Felix zu seinem Gitarrenkoffer.

Aha, die beiden sind schon wieder ›wir‹, dachte ich und kriegte Angst.

»Nee«, sagte ich.

»Ach, komm schon!«, sagte Vane, und meine Angst wurde ein bisschen kleiner.

»Nein, ich kann wirklich nicht«, log ich. »Die Oma will Samstag den Ausflug mitmachen, und ich hab ihr versprochen, mitzukommen.«

Wahrscheinlich ist eine Fahrt ins Blaue mit dem katholischen Seniorenklub nicht gerade das, was Brian Molko tun würde, um einen Samstagnachmittag rumzukriegen. Aber egal, es ging nach Köln, dort bin ich geboren, und Oma hatte sich gefreut, als ich sagte, ich würde mitfahren. Außerdem war es in jedem Fall besser, als zu beobachten, wie Vane und Felix sich auf einer Party näherkamen.

»Da kannst du doch abends trotzdem …«, meinte Vane.

Ich fand es blöd, dass sie mich so drängte. Musste sie denn unbedingt alles so kompliziert machen?

»Das ist mir zu viel!«, sagte ich lauter, als ich wollte.

Diese Andeutung reicht. Es gibt nämlich einen Grund dafür, dass ich immer der Loser bin, und der klingt spannender, als er ist. Ich höre einfach zu gut. Ein normaler Mensch hört etwa zwischen zwanzig und zwanzigtausend Hertz. Ich kann – und das sind jetzt Testergebnisse von einem der vielen Ärzte, bei denen ich war – wesentlich besser hören. Das liegt in meiner Familie, Lena hat auch ziemlich gute Ohren. Aber ich bin regelrecht damit geschlagen. Ich habe Anfälle von Seelentaubheit, das heißt, ich höre zwar alles, kann aber überhaupt nichts mehr einordnen. Hören ohne Filter. Mein Hirn nimmt das hintergründige Brummen der Schnellstraße – so nennen wir die L 288 – genauso ernst wie das Kaugummikauen von Vane oder das leise Klicken meiner Computertastatur. Ich kann nichts dagegen tun. Kein Arzt kann es. Ich muss einfach ein ganz ruhiges, möglichst geräuscharmes Leben führen. Mit neunzehn. Das ist doch Scheiße.

»Ich bin rausgeflogen. Ich kann da nicht wieder …«

»Aber die können dir doch nicht einfach kündigen.« Das war die Stimme meiner Oma, die sich ängstlich in die Höhe schraubte.

»Doch, können sie!«, erwiderte die Stimme meiner Tante Lena.

Ich hatte Lenas alten Ford Fiesta schon vor der Haustür gesehen, und mir war klar, dass sie irgendwelchen Ärger hatte. Sonst wäre sie an einem Mittwochabend gar nicht hierhergekommen.

Ich legte meine Notenmappe an der Garderobe ab.

»Und jetzt?«, fragte Oma.

»Keine Ahnung!«, sagte Lena. Sie war wütend, das konnte ich hören.

»Kannst du nicht noch mal mit dem Chef reden?«

Ein Löffel klimperte leise an Porzellan. Wahrscheinlich aß Lena jetzt einfach, um nicht antworten zu müssen. Aber ich hatte mich getäuscht.

»Mattes? Stehst du da im Flur und belauschst uns?«, rief sie.

»Überhaupt nicht! Ich zieh mir nur die Schuhe aus!«

Lena ist eigentlich meine Tante, aber sie ist nur fünf Jahre älter als ich. Meine Geburt war im Dorf ein ziemlicher Skandal. Meine Mutter war nämlich erst sechzehn, als sie mich bekam. Mein Vater ist unbekannt. Das hört sich jetzt geheimnisvoller an, als es ist. Ehrlich gesagt, ist mir mein Vater egal. Ich habe meine Mutter – ich nenne sie Andrea – nie nach ihm gefragt.

Inzwischen hat Andrea alles nachgeholt, was man eigentlich erledigen muss, wenn man erwachsen wird. Schulabschluss, Ausbildung und fester Job. Schöne Wohnung und feste Beziehung. Alles eben, was ich nicht mal ansatzweise gebacken kriege.

Lena und ich waren quasi zusammen aufgewachsen.

»Ich will gar nicht mehr zurück«, sagte Lena.

»Du bist arbeitslos?«, fragte ich.

»Genau.«

»Und jetzt?«, fragte ich.

»Ich hatte mir vorgestellt, dass ich mir hier was suche und meine Dissertation schreibe. Ich bin mir ziemlich sicher, dass ich den Prof, der meine Masterarbeit betreut hat, als Doktorvater …«

Oma holte tief Luft.

»Aber was willst du denn hier machen?« Sie meinte, wovon Lena hier leben wollte.

Lenas Masterarbeit hatte an der Uni einen Preis gewonnen und man konnte sie im Internet kaufen. Was viele aus Auroth auch getan hatten, obwohl sie von den wissenschaftlichen Inhalten nichts verstanden, da war ich mir sicher. Aber sie waren die *Probanden* gewesen, deren Sprachmuster Lena untersucht hatte, in einer Panelstudie, die über sechs Jahre ging. Mit den Aufnahmen, der Datensammlung, hatte Lena bereits angefangen, als sie im ersten Semester war.

»Ich kann mich doch wieder bei REWE an die Kasse setzen, oder?« Lenas Stimme war klein und traurig, obwohl sie die ganze Zeit so tat, als würde alles in Ordnung kommen.

»Ach, Lena, so einfach wird das nicht …«, meinte Oma.

Ich wusste genau, was sie meinte. Lena hatte Abitur gemacht und war dann zum Studieren nach Freiburg gegangen. Sie hatte einen Abschluss in forensischer Linguistik und einen tollen Job in einem Institut in Koblenz. Aber jetzt wurde es allmählich Zeit für Lena, zu heiraten, sich irgendwo niederzulassen, ein Haus zu bauen und Kinder zu bekommen. Dass sie mit fünfundzwanzig noch mal jobbende Studentin würde, gefiel Oma gar nicht. Dabei hatte Oma immer gerne mit Lenas Job angegeben. Sie machte sprachliche Analysen und arbeitete oft mit der Kriminalpolizei zusammen. Und jetzt war sie also rausgeflogen.

Zwischen den beiden ging es noch ein bisschen hin und her. Oma machte sich Sorgen, aber Oma macht sich immer Sorgen, obwohl sie selten etwas sagt. Oma war ein stiller Mensch, wahrscheinlich tut es mir deswegen so gut, bei ihr zu sein. Sie trägt meistens dunkle Kleidung, jedenfalls seit Hermann, mein Opa, tot war, und sie kümmert sich um den großen Garten, den sie immer noch Opas Garten nennt.

Meine Oma und mein Opa, so etwas gibt es heute gar nicht mehr. Sie mussten sich gar nicht kennenlernen, denn sie kannten sich schon immer. Sie heirateten einander mit 21 und bekamen vier Kinder und waren glücklich. Und als sie dachten, sie hätten alle aus dem Gröbsten raus, hatte Opa den Unfall auf dem Walzwerk. Ihm fehlte danach ein Arm. Er hatte nur einen verwachsenen Stummel und eine schlecht sitzende Prothese, die er nie anzog. Stattdessen benutzte er einen Greifer, das war ein Holzstab mit zwei gebogenen Metallfingern an den Enden, die er meistens mit dem Mund bediente. Ich habe ihn mit diesem Greifer kennengelernt. Er griff damit immer auf den Wohnzimmerschrank hinauf und holte eine Tafel Schokolade herunter, die er mir dann schenkte. Er hat bis zum Schluss geraucht, meistens Selbstgedrehte, die er mit einer kleinen Drehmaschine herstellte. Er klemmte ein

Zigarettenpapier in die Mulde, dann verteilte er konzentriert den Tabak und leckte über den Klebestreifen des Papiers. Mit einer Drehung des Daumens über die Maschine wurde daraus eine Zigarette. Auch noch als ihm durch die Chemo die Haare und jedes Gramm Fett, das er jemals auf den Rippen gehabt hatte, weggeputzt worden waren. Er ist gestorben, als ich sieben war.

Gar nichts war in Ordnung und später, als Oma im Bett lag, erzählte Lena mir alles. Wir haben so bestimmte Angewohnheiten, zum Beispiel sitzen wir beide gerne ohne Licht in meinem Zimmer. Das ist das Gute an Lena. Wenn man sich sowieso auf die Ohren verlässt, dann ist Licht meistens überflüssig, und Lena verlässt sich auch auf ihre Ohren.

Lena ist die Schönste unter ihren Geschwistern. Alles, was an ihnen zu lang oder zu kurz, zu eng stehend oder zu breit ist, ist an Lena genau richtig geworden: große grüne Augen, ein schöner voller Mund und eine starke, aber nicht übertrieben ausgeprägte Nase. Und eine Augenschwäche hat sie auch nicht. Stattdessen hat sie, anders als ihre Geschwister, die hellen Locken von meiner Oma geerbt. Die versucht sie zwar immer mit einem Glätter lang zu ziehen, aber spätestens mittags ringeln sie sich in einem dramatischen Haargebirge auf ihrem Kopf.

Ich konnte hören, dass es ihr schlecht ging, weil ihre Stimme ein bisschen matschig klang, so als hätte sie viel geweint. Und es hatte auch nicht nur mit dem Job zu tun.

»Und wie hieß er?«, fragte ich die glühende Zigarettenspitze, die nahe an Lenas Mund war.

Wir hörten eine alte CD von Lena, späte Neunziger, sehr Elektro, sehr langsam, mit einer schönen Frauenstimme.

»Egal. Er war sowieso verheiratet«, sagte Lena.

»Und deshalb hast du Schluss gemacht.«

»Überhaupt nicht. Ich wollte, dass er abends zu mir kommt, weil ich aus dem Institut rausgeworfen worden bin.« Sie seufzte wie eine alte Frau. »Mir ging es nicht so gut.«

Die nächste Nummer begann mit einem Intro, das sich wie ein verstelltes Radio anhörte. Wir lauschten kurz.

»Und ihm war das alles zu viel. Er wollte eine Freundin, die keine Probleme hat.«

»Hm.«

Ich konnte mir nicht vorstellen, dass Vane Probleme hatte. Was würde ich tun, wenn sie von mir verlangen würde, dass ich ein Problem von ihr lösen sollte? Würde ich das können? Würde sie mich dann mögen, oder zumindest erlauben, dass ich ihre Hand hielt? Oder würde diese Verliebtheit dann plötzlich aufhören? Manchmal wünschte ich mir genau das. Ich wachte morgens auf und diese Sehnsucht nach Vane war weg.

»Und warum hast du keinen Job mehr?«

Lena stand auf und stoppte die CD.

»Ich kann diese Triphop-Scheiße nicht mehr hören. Hast du was anderes?«

Wir standen nebeneinander im Dunkeln und unsere Hände wurden nur von den kleinen Lichtern der Anlage beleuchtet. Lena benutzte ein neues Parfum. Sie roch irgendwie erwachsener. Ich wusste, dass die neue Placebo ganz oben lag.

»Hör dir das mal an. Ich sage nur: Gitarren, echte Gitarren.«

Lena setzte sich wieder.

»Es war die erste Arbeit, die mir echt gefallen hat. Zum Beispiel der Tennislehrer«, erzählte sie weiter. »Es war früher Abend und eigentlich packte ich gerade meine Sachen zusammen. Zwei Bullen kamen vorbei und brachten einen Mitschnitt. Normalerweise hätte mein Chef die Aufnahme auf den Rechner gespielt, und wir hätten stundenlang auf die Kurven gestarrt und wären nicht richtig weitergekommen.«

Sie machte eine Pause, so als würde sie auf Brian Molkos Stimme warten.

»Und was war dann?«, fragte ich.

»Ich hörte die Aufnahme«, erzählte sie weiter. »Und ich hatte sofort den entscheidenden Hinweis: ›Das ist kein Hesse! Der macht das nur nach‹, habe ich gesagt. Die beiden Bullen – anscheinend war es wirklich dringend, denn normalerweise wird uns das Auswertungsmaterial zugeschickt – haben mich nur mit großen Augen angestarrt.«

»Wow!«, machte ich, damit sie weitererzählte.

»Hören Sie sich diese Palatale an. Ich würde tippen, dass er aus Österreich kommt, habe ich zu ihnen gesagt.«

»Was sind Palatale?«, fragte ich.

»Das haben die Bullen auch gefragt.«

»Und?« Ich machte Brian ein bisschen leiser.

»Na, wie er das ›sch‹ aussprach. Das machte er zu weit hinten im Mund. Und mein Chef grinste.«

Lena machte eine kleine Pause. Wir standen immer noch vor der Anlage. Ich drückte die Aus-Taste.

»Erzähl weiter«, sagte ich.

»Und weiter habe ich gesagt, dass er normalerweise ziemlich viel herumschreit. Seine Stimmbänder waren ziemlich angegriffen.« Sie knipste das kleine Lämpchen über der Anlage an. »Was hast du sonst noch für Musik?«

Ich musste sie anschauen, weil sie sich anhörte, als würde sie heulen.

»Sie haben ihn tatsächlich geschnappt. Es war der Tennislehrer von dem Jungen. Hat gedacht, er käme so an das ganz große Geld.« Eine Träne glitzerte in ihren Wimpern.

»Willst du mal die neuen Stücke von der Band hören?«, fragte ich sie.

»Klar.«

Sie setzte sich auf mein ungemachtes Bett und hörte sich an, wie Felix, Suder und Vane loslegten.

»Die Arbeit im Institut war mehr als ein Job«, erzählte sie, während Vane den Basslauf von *Circle Train* spielte. »Während des Studiums habe ich nie geglaubt, dass es überhaupt einen Job für mich gäbe. Linguisten werden nicht gerade gesucht, weißt du. Und dann … ich war gut, richtig gut. Ich hörte die Stimmen vor- und rückwärts über die Lautsprecher, bis ich mir sicher war, und dann habe ich die Expertisen geschrieben. Und die führten mehr als einmal auf die richtige Spur.«

Wir hörten weiter der Band zu und, ehrlich gesagt, wir waren ziemlich schlecht.

»Es war plötzlich alles so … sinnvoll«, setzte Lena leise hinzu.

Ich nickte, obwohl sie das im Dunkeln nicht sehen konnte. Dann hörten wir weiter der Band zu. Suder und Vane spielten überhaupt nicht zusammen, und Felix schrammelte nicht nur neben dem Takt, sondern auch falsche Noten.

»Sind das immer noch Songs für die Bassistin?«

»Nicht alle.«

»Sind schön, echt.«

»Aber wenn du so gut warst, wieso bist du dann geflogen?«

»Wegen diesem Kommissar. Krämer, der wollte die Computeranalysen sehen.«

Die CD war zu Ende, aber ich blieb neben Lena sitzen.

»Ich hab sofort zugegeben, fast nie Analysen mit dem Programm am Rechner zu machen, und ehrlich gesagt, ich war auch noch stolz darauf, bis mir klar wurde, dass es um meine Entlassung ging.« Sie schniefte und schnüffelte, bis ich ihr ein Taschentuch gab. Ich meinte zu hören, dass sie mir etwas verschwieg.

»Und dieses Arschloch Krämer hat richtig Druck gemacht. Sogar noch, als ich meine Sachen holte, war mir nicht klar, dass ich arbeitslos war. Ich fuhr mit der Straßenbahn nach Hause, lauschte auf die Stimmen der beiden Jungen vor mir, aus reiner Gewohnheit, und machte mir dabei immer noch etwas vor.«

»Willst du noch Musik hören?«, fragte ich.

»*Working Class Heroes*«, summte sie durch ihre verrotzte Nase. »Das ist was Altes. Von den Rolling Stones. Hast du das?«

»Nur auf Platte. Müsste ich erst mal suchen.«

»Ist nicht so wichtig.« Sie schnäuzte sich noch mal. »Ich geh ins Bett.«

Sie blieb sitzen.

»In dem Song gibt es eine Zeile, an die ich oft denke.« Sie putzte sich die Nase. »*We're still fucking peasants.* Verstehst du das? Obwohl wir echt keine Helden sind.«

Ich nickte.

Nachdem Lena in ihrem alten Kinderzimmer verschwunden war, nahm ich mein Wörterbuch und sah nach. *Peasants* bedeutete ›Bauern‹. Na und?

2

Von Achim habe ich mehr über Musik gelernt als von jedem anderen. Diesen ganzen Bach-Mozart-Kram, von dem ich sonst keine Ahnung hätte. Notenlesen und so. Wer also eine Modulation von h-Moll nach A-Dur will oder Schwierigkeiten mit dem Quintenzirkel hat, kann sich an mich wenden. Und nur weil Achim es mir beigebracht hat, kann ich ein bisschen Klavier spielen. Also nicht gerade wie Lang Lang, aber schon so, dass ich weiß, was ich da tue.

Und auch über Jazz weiß Achim viel. Wir hören uns oft abends CDs an, die er gekauft hat, und dann steht er neben seiner Anlage und macht mich auf etwas aufmerksam, sieht dabei aus wie sonntags in der Kirche, wenn er mal wieder zu lange predigt. Dabei will ich doch nur der Musik zuhören. Aber das versteht er nicht so ganz.

Jedenfalls machte es mir nichts aus, dass ich am Samstag früh raus musste und schon um acht mit Lena – die nicht alleine zu Hause bleiben wollte – und Oma im Bus saß, um mit dem Seniorenklub wegzufahren. (Brian Molko ist schließlich auch streng christlich aufgewachsen und schreibt jetzt richtig coole Songs mit Texten über Sex und so.)

Achim wäre ohne diese Sache, weswegen er damals versetzt worden ist, niemals in einem Dorf wie Auroth gelandet. Dazu mochte er solche kulturellen Dinge wie Konzerte viel zu gern oder zumindest große Multimedia-Märkte, und das gab es hier nicht mal in der näheren Umgebung. Worum es damals genau ging, erzählte er nicht, und das war wohl auch seine Sache. Bestimmt hätte er in der Kirche auch richtig Karriere machen können, aber er war wohl wirklich zufrieden mit seinen drei Pfarreien, seinen Kommunionkindern und seinem Pfarrgemeinderat.

Jetzt blickte er nach hinten in den Bus, über den Kopf von Jakob Bähner hinweg, zu uns.

»Guten Morgen«, sagte er und grinste. Achim drängelte sich an Jakob vorbei, um uns zu begrüßen.

»Das ist Lena, meine Tante.«

Sie gaben sich die Hand.

»Ich habe viel von dir gehört«, sagte Achim.

»Ich hoffe, ich kann mitfahren.« Sie griff in ihre Jeanstasche und gab ihm zehn Euro. »Sonst hänge ich den ganzen Tag nur zu Hause rum.«

»Kein Thema«, meinte Achim. »Ich gebe das Geld Frau Schneider.« Das war Irmgard, die sich meistens um die Finanzen kümmerte.

Er ging wieder nach vorne.

Bruno, der Busfahrer, reichte ihm das Mikrofon. Achim räusperte sich.

»Ja, guten Morgen, noch mal!« Achim faltete seinen Zettel auf und las ab. »Und willkommen zur Fahrt ins Blaue. Wir werden heute in die schöne Stadt Köln fahren und uns den Dom und Groß Sankt Martin ansehen. Dann essen wir in einem gutbürgerlichen Restaurant – ich habe dort reserviert – zu Mittag und fahren dann nachmittags zum Kloster Mariae Gnaden, wo wir einen Gottesdienst halten, bevor es heimwärts geht. Um fünf Uhr am Nachmittag, so hoffe ich, werden wir alle wohlbehalten wieder in Auroth sein.«

Er machte eine kleine Pause. »Gut, ich hoffe, es sind alle an Bord. Dann wollen wir gemeinsam das Morgengebet sprechen.«

Achim steckte das Mikro wieder in die Halterung, faltete die Hände und begann das »Vaterunser« zu sprechen. Die Alten fielen ein. Auch Oma betete mit.

Lena steckte sich einen Stecker ihres MP3-Players ins Ohr und zog ihren Schal hoch.

Der Bus fuhr durch die Dunkelheit, die großen Scheibenwischer putzten die Scheiben vor ihm blank. Es nieselte.

Achim griff nochmals zum Mikro. »Und nun wollen wir etwas singen.« Er räusperte sich wieder. Dann intonierte er: »Wie schön leuchtet der Morgenstern …«

Vielleicht nicht ganz das Lied, das zu einem verregneten Oktobermorgen passte, aber es stand auf seiner privaten Chartliste ganz weit oben und ich musste es oft in der Messe spielen.

Renate und Oma schwangen ihre Soprane gegen die obere Plastikverkleidung, als gebe es kein Morgen.

Renate ist unsere Nachbarin und die beste Freundin von Oma. Die beiden hängen ständig zusammen, wenn Renate nicht gerade in ihrem Büro in der Verbandsgemeinde sitzt, wo sie eine Halbtagsstelle hat.

Vor ihnen saßen Jakob Bähner und seine Frau Maria. Jakob war früher lange Ortsbürgermeister gewesen und wahrscheinlich der, der im Dorf das meiste Geld hatte. Sie wohnten uns schräg gegenüber und machten irgendwie immer alles richtig. Ihr altes Bauernhaus hatte freigelegtes Fachwerk, die Sprossen der Fenster waren glänzend dunkelgrün lackiert und die Wetterseite war mit neuem Naturschiefer beschlagen. Sogar die Blumen im Vorgarten sahen besser aus als bei Oma und mir. Während unter unserem Essigbaum das Gras vermooste, legte Jakob Rollrasen – spezielle Schattenmischung – unter seinen Koniferen aus, während im Sommer unsere Dahlien die Knospen verloren, schnitt Maria aus ihren bunte Pompons für ihre Vase. Ich weiß nicht, wie sie das machten. Aber wenn ich bei ihnen ein Ei lieh und in der blitzblanken modernen Küche herumstand, hatte ich immer das Gefühl, mit Oma in einem ständigen Provisorium zu leben.

Jakob brummte jetzt eine Oktave tiefer mit. Seine Frau Maria traf zwar die Töne, hatte aber keine besonders schöne Stimme. Sogar wenn sie sangen, waren sie richtig, ohne auffällig zu sein.

Die alte verrückte Oma Burkhart und ihr Sohn Herbert in der Reihe vor den Bähners machten den Mund auf, und man kann über Oma Burkhart sagen, was man will – unter anderem, dass sie eine alte Hexe ist –, aber singen kann sie. Sie kennt jede Melodie und hält sich genau daran. Ihr Herbert kann dagegen den Takt und die Melodie nicht halten, ein Beweis dafür, dass sich Musikalität nicht unbedingt vererbt.

Achim brummte unterstützend ins Mikro und zwang die Leute so in die zweite Strophe.

Elli und Martha auf dem Zweier-Sitz rechts neben den Bähners summten zögerlich mit. Die beiden putzten seit – ich weiß nicht, wahrscheinlich seit der Eiszeit – unsere Kirche und kümmerten sich um alles, was sie nichts anging.

Sie sind Nachbarinnen, tragen beide praktische Kurzhaarschnitte und Kittelschürzen und verbringen ihr Leben hinter ihren Küchengardinen, den Blick auf die Dorfstraße gerichtet, um nur ja alles mitzukriegen, was dort passiert. Sie kennen jedes Auto im Dorf und erkundigen sich ungeniert bei Oma, wenn Lena mit einem neuen Auto nach Hause gebracht wird oder mit einem Mann von auswärts durchs Dorf geht.

Sie haben sich auch schon beschwert, dass ich den Keller vom Pfarrhaus als Probenraum benutzen durfte. Achim hatte es ihnen wahrscheinlich als gutes Werk verkauft und sie hatten sich damit abgefunden. An denen konnte Achim jedenfalls wirklich üben, seine Nächsten zu lieben.

Vor Elli und Martha saß Irmgard allein. Sie kümmert sich immer darum, dass das Geld eingesammelt wird, und nimmt es furchtbar genau mit allem. Wenn Elli – die im Dorf als so geizig gilt, dass man Witze darüber macht – mit irgendeiner Begründung nicht zahlen will, blickt sie so lange streng über ihre rechteckige Brille, bis Elli endlich in ihrem Portmonee kramt und doch noch zehn Euro findet.

Sie will auch nicht, dass wir im Keller vom Pfarrhaus proben. Wobei sie stets »kostenlos proben« sagt, sodass Achim klar wird, dass sie durchaus gegen eine kleine Miete ihre Meinung ändern würde.

Lena und ich saßen natürlich in der letzten Bank. Von dort aus konnte ich ziemlich gut sehen, dass der Busfahrer Bruno immer wieder in den Rückspiegel sah, um uns zu beobachten, gesungen wurde jetzt nicht mehr so laut, weil nur noch Oma Burkhart und Achim den Text kannten und sangen.

Wenn wir an einem ungepflegten Grundstück vorbeikamen, sagte Martha laut so etwas wie: »Der sollte auch mal seine Hecke schneiden. Wie sieht das denn aus?« Wenn jemand sein altes Auto oder sonst irgendetwas vor dem Haus stehen hatte: »Sieh dir dieses Gerümpel an! Kann man das nicht wegräumen?«, und Elli und Martha schüttelten dazu missbilligend ihre Köpfe.

Bruno hatte ein unrasiertes teigiges Gesicht und roch immer ein bisschen nach Alkohol und Schweiß. Jeder wusste, dass er trank, obwohl er ja Bus fahren musste. Und dass er ständig seine Frau betrog. Ich verstand nicht so ganz, wie er das anstellte, mit seinem Geruch.

Vielleicht standen die Frauen, die er abschleppte, auf Gewalt, denn Bruno war ein über die Dörfer hinaus bekannter Kirmesschläger. Aber eigentlich war er eine dieser tragischen Gestalten im Dorf, ein Loser, so wie ich. Mir war sein Erfolg bei Frauen unbegreiflich, ich bekam das oft genug mit, wenn wir in irgendeinem Kirmeszelt spielten. Er schleppte meistens die Hübschesten ab, und dass, obwohl er selbst aussah wie ein ungebackener Hefekloß.

Vielleicht wäre das eine Idee für einen Songtext, *brutalo man* oder so. Aber Vane würde bestimmt etwas dagegen haben und das nicht spielen wollen. Ich schob mir den MP3-Player ins Ohr und schloss die Augen, um ein bisschen zu dösen.

Ich habe die ersten Jahre bei meiner Mutter in Köln gewohnt, bis die Seelentaubheit öfter kam und ich zu meiner Oma aufs Dorf gezogen bin. Ich mag Köln und wenn ich noch hier wohnen würde und hier eine Band hätte, müsste ich wahrscheinlich nicht freitags abends im Jugendheim vom Nachbardorf spielen, sondern würde in richtigen Clubs auftreten. Ich würde vielleicht einen berühmten Produzenten kennenlernen, der mich entdeckt, und vielleicht würde ich sogar einen Haufen Geld verdienen. Aber Vane zum Beispiel hätte ich dann nie kennengelernt, und Achim hätte mir nie den ganzen klassischen Kram erklärt, deshalb weiß ich, dass das Dorfleben irgendwie gut für mich ist.

»Ich will noch was erledigen«, sagte ich, sobald wir aus dem Bus ausgestiegen waren.

»Andrea hat heute aber Dienst«, meinte Oma.

»Ich weiß, ich will woandershin.«

»Ich komm mit«, sagte Lena sofort.

»Geh mit Oma, bitte«, sagte ich.

»Ach, komm, ich will lieber mit dir in die Stadt.«

»Ich muss das allein machen«, sagte ich, und Lena zuckte beleidigt die Schultern.

Ich nahm vom Hauptbahnhof aus die S-Bahn nach Deutz. Alles sollte so sein wie bei meinem letzten Anfall, kurz bevor ich in die Klinik kam und dann ins Dorf.

Von den S-Bahngleisen aus führt eine ewig lange Unterführung bis zur U-Bahn. Sie ist gelb, orange und braun gekachelt und diese Kacheln waren das Letzte, was ich damals gesehen habe, bevor ich, von Medikamenten ruhiggestellt, im Landeskrankenhaus wieder aufwachte. Komischerweise hatte ich vor allem Angst, die Kacheln wiederzusehen, um die Geräusche machte ich mir weniger Gedanken.

Es war aber jetzt ganz anders als damals, als so viele Füße in der Unterführung unterschiedliche Takte angeschlagen hatten und meine Ohren den synkopischen Rhythmus nicht mehr aushalten konnten. Ich hatte Stress in der Schule gehabt, nichts Besonderes, aber es sah so aus, als wollten sie mich auf eine Sonderschule schicken, weil ich mir im Unterricht oft die Ohren zuhielt. Ich war ja noch ein Kind, zehn oder elf, und es war immer so laut in der Klasse. Und ich mochte den Klassenlehrer nicht, der falsch auf seiner Gitarre spielte und uns zwang, dazu ganz falsch zu singen und neben den Takt auf die Orff-Instrumente zu schlagen. Ich konnte damals ja nicht erklären, was mich genau an diesem Krach so aufregte. Ich wusste nur immer, wie es sich richtig anhören musste, und alles dort klang falsch. Wir machten Projektunterricht ohne Ende, und sogar das kleine Einmaleins mussten wir singend und auf Klanghölzer einprügelnd lernen.

Und ich muss wohl auch die beiden Jungs mit den Triangeln geschlagen haben. Dem dicken Mädchen an den Bongos habe ich jedenfalls in den Hintern getreten, und nach der obligatorischen Standpauke vom Klassenlehrer und Telefonaten mit der Station von meiner Mutter – sie arbeitete als Krankenschwester – durfte ich die Schule verlassen. Wir wohnten in Köln-Kalk und ich musste am Deutzer Bahnhof in die Linie 1 umsteigen. Da ist es dann passiert. Es war plötzlich zu laut dort. In meinen Ohren mischten sich die ein- und ausfahrenden Züge des Deutzer Bahnhofs über mir mit den Schritten der Menschen in der Unterführung, mit klackenden Absätzen, quietschenden Kreppsohlen und schlurfendem Leder, mit Stimmen, die aus ihren Mündern kamen, laut, schrill, kichernd, eindringlich leise oder bestimmend wie ein Hieb, mit dem Klingeln der Straßenbahnen und den Autos, die schräg über mir fuhren und deren Geräusche durch den hundert Meter entfernten Ausgang der Unterführung kamen wie durch einen großen Trichter. Ich versuchte mich auf das Geräusch zu konzentrieren, das beim Einlegen der Gänge der Autos an der Ampel über mir verursacht wurde, es aus dem ganzen Krach herauszufiltern, so wie man am Horizont einen Punkt fixiert, auf den man zuhalten kann, doch es ging nicht. Es war, als wären plötzlich alle Geräusche und noch viele mehr, die ich nicht identifizieren konnte, in meinem Kopf. In meinem Kopf landete ein Düsenjet. Ohne Landebahn. Er versank im klanglichen Morast und seine Laufwerke drehten sich im Schlamm weiter. Das war alles, woran ich mich erinnern konnte.

Jetzt ging ich ganz normal an den Kacheln vorbei, am Kiosk auf der rechten Seite und dann kamen auch schon die Rolltreppen zu den U-Bahnen. Ich streckte die Hand aus und berührte eine der Kacheln, doch dann dachte ich, dass das bescheuert aussähe, und steckte die Hände in die Tasche. Ich fuhr nach oben, sah mir die Kreuzung an, auf der damals der Rettungswagen gehalten haben musste. Es nieselte immer noch. Die Alten gingen wahrscheinlich gerade zu Groß Sankt Martin. Ich könnte bequem mit ihnen zu Mittag essen und dann nach Hause fahren.

Jakob, unser Altbürgermeister, stand zwischen ihnen wie ein Bulle zwischen seinen Rindern und reckte seinen Schirm über alle anderen Schirme. Er hörte dem Pastor aufmerksam zu, der irgendetwas über die Bebauung des Martinsviertels erklärte – außer ihm hörte nur Lena zu, glaube ich –, und stellte dann eine Frage, damit Achim weiterredete. Die anderen sahen so aus, als wollten sie nur schnell zum Mittagessen. Das Essen ist bei diesen Seniorenfahrten immer der heimliche Höhepunkt, wahrscheinlich, weil die Frauen dann endlich mal nicht kochen müssen.

»Und, alles erledigt?«, fragte Lena mich.

Ich nickte.

Achim brachte uns in eine Gastwirtschaft in einer kleinen Gasse. Drinnen war es muffig und genau so, wie man sich eine Wirtschaft vorstellt, in der Seniorenklubs auf Kaffeefahrt ihre Mittagspause machen: dunkelbraunes Holz, Plastikblümchen auf karierten Tischdecken, ein Tresen und zum Glück ein abgetrennter Speiseraum für Gesellschaften.

Achim sprach die Kellnerin – eine fröhliche Frau in den Vierzigern – an und tatsächlich war der hintere Raum für uns reserviert. Die Bedienung war schnell, die Auswahl bürgerlich – also würde ich ein Jägerschnitzel nehmen und Lena würde alle mit ihrem Vegetariertick nerven – und Jakob verlangte nach Pils und einem Klaren, noch bevor die Kellnerin den Block gezückt hatte. Herbert schloss sich ihm an. Seine alte Mutter protestierte. Bruno, Achim und ich saßen nebeneinander und nahmen jeder eine Cola, worauf Jakob den Mund verzog.

Bei den Frauen war es anders. Kaum hatte sich Renate weiter unten am Tisch ein Kölsch bestellt, trauten sich auch die anderen und ich ärgerte mich über meine Cola, wollte aber auch nicht mehr umbestellen.

Elli, die zwei Plätze neben Achim saß, druckste ein bisschen herum, aber ihm war schon klar, was sie von ihm wollte. Sie hatte – wie immer – ihre Handtasche im Bus vergessen und selbstverständlich lud er sie ein. Er kannte das schon.

Dann lächelte er Oma Burkhart, die ihm gegenübersaß, freundlich zu. Sie verschob ihr Gebiss.

»Man sollte ja meinen, dass einige mehr Anstand haben!«, sagte sie missbilligend und blickte zu Renate, die gerade ihr Kölschglas leerte.

Achim seufzte in sich hinein. War aber auch nicht leicht, der alten Hexe gegenüberzusitzen.

»Mama, lass doch!«, sagte Herbert leise.

»Das arme Malchen«, antwortete Elli laut und nickte Oma Burkhart zu.

Achim griff nach seinem Colaglas. Sie sprachen von Renates alter Mutter Amalia Sanner, die letzte Woche beerdigt worden war.

Ich hatte die Orgel gespielt und Renate hatte dafür fünfzig Euro springen lassen. Das hätte sie nicht tun müssen, schließlich wohnten wir auf der anderen Straßenseite, und eigentlich hätte ich mit den anderen Nachbarn den Sarg tragen müssen. So lief das nun mal auf dem Dorf. Ihr Mann Peter war abends mit dem Gesangbuch zu uns herübergekommen und hatte gefragt, was ich davon spielen könnte.

Ich spiele alles, hatte ich gesagt. Ich war echt erleichtert gewesen, dass ich nicht an den Sarg musste.

»Ich denke, man kann diesen Tag durchaus als Wallfahrt verstehen«, sagte Achim.

»Das arme Malchen«, wiederholte Oma Burkhart, so als hätte er nichts gesagt.

»Nichts ist so schlimm, wie ein Kind zu verlieren«, antwortete Elli. Aber in Wirklichkeit war ihr anzusehen, dass sie – nun, da ihr Essen bezahlt wurde – Lust auf ein bisschen Klatsch hatte.

Achim verstand nicht, was sie meinten, das sah man ihm an, und er wollte wohl nicht fragen, weil sie es ihm sowieso nicht erklärt hätten.

Sie erzählten sich inzwischen von ihren eigenen Kindern. Die Enkelin von Maria war verheiratet mit einem Betriebsleiter im Schwäbischen.

»Aber so ein großes Haus, das macht ja wirklich Arbeit«, klagte sie.

»Mein Herbert wird im Mai … Herbert, wie heißt das noch?«

»Hauptabteilungsleiter«, sagte Herbert mürrisch. Er schnitt seine Schweinelende und sah dabei konzentriert auf seinen Teller.

Hoffentlich ende ich nicht so wie Herbert, dachte ich plötzlich ängstlich, und fahre mit Oma noch mit über vierzig auf Kaffeefahrt. Wahrscheinlich fährt Herbert nur mit, um auf seine Mutter aufzupassen, denn Oma Burkhart legt sich gerne mit anderen an und muss gebremst werden. Er ist ledig, spindeldürr und Hauptabteilungsleiter der Krankenkasse. Verrückt nach Sport – er nimmt regelmäßig an Marathonläufen teil – und verrückt nach seinem Hund, einem alten sabbernden Mischling. Wohnt bei seiner alten Mutter und hat keinerlei Freunde im Dorf, mit denen er abends mal weggehen konnte. Obwohl, wenigstens hatte er eine Arbeit. Danach sah es bei mir ja nicht aus.

»Du hast ja eine Mutter, die dir das Haus sauber hält«, sagte Irmgard zu ihm. Er blickte nicht mal auf.

»Und du?«, fragte sie plötzlich mich. »Was macht die Musik?«

»Gut.«

»Er wird noch mal ein großer Star und ihr werdet ihn alle im Fernsehen sehen«, sagte Lena und schob sich mit der Hand eine lange Pommes in den Mund.

Mein Schnitzel kam – es war riesig und die Panade wellte sich knusprig nach oben und ich säbelte dankbar daran herum.

»Noch 'n Bier, bitte!«, hörte ich Jakobs Stimme.

Herbert zeigte ebenfalls auf.

»Wir sind ja nicht zum Spaß hier!«, rief Jakob der Bedienung zu. »Bringen Sie dem Pastor auch eins auf mich, damit der mal lacht.« Achim winkte ab, aber Jakob zwang die Bedienung mit einem Nicken, den Strich auf dem Block zu machen.

»Und dem Busfahrer! Schad' doch nix!«

»Ich zahl selbst«, sagte Bruno laut und fixierte Jakob lange.

Die Bedienung stand unschlüssig; der Bleistift schwebte über dem Block.

»Komm, Bruno, eins kannst du doch!«, sagte Jakob.

»Wenn er doch nicht will!«, sagte Jakobs Frau Maria.

Achim sah mich fragend an, aber ich zuckte nur mit den Schultern.

»Du zahlst mir kein Bier! Du nicht«, sagte Bruno laut und ich konnte mir gut vorstellen, wie er bei einer Kirmes abging, wo nicht so viele Omas waren.

»Außerdem musst du fahren«, sagte Renate vom unteren Ende des Tischs.

»Ist gut, Bruno! Setz dich wieder«, meinte Oma, und Irmgard, die neben Bruno saß, versuchte ihn am Ärmel auf seinem Stuhl zu halten.

»Ich hol den Bus! Abfahrt in 'ner halben Stunde.«

Brunos Stuhl fiel um. Er griff nach dem Portmonee in seiner Gesäßtasche und warf zwanzig Euro auf den Tisch.

»Was der immer hat!«, meinte Maria. »Das war doch nett gemeint.«

»Und ein Bier, ich meine, das ist doch nichts!«, pflichtete Jakob ihr bei.

Wir waren wieder im Bus und keiner hatte noch Lust zu singen oder zu beten. Ich saß hinten mit Lena und hörte die neue Compilation, die Vane mir aufgenommen hatte, ziemlich bassbetont, aber klar, wer Bass spielt, hört da eher drauf.

Es regnete und regnete, bis wir in Mariae Gnaden waren, wo Achim den Abschlussgottesdienst seiner Fahrt organisiert hatte.

»Bin ich froh, wenn wir endlich zu Hause sind«, sagte Lena leise zu mir, als wir aus dem Bus kletterten. Der Regen kam in Böen und der Wind fing sich in meiner Jacke, deren Reißverschluss ich nie zumachte, weil das bescheuert aussah. Es wurde schon dunkel, dabei war es erst kurz nach fünf.

»Was für ein Scheiß!«, sagte Lena lauter.

»Du wolltest ja unbedingt mitfahren!«, zischte Oma und zog sich die Kapuze über den Kopf.

»Lasst uns reingehen«, meinte ich.

Die Kirche war voller Geigenklänge, ein Orchester probte, es klang sehr barock, aber da war ich mir nicht sicher, und diese Musik wärmte mich nach der nassen Kälte.

»Wow!«, machte Lena. Sie knöpfte ihre Jacke auf und setzte sich in die letzte Kirchenbank.

Alle anderen – ich eingeschlossen – nahmen mit der rechten Hand etwas Weihwasser aus dem Becken und machten damit das Kreuzzeichen, dann blieben wir nahe bei Achim stehen.

»Wir sind etwas früh«, sagte Achim entschuldigend. »Aber setzen Sie sich doch und lauschen der Probe.«

Die Musiker, die im Chorraum saßen, hatten aufgehört zu spielen und blätterten in ihren Noten. Der Dirigent fummelte an den Mikrofonen, zwei der Chorsängerinnen, junge, etwas pummelige Mädchen, gingen durch das Kirchenschiff, eine hatte ihre Zigarette schon im Mund, die andere fummelte am Zellophan ihrer Schachtel. Sie sah gut aus, ihre kurzen dunklen Haare erinnerten mich an Vane.

Achim trat neben mich, bevor ich mich setzen konnte, hob die Hand, als wollte er mich an der Schulter berühren, tat es dann aber doch nicht.

»Das da vorne ist mein Freund Feininger. Den wollte ich dir unbedingt vorstellen.«

Ich ging neben ihm her in den Altarraum.

»Das Orchester spielt jetzt durch bis zum fugato der Violinen … Dominik, setz dich bitte wieder hin«, sagte Feininger gerade. Er war ein großer Mann mit dickem Bauch und Vollbart.

Ein vielleicht Zwölfjähriger mit einem Cellobogen klemmte sich hinter sein Instrument. Dann gab der Dirigent mit seinen riesigen Händen – sein Ehering schnitt in die dicken Finger – den Einsatz und die Bässe begannen aufs Neue mit ihrem Thema.

Ich lauschte. Ich hörte die Celli, die das Bassthema begleiteten, hörte, wie die Seiten umgeblättert wurden.

Da stimmt was nicht, dachte ich, als eine weitere Stimme das Thema aufnahm.

Im gleichen Moment brach Feininger ab und ich war erleichtert.

»Noch mal an die Violinen. Da ist ein Auftakt, exakter Einsatz bitte, das ging doch eben schon mal besser.«

Die Streicher blätterten ihre Noten zurück.

Dann bemerkte er Achim und mich. Sein Schnurrbart zog sich grinsend nach oben.

»Gut, genug für heute. Chorprobe wie immer donnerstags, am Samstag bitte Chor und Orchester ab fünfzehn Uhr.«

Er streckte die Hand nach mir aus.

»Du bist also Mattes.«

Achim grinste mich an.

»Dann lern ich dich endlich mal kennen. Achim schwärmt ja richtig von dir.«

Hatte Achim wieder den Tragisches-Genie-Kram erzählt?

Wir schüttelten uns die Hände.

»Hm«, machte ich unbestimmt.

Achims Grinsen wurde breiter.

»Wenn du wirklich so gut bist, wie ich gehört habe, hätte ich eventuell einen Job für dich«, machte Feininger weiter.

»Hier in der Kirche?«, fragte ich. Mariae Gnaden ist über zwanzig Kilometer weit weg und ich habe keinen Führerschein.

»Ach, Quatsch. Wir suchen jemanden für die Keyboards. Wir sind ein Quintett, das Feininger Quintett, falls du schon davon gehört hast.« Der Vollbart teilte sich und machte Zähnen Platz, groß wie Klaviertasten. »Wir machen Jazz.«

»Cool«, sagte ich. Obwohl ich das nicht besonders cool fand. Ich meine, Jazz. Das ist doch was für Männer zwischen vierzig und scheintot. Aber das konnte ich Feininger natürlich nicht sagen.

»Dann ist hier meine Adresse. Wir machen dann einen Termin für eine Probe.« Ich nahm eine Visitenkarte entgegen und versuchte dankbar zu grinsen.

»Und du kannst uns auf *youtube* sehen. Schau's dir einfach mal an.«

Ich nickte und war irgendwie echt froh. Zumindest das Geld – und ohne Bezahlung war das ja wohl nicht – konnte ich gut brauchen.

»Singen kannst du nicht, oder?«

Ich schüttelte den Kopf.

»Und sprechen?« Der Schnurrbart grinste über seinen Witz. »Ist auch nicht so deine Sache«, antwortete Feininger sich selbst.

»Er ist wirklich gut«, versicherte Achim.

»Wir werden sehen.«

Der Chorraum hatte sich inzwischen geleert. In den Kirchenbänken saßen die Aurother, die auf den Abschlussgottesdienst warteten.

»So, ich habe noch Messe«, verabschiedete sich Achim.

»Ich weiß. Pater Albert wartet schon.«

Feininger legte seine Hand schwer auf meine Schulter.

»Jetzt sei nicht so schüchtern. Wir machen echt gute Musik und Geld verdienen wir auch damit.«

»Wie viel?«, fragte ich und hätte mich sofort dafür hauen können.

Aber Feininger grinste weiter.

»Na, fünfzig bis hundert sind schon drin.«

»Für jeden?« Scheiße, es klang, als sei ich einfach nur geldgierig.

»Ja.« Feiningers Lächeln wurde ein bisschen steifer.

»Ich fand's gut, wie Sie eben schnell abgebrochen haben. Als die Geigen …«

Sein Schnurrbart bedeckte jetzt seine Zähne und er blickte ernst auf mich herunter.

»War das Händel?«, fragte ich.

»Der Messias. Für Weihnachten.« Er lächelte wieder. »Sind schon ganz schön kniffelig, diese Fugen …«

Eine kleine Glocke läutete.

Feininger klappte seinen Mund zu und legte seinen Zeigefinger auf seine Lippen.

»Ich muss zu meiner Oma.«

Achim, angetan mit einem einfachen Messgewand, trat vor seine kleine Gemeinde.

Am Altar angekommen, stimmte er *Der Mutter und dem Sohne* an, ein schönes einfaches Lied in G-Dur, das gut zur Schutzheiligen der Abtei passte, aber nach der Klangfülle des Orchesters ziemlich schräg klang. Es war schade, dass ich nicht auf der Orgel begleiten konnte. Er sang fast ganz allein, und es kam mir so vor, als fehlten ein paar Stimmen, die heute Morgen noch mitgesungen hatten, ganz. Ich saß ganz vorne, zwischen Oma und Lena.

Die Predigt fiel ziemlich kurz aus, wohl weil Achim wusste, dass seine Schäfchen bald nach Hause wollten. Das Credo wurde nur gebetet, nicht gesungen.

Eines der Highlights in der katholischen Kirche ist Fronleichnam im Sommer, ein Fest mit viel bedeutungsvoller Choreografie, goldenen Monstranzen und Baldachinen, schwer bestickten Chormänteln und Kirchenliedern in Dur und im Viervierteltakt. Danach ist musikalisch nicht viel los im Kirchenjahr. Weihnachten ist noch weit, und man muss sehen, wie man die Show gestaltet. Allerheiligen geht noch, ist aber für mich uninteressant, weil sich alles auf dem Friedhof abspielt.

Zusammen mit Pater Albert, einem dicken Mönch mit blondem Flaum auf dem runden Kopf, zelebrierte Achim gerade die Gabenbereitung, als die Kirchentür aufgestoßen wurde. Ich konnte hören, dass es immer noch regnete. Ansonsten war es ganz still, und Achim stellte vorsichtig den Kelch auf den Altar, bevor er langsam die Stufen ins Kirchenschiff hinunterstieg.

Unsere Füße machten scharrende Geräusche, als wir aufstanden. Lenas Absätze klickten neben mir.

»Scheiße«, sagte sie leise.

Bruno stand im Halbdunklen, wankend und durchnässt, und mit einem schweren Sack beladen.

Plötzlich brüllte er uns an.

Wir waren alle im Mittelgang und gingen ihm langsam entgegen, Achim an der Spitze, und er streckte die Hände nach Bruno aus.

Da brüllte Bruno noch lauter als vorher. Bruno klang wie ein Ochse, der schrie, während ein Bauer einen Stock auf ihm zerschlug, ganz Angst und Wut.

Wir blieben stehen, nur Achim ging ihm weiter entgegen, so als sei mit Bruno immer noch alles ganz normal. Und Lena drängelte sich nach vorne.

Brunos Gesicht war nass, ob vom Regen oder ob er geweint hatte, war schwer zu sagen, und aus seiner Nase lief Rotz. Seine Kleidung, besonders seine Hose, war schlammbedeckt. Auf seinem Arm trug er keinen Sack, das konnten wir jetzt sehen, sondern Jakob Bähner, der dort, wo sonst sein Kinn in den Hals überging, ein dunkel tropfendes Loch hatte. Die Haare, die immer sorgfältig nach hinten gekämmt waren, hingen wirr und blutig um seinen Kopf.

»Helft doch!«, flüsterte Bruno und wankte. Dann brach er unter der Last der Leiche zusammen und kotzte auf die Steinfliesen der Klosterkirche von Mariae Gnaden.

Über etwas war ich echt froh. Ich war nicht zusammengebrochen. Ich meine, es war meine erste Leiche und außerdem war alles voll Blut, echtem Blut.

Mir summten ein bisschen die Ohren, mir wurde schwindelig, was ja mit dem im Ohr untergebrachten Gleichgewichtsorgan zusammenhängt, und ich musste mich am Gestühl im Kirchenraum festhalten, aber weder rauschte es in meinem Kopf, als würde eine Boeing darin landen, noch passierte sonst etwas Schlimmes. Ich stand also da und dachte nicht nur, dass irgendein Wahnsinniger den alten Jakob umgebracht hatte, sondern auch, dass ich anscheinend viel gesünder war, als ich vermutet hatte.

Ich behielt das natürlich erst mal für mich. Oma ging es nicht so gut, sie stand in einer Kirchenbank und blickte auf Jakobs toten Körper. Ihr Mund stand halb offen und ihre Zunge war zu sehen. Sie sagte nichts, aber ich konnte an ihren Händen sehen, dass sie wirklich fertig war. Die Hände waren nämlich bläulich weiß und als sie meine Hände nahm, waren sie eisig und gleichzeitig nass.

Ich rieb sie, erst langsam, dann schneller und dann drückte ich Oma zurück auf die Kirchenbank, sodass sie die Leiche nicht weiter sehen musste.

»Was machen wir nur?«, flüsterte Oma.

»Irgendjemand muss einen Notarzt rufen«, sagte ich, obwohl ich mir nicht sicher war. Holte man besser gleich die Polizei? Es war merkwürdig still um uns herum.

Ich hörte, wie Achim Bruno in seinen Arm nahm. Ich konnte es am Rascheln von Brunos Jacke und an den Sohlen von seinen Schuhen erkennen, die leise über den Boden glitten.

»Was tun wir nur?«, fragte Oma wieder.

Ich nahm mein Handy aus der Tasche und wählte die 110. Die Stimme am anderen Ende gehörte einer Frau und ich sprach langsam und deutlich. Ich dachte sogar daran, dass man immer, wenn man einen Notruf tätigt, auf Rückfragen warten soll. Ich gab nochmals durch, dass wir im Kloster Mariae Gnaden waren. Dass hier jemand, und da begann es in der Leitung zu rauschen oder in meinen Ohren, wahrscheinlich ermordet worden sei. Als ich das sagte, wurde das Rauschen noch lauter, und mir war klar, dass es nicht an meinem Handy lag.

Ich spürte, dass die Alten, die mich wahrscheinlich alle für behindert hielten, mich beobachteten, und drückte so ruhig ich konnte auf die Taste mit dem roten Hörer.

Ich sah sie mir an, wie sie da in den Kirchenbänken saßen oder standen. Keiner von ihnen blickte auf Jakob. So als trauten sie sich nicht. Deshalb traute ich mich. Es war blutig, es machte mir Angst, mehr Angst, als ich am Nachmittag in der Unterführung in Deutz gehabt hatte. Jedes kleinste Geräusch hatte ein Echo in meinen Gehörgängen. Aber meine Seele blieb, wo sie war. Sie blieb einfach an ihrem Ort.

»Ist gut, Mattes«, sagte Lena leise. »Setz dich wieder zu Oma.« Ich war so froh, dass sie da war. Mein Blut pumpte durch meinen Körper und ich ließ mich vorsichtig auf der Kirchenbank neben Oma nieder. Jede schnelle Bewegung würde einen Anfall wahrscheinlicher machen.

Die Patres von Mariae Gnaden liefen aufgeregt durch ihre Kirche, flüsterten miteinander und fingen dann an zu beten. Es waren etwa zehn alte Männer in dunklen Kutten, ihre geäderten Hände krampften sich ineinander. Einer, ein sehr alter Mann, bückte sich – und ich muss sagen, mir imponierte er dadurch sehr – und rieb Öl auf Jakobs Stirn. Dann drückte er murmelnd die toten Augen zu.

Die anderen beteten, zuerst leise, dann übernahm eine brüchige Stimme, sagte *Gegrüßet seist du, Maria* und wir begannen alle mit dem schmerzhaften Rosenkranz, den ich vom Karfreitag her kenne, aber natürlich nicht auswendig kann.

Das Gehör ist die letzte Empfindung, die aussetzt. Wenn der Atem und das Sehen und das Tasten längst nicht mehr funktionieren, sind es immer noch die kleinen Härchen im Innenohr, die dem sterbenden Gehirn melden, was gerade geschieht, und ein Rosenkranz, mit Vorbeter und den schmerzhaften Antworten kam mir plötzlich sehr passend vor. Der arme tote Jakob würde uns nicht mehr hören, aber ich stellte mir trotzdem vor, dass die dunklen Antworten noch zu ihm drangen, und es erschien mir irgendwie tröstlich.

Ich weiß nicht, was die Polizisten und der Arzt dachten, als sie fast gleichzeitig die Basilika von Mariae Gnaden betraten und uns betend um einen Toten herumstehen sahen. Ich weiß nicht genau, wie diese katholischen Rituale auf andere wirken. Felix zum Beispiel ist evangelisch, und er meint immer, dass unser Probenraum nach Weihrauch riecht, und ist fasziniert von den vielen Gerätschaften, den hohen Kerzenleuchtern und dem ganzen vergoldeten Kram.

Die Polizisten taten jedenfalls gar nichts. Sie standen nur rum, bis einer, der später ankam und mit schnellen Schritten durch das Kirchenschiff kam, die Stimme erhob.

»Tatort sichern! Was ist hier los?«, schrie er. Er war etwa vierzig Jahre alt und hatte einen roten Glatzkopf.

»Das glaub ich nicht!«, flüsterte Lena mir zu.

Da kam endlich Bewegung in die Polizisten. Der Arzt beugte sich zu der Leiche und wir wurden, einer nach dem anderen, in der Sakristei verhört.

Mai 1944

Der fahrbare Galgen kam mit den Männern aus Koblenz und Robert sah zum ersten Mal, wie ein Mensch aufgehängt wurde. Der Junge – und Robert begriff plötzlich, dass der Russe jünger war als er selbst – wollte noch etwas sagen, auf Deutsch, doch sie legten ihm die Schlinge um und stießen ihn einfach vom Brett. Sein Genick knackte, durch seinen kleinen Körper ging ein Krampf und dann hing er nur da, seine Füße pendelten hin und her und unter ihm bildete sich eine Pfütze aus Urin.

Robert zwang sich, in sein Gesicht zu sehen, doch er konnte nicht höher blicken als bis zu dem Strick, der sich tief in das rötliche Fleisch des zarten Halses schnitt.

Die anderen Fremdarbeiter standen um den Galgen herum, die Maschinenpistolen waren auf sie gerichtet, sie sollten es sehen.

Der Henker und die beiden Männer von der SS waren nach der Hinrichtung in einer seltsam gelösten Stimmung, sie tranken Schnaps und aßen mit großen Bissen von ihren Mettwürstchen, als mache der

Tod ihnen Hunger. Sie boten Robert etwas an und bevor er noch ablehnen konnte, klopfte sein Vater ihm auf die Schulter und zeigte seinen Stolz.

Sie nahmen die Karte, die Hans gezeichnet hatte, und Robert sagte die Wahrheit, wie er immer die Wahrheit sagte, und alles kam ganz einfach aus seinem Mund. Sie schrieben seinen Namen auf und lachten mit ihm, und ein Robert, den er nicht mehr kannte, nahm das Lachen auf und war lauter als sie alle zusammen.

Später half er seiner Mutter, die Setzkartoffeln zu schneiden, jedes Stück nicht mehr als drei Keime, und er roch die Erde an seinen Händen und den milden Maiwind. Er schwieg, so als sei er müde.

Erst abends konnte er Amalie hinter Bells Scheune sehen. Sie roch nach Kartoffeln und Erde wie er und sie schlug seine Arme weg, grob, und der Robert, der sich den ganzen Tag versteckt hatte, fand plötzlich zu sich, so als wache er jetzt erst auf.

»Wo ist Hans?«, fragte Amalie. »Was hast du getan?«

Sie fragte es mit ihrer rauen Stimme, sodass der wahre Robert mit einem gewaltigen Wort antworten konnte, das er sonst nur sonntags hörte.

»Gesündigt, lieber Gott, vergib mir.«

3

Am Sonntagmorgen ging plötzlich mein Handy.

Es war einer der Sonntage, an denen Achim Gottesdienste in verwaisten Nachbargemeinden hielt, ich wusste nicht mal, ob er wirklich dorthin gefahren war, aber unsere Glocken hatten nicht zur Messe gerufen und eine merkwürdige Stille lag über Auroth.

Suder und Felix hatten schon angerufen, aber ich hatte nicht abgenommen. Bei der Nummer, die jetzt angezeigt wurde, nahm ich allerdings immer ab, egal, was sonst war.

»Wie geht's dir?«, fragte Vane.

»Gut«, sagte ich. Am liebsten hätte ich ihr sofort erzählt, dass ich nicht zusammengebrochen war, obwohl ich einen Ermordeten gesehen hatte.

»Kann ich bei dir vorbeikommen?«, fragte sie.

»Klar«, sagte ich.

»Verdammt, Mattes, tu nicht so …!«

»Kommst du vorbei oder nicht?«, fragte ich schneller, als ich wollte. Vane und ich hatten uns noch nie ohne die anderen getroffen, ohne Probe, ohne Party, einfach nur so.

»Dann bis gleich.«

»Bis gleich!«, sagte ich, aber sie hatte schon aufgelegt.

Ich wusste nicht, wie ich die Sekunden und Minuten füllen sollte, bis Vane hier ankam. Ich stand vor der Anlage und starrte auf die CD-Hüllen, die vor dem Verstärker lagen. Ich brauchte ein Stück Musik, etwas, das diese Minuten, bevor Vane an unserer Haustür klingelte, halbwegs erträglich machte. Schließlich drückte ich einfach auf die Play-Taste und meine eigene Musik erklang, *Fairy Tale Bubbles,* und mein Herz klopfte im Takt von Vanes Bass.

Sie klingelte und ich war mit einem Satz die Treppe herunter und riss die Tür auf. Auf ihren kurzen, dunklen Haaren lagen kleine Tröpfchen vom Regen, ihre Augen hatten große schwarze Pupillen, hinter ihren grinsenden Lippen sah ich ihre Zähne aufblitzen. Ich konnte hören, dass sie schneller atmete als sonst, so als hätte sie sich beeilt.

Wir gingen die Dorfstraße hinunter. Es nieselte immer noch, aber mir war warm und ich war gut gelaunt, ich hätte – wäre es nur ein bisschen passender gewesen – singen und summen können. Sie schien tatsächlich besorgt um mich zu sein.

Sie wollte natürlich wissen, was genau passiert war, und ich erzählte es ihr. Ich versuchte nicht irgendwie besonders toll dazustehen oder so. Ich wollte einfach nur, dass ihr klar wurde, dass ich nicht halb so behindert war, wie alle dachten. Verdammt, ich hatte gestern einen Toten gesehen, dem man den Hals aufgeschnitten hatte!

Wir gingen durch den Wald, am Bach entlang, bis zur Mühle. Die Eichenbalken des Wehres hingen schief und hielten weder das rostige Eisen, das früher das Wasser in den tiefen Mühlteich umgeleitet hatte, noch die feuchte Erde des Ufers auf. Das Wasser rauschte. Die Rühmerter Mühle selbst stand verlassen in den feuchten Wiesen und die große Eingangstür lag vor einem knorrigen alten Apfelbaum im Gras.

»Komm«, sagte Vane, und wir betraten den muffigen Vorraum. Schimmel blühte auf allen Wänden, der Wind strich durch die leeren Fensterrahmen, strich über die verzogenen Dielen unter unseren Füßen. Müll, der vergessen worden war und der auf den Dielen schabende Geräusche machte, wenn er von einem Windzug ergriffen wurde.

Der große Raum war durch Sperrholzwände aufgeteilt, in jedem lagen faulende Matratzen. Mäuse raschelten über unseren Köpfen.

Ich stand nahe an Vane, vielleicht näher, als ich ihr sonst je war, und ihr Atem ging ein und aus.

»Und du hattest gar keine Angst?«, fragte sie.

»Nein, ich habe die Polizei angerufen, und dann waren die Mönche da und haben gebetet …«

»Aber du warst dem Mörder doch ganz nahe. Vielleicht so nahe!« Ihre Hand berührte mich an der Brust. Sie blieb dort einen Moment, bevor sie sich mit einem trockenen Geräusch wieder von meiner Jacke löste.

»Stimmt«, sagte ich.

In ihren Augenbrauen hing ein winziger Regentropfen und ich unterdrückte den Impuls, ihn wegzuwischen.

Sie lächelte mich weiter an, und sie wusste ja nicht, dass ich nur daran dachte, sie zu berühren, sie an mich zu ziehen und festzuhalten.

»Wir sollten nach draußen gehen.« Ich hoffte, dass sich meine Stimme nicht wirklich so rau anhörte, wie es mir vorkam.

Der Bach rauschte und sprang über das zerbrochene Wehr und der Wind sang leise dazu.

»Früher muss das hier richtig romantisch gewesen sein«, sagte Vane.

»Ja«, sagte ich. »Bevor es ein Asylantenheim wurde.«

»Deshalb die ganzen Matratzen?«

»Hm«, machte ich.

»Ich dachte schon, es sei ein Puff gewesen oder sonst etwas Unanständiges.«

»Hier doch nicht!« Ich musste lachen.

»Ja, glaub ich auch!«, meinte Vane.

Das Haus meiner Oma ist über hundert Jahre alt, mit viel Fachwerk und angebautem Stall – in dem jetzt Lenas alter Ford Fiesta stand – und einer Scheune voller landwirtschaftlichem Krempel von Opa Herrmann, für den sich das Heimatmuseum sehr interessieren würde. Oben gibt es zwei Dachkammern, in denen Lena und ich unsere Zimmer haben, und ein kleines Bad, und unten sind drei Räume: Omas Schlafzimmer, das Wohnzimmer mit dem Fernseher und die große Küche, in der Oma immer noch einen mit Holz befeuerten Herd hat – meistens kocht sie aber auf dem elektrischen – und in der wir auch essen.

Die Küche lag unter meinem Zimmer und wenn ich mitkriegen wollte, was in der Küche geredet wurde, früher zum Beispiel, wenn meine Mutter kam und es darum ging, ob sie mich wieder mit nach Köln nimmt, musste ich nur die Luftklappe des Kamins so leise öffnen, dass man das unten nicht hörte.

Ich hatte meine Schuhe im alten Stall ausgezogen und war ins obere Stockwerk gegangen. Ich wollte allein sein, um über den Spaziergang mit Vane nachzudenken. Unten war eine fremde Stimme. Auf Strümpfen schlich ich über die Dielen, vermied die dritte, die immer knarrte, und öffnete oben leise die Klappe.

Die Stimme, die jetzt mit Lena sprach, gehörte dem Kommissar von gestern, dem mit dem roten Kopf

»Was geschah, als du und die anderen in Mariae Gnaden ankamt?«, fragte er gerade und Lena erzählte knapp, dass alle in die Basilika gegangen seien.

Ich wunderte mich darüber, dass der Kommissar Lena duzte.

»Alle?«, fragte der Kommissar.

Lena schwieg.

»Bist du dir nicht sicher?«

»In der Basilika war eine Probe, richtig schöne Musik, daher war ich abgelenkt.«

»Du hast also nicht gesehen, dass das Mordopfer die Basilika betrat?«

Lena schwieg wieder.

»Lena«, hier änderte sich die Stimme des Kommissars. »Wir sind doch sozusagen Kollegen.«

»Nein, das sind wir nicht.« Ich konnte mir Lenas trotziges Gesicht vorstellen.

»Ich laufe seit heute Morgen in diesem Dorf herum und keiner will mit mir reden.« Er schwieg einen Moment. »Und dann sehe ich, dass Lena Büdenhölzer hier wohnt, sogar Zeugin ist …«

»Aha«, sagte Lena.

»Darum geht es hier nicht. Du musst mir sagen, was du weißt. Du bist sogar gesetzlich dazu verpflichtet.« Er machte eine Pause. »Aber um Vorschriften kümmerst du dich ja nicht besonders.«

»Nenn mir eine Analyse von mir, die falsch war!«, sagte Lena laut. »Oder die nicht gut war!«

»Aber das ist dem Gericht egal! Da brauche ich Fakten, eine vernünftige Auswertung, und nicht nur die Aussage eines Superohrs. Wir hätten diese Sau von Tennislehrer für Jahre hinter Gitter bringen können, wenn du dich an die Vorschriften gehalten hättest!«

»Glaubst du, ich denke nicht jeden Tag daran? Dass ich da Scheiße gebaut habe?«, fauchte Lena zurück. »Aber du hättest dich für mich einsetzen können.«

Eine Weile waren sie still.

»Nein, Lena«, sagte Krämer mit seiner normalen Stimme. »Auch wenn ich jetzt deine Hilfe gut brauchen könnte … da verdrehst du was in deinem kleinen Köpfchen. Kein Mensch wird sich für dich einsetzen, nur weil du dich für ein kriminalistisches Genie hältst.«

»Weil du nicht zugeben kannst, dass ein anderer gut ist! Weil du nur mittelmäßig bist!«

»Lena, lass uns auf den Abend in Mariae Gnaden zurück …«

»Ich habe dir schon alles gesagt, woran ich mich erinnere.« Lena klang tief beleidigt.

»Und Jakob Bähner? Hatte er Feinde hier im Dorf?«

»Klar.« Lena lachte. »Alle haben hier Feinde und Freunde und Leute, mit denen man nicht spricht. Und Leute, denen man sein größtes Geheimnis anvertrauen würde.«

»Wer waren denn Jakobs Feinde?«

»Keine Ahnung. Er hat seit fast siebzig Jahren hier gelebt. Da wird sich schon was angesammelt haben.«

»Was ist mit Bruno Rühmert? Er soll am Nachmittag eine Auseinandersetzung mit Jakob gehabt haben.«

»Hm, keine Ahnung. Für mich sah es so aus, als träfen sich zwei alte Bullen und müssten ein bisschen kämpfen. Aber deshalb bringt man sich doch nicht um.«

Lenas Stimme klang ein bisschen unsicher.

»Du weißt also nichts über einen alten Streit zwischen den beiden?«

Lena schien zu überlegen.

»Nein«, sagte sie dann. »Davon weiß ich nichts.«

»Die Polizei wollte mit dir sprechen.« Lena stand über den Küchentisch gebeugt und fummelte an ihrem teuren Mikrofon. Ich wusste, dass sie das Mikro von ihrem ersten selbstverdienten Geld gekauft hatte, obwohl ihr Auto damals keinen TÜV mehr hatte. Sie war einfach ohne gefahren, einmal sogar von Koblenz bis nach Auroth, und es hatte ziemlichen Krach mit Oma deswegen gegeben. Lenas Laptop stand neben dem Mikro auf dem Küchentisch.

»Was wird das?«, fragte ich sie und goss mir eine Tasse Kaffee ein.

Lena warf mir einen schnellen Blick zu. »Das wird meine Dissertation, das weißt du doch.«

»Klar.« Die Aufnahmen für ihre Masterarbeit – noch mit dem alten Sony-Mikro gemacht – standen alle, auf CD gebrannt, in einem kleinen Schränkchen am Treppenaufgang. Sie verband das Mikro mit ihrem Rechner.

»Und heute fängst du an, deine Probanden zu besuchen?« Ich nahm einen Schluck Kaffee.

»Warum denn nicht?«

Ich brummte ein bisschen.

»Vielleicht kann ich sogar ein besonderes Kapitel daraus machen. Sprachwandel, ausgelöst durch einen Mord im Dorf der Probanden. Wie kriminologische Fachwörter in den aktiven Sprachschatz übergehen. Sprache in einer Ausnahmesituation.«

»Lena, das ist nicht dein Ernst.«

»Und wie man mit dem Tod umgeht, wie man betet …«

Ich versuchte, Lena ins Gesicht zu sehen, aber sie sagte »Test. Test. Test« in den dunklen Schaumstoff des Mikros.

»Wissenschaftlich gesehen ist es eine großartige Gelegenheit. Jeder Ethnologe im afrikanischen Busch untersucht doch Begräbnisrituale. Und ich …«

»Wir sind hier nicht gerade im afrikanischen Busch, oder? Das hat doch mit diesem Kommissar zu tun, oder?«

»Na ja, zunächst brauche ich eine ordentliche Datenbasis.« Das beantwortete meine Frage nicht. Aber das brauchte Lena auch nicht, sie wollte etwas wiedergutmachen, was sie in ihrem Job versiebt hatte. Und sie schämte sich.

»Wo ist Oma?«, unterbrach ich sie.

»Hat sich hingelegt. Nach ihrer Aussage war sie ziemlich fertig.« Sie bastelte weiter an ihrem Laptop herum.

Ich stellte die Tasse ab und ging ins Schlafzimmer. Oma lag mit offenen Augen auf ihrem Bett. Die Bettwäsche raschelte leise, als sie sich auf die Seite legte, um mich anzusehen, und auch die schwarze Hose, die Oma trug. Ihre Halbschuhe lagen abgestreift vor dem Bett.

»Alles klar?«, fragte ich sie. Die Matratze quietschte leise, als ich mich auf die Kante setzte. Ich fasste ihre Hand an. Sie war genauso kalt und verschwitzt wie in Mariae Gnaden. In der anderen hielt sie einen Rosenkranz, was ziemlich ungewöhnlich war.

»Betest du?«, fragte ich. »Für Jakob?«

»Mäuschen«, so hatte sie mich seit Jahren nicht genannt. »Ich bete für uns alle. Tu das auch.«

Ich bin nicht gerade der große Beter, obwohl ich natürlich jeden Sonntag in der Kirche bin und mit dem Pastor herumhänge.

»Hm«, machte ich.

»Hast du Angst?«, fragte sie mich. »Du musst keine Angst haben.«

»Meinen Ohren geht es gut. Sogar als Jakob da in der Kirche lag, war mit ihnen alles in Ordnung.«

»Das ist gut«, sagte Oma.

»Ja«, sagte ich.

Wir lächelten uns an.

»Lass mich noch ein bisschen liegen.«

Sie meinte, allein, deshalb ging ich zurück in die Küche, wo Lena inzwischen auf den Bildschirm starrte und mittels des Touchpads irgendetwas einstellte. Lenas helle Locken hatten sich aus ihrem Zopf gelöst und hingen wild um ihr gerötetes Gesicht. Sie hatte diesen speziellen Ausdruck in den Augen und diesen zusammengepressten Mund. So sah sie aus, wenn sie wütend war und irgendetwas unbedingt wollte. Ich ahnte schon, was sie plante.

»Weiß Oma, was du vorhast?«, fragte ich sie.

»Na, hör mal. Irgendwas muss ich ja wohl machen … ich meine, ich bin arbeitslos.«

»Lena, im Ernst, überlass das der Polizei.«

Lena blickte kurz hoch, bevor sie sich wieder in ihre Arbeit vertiefte. »Du glaubst doch nicht, dass irgendjemand hier dem Krämer was erzählt!«

Plötzlich musste ich an Vane denken, genauer gesagt dachte ich an diesen winzigen Tropfen in Vanes Augenbraue, und dass ich mich nicht getraut hatte, ihn wegzuwischen.

»Dann helfe ich dir«, sagte ich. »Ich bin auch arbeitslos. Schon seit ein paar Jahren.«

»Nein, das tust du nicht. Du hast von Linguistik keine Ahnung, und von Kriminologie noch weniger.«

»Na und? Aber ich lebe hier!«

Lena wischte sich ein paar Locken aus der Stirn. »Wenn dir was passiert...«

»Mir ist gestern Abend auch nichts passiert, oder?«

»Ach, verdammt, dann kommst du eben mit. Und bei Renate fangen wir an.«

Lena war immer Renates Liebling gewesen, also eigentlich war sie der Liebling von allen, auch von Oma. Meine Mutter, die zehn Jahre älter war als Lena, war ein wildes Mädchen gewesen, hatte die Schule geschwänzt, mit Jungs rumgemacht und war mit fünfzehn nach Amsterdam getrampt. Danach kamen mein Onkel Michael und Tante Maja, die jetzt beide ein paar Dörfer weiter lebten, und dann wurde Lena geboren, das Nesthäkchen, der Sonnenschein, die Hübsche, die Schlaue, der Liebling.

Das Verhältnis von Lena und Renate litt natürlich ziemlich, als Lena mit Marvin, Renates einzigem Sohn, Schluss machte. Sie waren beide in einer Klasse gewesen und fest zusammen, von der siebten Klasse bis zum Abitur, und alles hatte nach früher Heirat, Eigenheim in Auroth, zwei Kindern und ewigem Glück ausgesehen, bis Lena die Unterlagen für die Freiburger Universität ausgefüllt und abgeschickt hatte. Marvin bekam eine Lehrstelle bei der Gershaner Bank und das war's dann. Er hätte doch einfach mitkommen können, sagte Lena später.

Marvin war die ganze Zeit zwischen den Abi-Prüfungen und dem Anfang seiner Ausbildung betrunken, randalierte vor unserem Haus und spielte nachts um drei noch Deutschrock der übelsten Sorte, sodass ich heute noch, wenn ich Matthias Reim oder Pur höre, an Marvin denken muss.

Danach machte er Karriere und heute leitet er die Filiale, in der er angefangen hat. Aber er hat weder eine Frau noch ein Haus im Neubaugebiet.

Renate war gerade dabei, ihrem Mann die Haare zu färben, und Peter war klarerweise überhaupt nicht davon erfreut, dass er nun zwei Zuschauer hatte. Er saß in einen Gummi-Umhang gewickelt auf einem Stuhl im Esszimmer und brummte zur Begrüßung.

»Bleib sitzen!«, sagte Renate zu ihm. »Du hast doch nur noch fünf Minuten!« Sie blickte dabei auf die Eieruhr, die auf dem Tisch stand.

Wir setzten uns und bemühten uns, an Peter vorbeizusehen. Peter Schmitz war ein großer Kerl mit leichtem Bauchansatz, der gerne Motorrad fuhr und Lederjacken trug. Ich hätte nie gedacht, dass er sich die Haare färben lassen würde.

»Das Zeug stinkt widerlich!«, sagte er zu uns und zog seine breite Nase kraus. »Und ich würde das auch gar nicht machen. Aber sie meint«, er nickte in Renates Richtung, »dass man mit grauen Schläfen alt aussieht.«

»Das wirkt einfach besser«, sagte Renate. »Und ihr trinkt bestimmt eine Tasse Kaffee mit.«

Renate stellte einen Teller mit Dominosteinen auf den Tisch und verschwand in der Küche, um Kaffee zu holen. Sie war in Trauer, wie gestern schon. Ihr schwarzer Pullover saß ein bisschen weit. Oma hatte mir mal erzählt, dass sie, als sie jung war, das schönste Mädchen gewesen war, nicht nur in Auroth, sondern im ganzen Kirchspiel, und man konnte es immer noch sehen, wenn man auf den Schwung ihres Mundes und ihre großen hellen Augen achtete. Sie kam wieder und deutete auf die Dominosteine.

»Ich weiß, es ist erst Oktober, aber Marvin isst sie so gern.«

Lena nahm einen, biss ein Stück ab und betrachtete die Streifen der Füllung.

Die Eieruhr klingelte und Peter verschwand ins Bad.

»Wie geht's ihm?«, fragte Lena. Im oberen Stockwerk hörte man das Wasser laufen.

»Hat sich gerade ein neues Auto gekauft, so einen kleinen Sportwagen.« Marvin war wie sein Vater verrückt nach allem, was einen Motor hatte und fuhr. Peter besaß sogar eine alte BMW mit Beiwagen, ein echtes historisches Fahrzeug, das er und Marvin selbst restauriert hatten.

»Wow«, machte Lena und steckte sich den Rest vom Dominostein in den Mund.

Renate wartete.

»Du weißt vielleicht, dass ich meine Doktorarbeit schreibe?«, machte Lena weiter.

»Ach, ja?«, fragte Renate.

»Ich dachte, meine Mutter hätte das vielleicht erzählt.«

»Wir reden nicht viel über dich«, sagte Renate und rückte an dem Teller mit den Dominosteinen herum.

»Aber vielleicht könntest du mir trotzdem helfen. Wenn du wieder mitmachst, sagen die anderen auch nicht nein. Ich weiß, dass momentan alle ziemlich unter Schock stehen …«

Renate atmete hörbar aus.

»… vielleicht könnte ich mit zu den Strickfrauen gehen und dort wieder Aufnahmen machen.«

»Das wäre eine Möglichkeit«, stimmte Renate zu. Sie blickte dabei auf die große Küchenuhr über der Tür.

»Wann ist denn der Weihnachtsbasar? Am ersten Advent?«

»Wie immer«, bestätigte Renate.

Ich hörte einen Schlüssel in der Haustür. Lena drehte sich um.

»Und wir treffen uns jeden Dienstag um sechs.«

Marvin stand in der Zimmertür. Er trug einen dunklen Anzug und eine Krawatte zu einem weißen Hemd. Zu sagen, er war überrascht, wäre etwa so, wie zu behaupten, Rock am Ring sei ein Grillfest mit Musik.

»Deine Mama hat Dominosteine gekauft«, sagte Lena zur Begrüßung.

»Ich weiß, gestern«, sagte Marvin. Er hatte die komische Eigenart, mit den Zähnen und der Unterlippe ein quietschendes Geräusch zu machen, wenn er aufgeregt war.

Renate stand auf und verschwand in dem schlauchartigen Raum, in dem die Einbauküche untergebracht war. Ich wünschte, ich hätte mich auch irgendwohin verziehen können, stattdessen musste ich mit ansehen, wie Marvin einen Dominostein nahm und ihn aß. Er starrte die ganze Zeit auf Lena.

»Du hast ein neues Auto«, sagte Lena, den Kopf in den Nacken gelegt.

»Stimmt.« Marvin quietschte wieder.

»Und, kann ich mal mitfahren?«, fragte sie weiter.

Aus dem Küchenschlauch kam ein Gläserklirren.

»Klar, ich zieh mich nur schnell um.«

Ich trat Lena unter dem Tisch gegen das Bein. Sie zuckte mit den Schultern.

»Ach, Scheiße!«, zischte ich ihr zu.

Ich ging zu Renate, um Tschüss zu sagen. Sie räumte die Spülmaschine aus und sah zu mir auf.

»War die Polizei auch bei deiner Oma?«, fragte sie mich und griff nach einem Geschirrhandtuch.

Ich nickte.

»Was haben sie gefragt?«

»Ich war nicht da, aber Oma war danach ziemlich aufgeregt.«

»Das Ännchen nimmt sich immer alles so zu Herzen.«

»Sie hat gebetet«, sagte ich, einfach, weil ich hoffte, dass Renate das verstand.

»Vielleicht ist das das Richtige«, meinte Renate. Sie bückte sich, um an den Besteckkorb zu kommen und stützte sich dabei mit der anderen Hand auf die Arbeitsplatte.

»Danke für das Geld, ich meine, du weißt, dass ich das brauchen kann«, sagte ich. Ich wollte nicht, dass sie mich für undankbar hielt.

»Schon gut, Mattes, schon gut«, sagte sie.

Zu Hause machte ich Musik an, langsames Gitarrenzeug, und legte mich aufs Bett, um nachzudenken.

Normalerweise denke ich über Musik nach oder über Vane. Und oft vermischen sich die beiden Sachen auch und es kommt ein neuer Song dabei heraus. Aber heute war es anders.

Zunächst dachte ich über Bruno nach. Die Geschichte hatte sich lange vor meiner Zeit hier im Dorf abgespielt und war wahrscheinlich nicht wichtig, woanders passiert das bestimmt ständig.

Der alte Rühmert, also Brunos Vater, hatte sich aufgehängt und Selbstmord ist in den Dörfern hier so eine Sache. Angeblich ist Bruno deshalb so geworden, wie er ist, so ein Kirmesheld, aber ich wusste das alles nicht so genau.

Aber eigentlich glaubte ich auch nicht daran. Ich meinte mich zu erinnern, dass Oma erzählt hatte, diese Selbstmordgeschichte habe vor ungefähr zwanzig Jahren stattgefunden. Da muss Bruno schon über zwanzig gewesen sein, wahrscheinlich war er da schon Busfahrer, war verheiratet und wohnte gar nicht mehr in der Mühle.

Die Mühle wurde zum Asylantenheim und danach hat dann niemand mehr dort gewohnt. Eigentlich müsste Bruno sie doch gut verkaufen können, oder?

Ich weiß, dass es lächerlich klingt, aber ich könnte mir gut vorstellen, dort zu wohnen und ein eigenes kleines Tonstudio zu haben. Vielleicht sogar mit Vane dort zu wohnen.

Oma war in der Küche und ich ging zu ihr hinunter.

»Was macht Lena mit dem teuren Mikro?«, fragte sie. Sie hatte das Mikro und das Laptop auf dem Küchentisch entdeckt.

»Das ist für ihre Dissertation«, log ich.

Oma kramte Zwiebeln hervor und begann sie zu schnipseln.

»Du kannst die Kartoffeln schälen.«

Ich holte einen kleinen Eimer voll aus dem Keller und nahm mir die erste, eine dicke knubbelige, vor.

»Wie war das eigentlich mit dem alten Rühmert?«, fragte ich Oma, während ich die erste Kartoffel ins Wasser plumpsen ließ.

Oma schwieg.

»Der mit der alten Mühle, du weißt schon.«

»Er begann eben wieder ganz kindlich zu werden, heute sagt man wohl dement, zog sich nicht mehr an, aß nichts mehr. Da haben sie ihn ins Altersheim nach Gershan gebracht.«

Ich stach der zweiten Kartoffel die Augen aus.

»Und dann?«

»Da hat er sich aufgehängt. Es gibt so Geschichten, dass er jeden Abend auf die Gershaner Höhe gegangen ist und von dort aus auf seine Mühle geschaut hat.«

»Aber er ist nicht bis zur Mühle gegangen.«

»Ich war nicht dabei. Vielleicht hat er's versucht, vielleicht erzählte man sich das auch nur, um zu erklären, warum er sich umgebracht hat.«

»Und Bruno?«

»Ach, der war doch immer mit seinem Motorrad beschäftigt. Der war doch bei der Kreuzeiche, ich glaube, zu der Zeit war der sogar im Knast.«

Ich ließ die Kartoffel ganz vorsichtig ins Wasser gleiten.

»Was meinst du mit der Kreuzeiche?«

»Das ist doch über zwanzig Jahre her. Das waren so Rocker, davon mussten einige später ins Gefängnis.«

»Und weshalb?«

»Weiß ich nicht genau. Wenn die irgendwo auftauchten, ging man besser.«

»Vielleicht hat der alte Rühmert sich auch umgebracht, weil sein Sohn…«

»…ja, das haben damals auch viele gedacht.«

»Und du? Was denkst du?«

Oma war mit den Zwiebeln fertig und trocknete sich die Hände.

»Man muss zu seinen Kindern stehen. Ich habe deine Mama jedenfalls nicht vor die Tür gejagt. Und ich bin froh, dass ich so einen Enkel habe.«

Sie streckte die Hand aus und zerstrubbelte meine Haare.

»Hat der Alte Bruno denn weggejagt?«

»Das weiß nur Bruno. Irgendwann war er weg.«

Ich schälte weiter.

»Wie kann das alles mit Jakob zusammenhängen?«, fragte ich.

»Gar nicht, glaub mir, Mattes.«

Zum Abendessen war Lena immer noch nicht zurück, und weil ich nicht wusste, was ich sonst tun sollte, ging ich zu Achim und hörte mit ihm die neue Keith Jarrett. Das waren drei CDs voller erschlagender Klaviermusik, live eingespielt in Paris und London, und ich saß nur im Sessel und Achim schenkte mir ein Glas Wein ein. Draußen rauschte der Herbstwind durch die hohen Pappeln, die am Pfarrhaus standen, und begleitete Keith.

Achim rauchte ein Zigarillo. Das machte er selten.

»Was glaubst du?«, fragte ich ihn und meinte den Toten.

»Als dein Pastor?« Achim lächelte. »Da weißt du doch, was ich glaube, oder?«

»Hm«, machte ich. Keith spielte gerade ganz klar, ohne Pedal, ganz konzentriert und sauber.

»Hilft dir das denn?«, fragte ich weiter.

»Wenn mir das jetzt nicht hilft, wann dann?« Achim hatte die Augen geschlossen und war in die Musik vertieft.

»Und der Mörder? Ich meine, wenn das, was die Polizei denkt, stimmt, bist du auch der Pastor von einem Mörder.«

»Ja«, machte Achim einfach. »Vielleicht soll es so sein.« Er machte nicht mal die Augen dabei auf.

»Und was wirst du tun?«, fragte ich. »Ich meine, wenn du irgendwas rauskriegst. Oder der Mörder zu dir kommt und sein Gewissen erleichtern will ...«

Er schwieg, bis die CD zu Ende war und nur das Rauschen der Pappeln von draußen kam. Er nahm sein Glas und ich konnte hören, dass er schwer schluckte.

»Ich weiß nicht. Du magst es lächerlich finden, aber vielleicht ist es das, weshalb ich hier bin.« Er ließ den Wein im Glas kreisen. »Mein Bruder macht diesen Wein. Er kommt von einem Seitental der Mosel und bestimmte Reben kann mein Bruder nur erreichen, wenn er zu Fuß geht, so steil und zerklüftet ist dort alles. Trotzdem pflegt mein Bruder diesen Weinberg, genau wie mein Vater vor ihm.« Er machte ein schnaubendes Geräusch, so als müsse er lachen. »Es ist nicht mal besonders guter Wein.«

Ich verstand nicht so genau, was er damit sagen wollte. Ich wusste, dass er aus dem Saarland stammte, er fuhr ab und zu zu seinen Eltern. Ich nahm auch einen Schluck vom Wein.

»Nachdem ich bei der Polizei war, habe ich hier eine ganze Flasche davon getrunken und mir dabei überlegt, dass ich eigentlich genau dasselbe tun muss wie mein Bruder. Ich muss die Reben pflegen, wie es von mir erwartet wird.« Er sprach es nicht aus, aber ich wusste, dass er meinte, dass Gott es von ihm erwartete.

Achim lächelte, als er mein Gesicht sah.

»Wir haben es mit diesen Gleichnissen, mit dem Weinberg des Herrn und so«, sagte er.

»Aber ...«

»Du kannst das nicht gut aushalten, diese Unwissenheit?«

»Zumindest rede ich mir das nicht mit Gleichnissen schön«, sagte ich ihm.

Achim trank sein Glas aus.

»Ehrlich gesagt habe ich Angst. Was soll ich tun, wenn tatsächlich der Mörder zu mir kommt und meinen Beistand will?«

Ich war verblüfft, dass Achim von Angst sprach.

»Was würdest du tun?«, fragte er mich.

Daran hatte ich noch gar nicht gedacht. Bis jetzt ging meine Fantasie nur so weit, dass ich der dörfliche Held sein und Vane mich küssen würde. Das wollte ich Achim aber nicht sagen. Er konnte sich wahrscheinlich nicht vorstellen, dass ein Kuss von Vane, oder die Erlaubnis, ihr Gesicht zu streicheln und sie an mich zu ziehen, mich ständig beschäftigte.

»Ich will wissen, wer es getan hat.«

»Du willst ein Held sein«, übersetzte Achim.

»Quatsch«, sagte ich.

»Ich will auch ein Held sein. Auf meinem Gebiet, und ich hoffe, dass Gott mir diese Eitelkeit verzeiht.«

Er stand auf und legte die dritte CD ein.

»Morgen muss ich nach Trier. Der Bischof will mit mir reden.«

Lena kam spätabends in mein Zimmer. Sie war also ganz schön lange mit Marvin unterwegs gewesen.

»Schläfst du schon?«

»Jetzt nicht mehr.«

»Dann hör mir zu. Also, was ich herausgefunden habe: Jakob hatte am Montag, also morgen, einen Termin bei der Bank.«

»Na und?«

»Vielleicht brauchte er Geld? Um seinen Mörder zu besänftigen.«

»Hat Marvin erzählt, dass Jakob Geld brauchte? Das kann ich mir nicht vorstellen.«

Jakob hatte Geld, das wusste jeder, auch Lena. Er hatte zwei dreistöckige Häuser am Rand des Neubaugebietes, die er vermietet hatte. Sein Elternhaus, das etwa so alt war wie das von Oma und etwas weiter die Straße hinunter stand, hatte eine ausgebaute Scheune, die im letzten Frühjahr komplett neu mit Schiefer beschlagen worden war, das Fachwerk am Stall war saniert und innen hatte Jakob für seine ganzen Gartengeräte Platz und dazu noch für seinen großen Mercedes. Wenn alle alten Häuser im Dorf so aussähen, würden wir beim Wettbewerb »Unser Dorf soll schöner werden« zumindest Landessieger werden.

»Vielleicht wollte er seine Mietshäuser verkaufen? Und Marvin fragen, was er dafür bekommen würde.«

»Hat Marvin gesagt, dass Jakob Geld brauchte?«

»Nein, aber … es würde eben gut passen.« Lena kratzte sich am Hals. »Oder er muss irgendwas an seinen Häusern sanieren oder wollte irgendwelche Wertpapiere kaufen.«

»Läuft zwischen dir und Marvin wieder was?«

»Vielleicht«, sagte sie.

Marvin tat mir leid. Wahrscheinlich suchte er sich gerade seine alte Pur-CD raus und legte sie auf.

»Lass ihn in Ruhe«, sagte ich zu Lena. »Seine Oma ist gerade gestorben.«

»Halt dich da raus. Davon verstehst du nichts.«

Lena war nicht oft grob zu mir und deshalb hielt ich tatsächlich meinen Mund.

Aber, ehrlich gesagt, ich glaube, Lena weiß gar nicht, was sie Männern antun kann mit ihren großen Augen und diesen ganzen glänzenden Locken. Ich konnte für Marvin nur hoffen, dass sie wirklich wieder mit ihm zusammen sein wollte. Wenn sie ihn nur ausnutzte, um etwas über Jakob herauszubekommen … Der arme Marvin.

4

Am nächsten Morgen weckte Lena mich um halb sieben.

»Was soll das?«, fragte ich.

»Ich habe seit fünf Uhr daran gearbeitet. Komm.«

In Lenas Zimmer war eine Tapetenbahn mit Kreppband quer über die Wand hinter ihrem Bett befestigt.

»Hier sind alle, die mit ins Blaue gefahren sind. In der Sitzordnung, an die ich mich erinnere.«

»Oh Mann, Lena, übertreibst du nicht etwas?« Ich stand mit blanken Füßen auf den kalten Dielen und sah mir die Tapete an. Vorne stand Brunos Name, links waren zunächst Achim und Irmgard Schneider notiert, in der Sitzreihe dahinter Elli und Martha. Auf der rechten Seite, also hinter Bruno, hatten die Burkharts gesessen, dann Jakob und Maria, dahinter Oma und Renate. Sich und mich hatte Lena auf der Rückbank notiert.

»Wir nehmen uns einen nach dem anderen vor und schauen, ob er ein Motiv hat«, sagte Lena.

»Macht das die Polizei so?«, fragte ich misstrauisch.

»Nein, natürlich nicht. Die haben zum Beispiel Jakobs Leiche und können viel mehr über die eigentlichen Mordmodalitäten sagen. Welche Waffe, wie groß der Täter mindestens sein muss und so weiter.«

»Und Kommissar Krämer wird dir das nicht verraten? Ihr seid doch quasi Kollegen?«

»Du hast gelauscht!«

»Ich bin behindert, mir bleibt gar nichts anderes übrig!« Lena schüttelte ihre Locken.

»Krämer wird gar nichts rauskriegen, das weiß ich jetzt schon«, sagte sie.

»Wieso bist du dir da so sicher? Ist er kein guter Ermittler?«

»Komm mal mit!«, sagte sie. »Komm.«

Wir gingen auf den kleinen Flur, wo das Schränkchen mit den Aufnahmen stand, die Lena für ihre Masterarbeit gemacht hatte. Lena öffnete es.

»Sieh es dir an«, sagte sie und griff wahllos einen Packen CDs heraus. »Das ist die Arbeit von Jahren. Aber, glaub mir, schon als ich angefangen habe … ich hatte immer das Gefühl, dass es da etwas gab. Irgendetwas, das mir immer verschwiegen wurde. Und ich wusste nie, wie ich danach fragen sollte.«

Sie stellte die CDs zurück, nahm einen neuen Packen und musterte das Cover, das sie selbst beschriftet hatte.

»Wie meinst du das?«, fragte ich.

»Na ja, es war immer so ein Gefühl … so als dürfe man Dinge nicht aussprechen, verstehst du? Es wurde immer geredet, aber richtig gesagt hat keiner was.« Sie betrachtete ein weiteres Cover. »Und ich hatte keine Ahnung, nach was für Dingen ich fragen sollte, um etwas rauszukriegen.«

»Und jetzt wird hier einer umgebracht«, stellte ich fest.

»Genau«, sagte Lena. »Und ich hab immer gespürt, dass hier irgendwas nicht stimmt. Und dieser Mord hat damit zu tun, da bin ich mir sicher.«

»Und deshalb willst du hier ermitteln? So richtig ernsthaft?«, fragte ich, obwohl ich die Antwort schon kannte.

»Und ich werde diesmal die richtigen Fragen haben, und auch die Antworten bekommen.«

Sie stellte die CDs zurück und wir gingen in ihr Zimmer.

Lena warf einen Blick zum Fenster in der Dachgaube. Die Straßenlaternen brannten über der Dorfstraße, gegenüber in Marvins Zimmer war Licht. Wahrscheinlich zog er sich gerade an.

Auch in Jakobs Haus war ein Fenster erleuchtet. Ein Auto, das ich dort noch nie gesehen hatte, parkte vor der Tür.

»Meine Überlegung war einfach, dass jeder, der im Bus gesessen hat, verdächtig ist. Und ohne ein Motiv, ein wirklich starkes Motiv, tötet niemand, oder?«

»Aber wir kennen die doch alle.«

»Nur wenn das Motiv stark genug ist, brauchen wir uns überhaupt anzusehen, ob derjenige…« Sie blickte weiter auf das beleuchtete Obergeschoss von Jakobs Haus. »… oder diejenige eine Gelegenheit hat.«

»Jetzt sag mir nicht, dass du Maria verdächtigst!«

»Was hätte sie für ein Motiv?«, fragte Lena und schaute weiter auf das Haus.

»Keine Ahnung«, sagte ich. »Sie konnte stolz auf ihren Mann sein. Der hatte doch alles in der Reihe.« Den letzten Satz sagte ich im tiefsten Dialekt, damit Lena klar war, dass ich das aussprach, was alle im Dorf von Jakob dachten. Lena lachte.

»Du hast recht«, meinte sie. »Darum geht es hier.«

Sie schwieg ein bisschen. »Weißt du eigentlich, dass Jakob mir damals geholfen hat, als ich aufs Gymnasium gehen wollte?«, fragte sie mich.

Ich zuckte mit den Schultern.

»Er hat dafür gesorgt, dass die Westerwaldbahn morgens über Auroth fährt.«

»Echt?«, fragte ich.

»Damals war er noch Ortsbürgermeister. Und Oma hat ihn gefragt, ob man da nicht was machen kann.« Sie grinste. »Sie mussten die ganzen Fahrpläne ändern, aber er hat sie so lange genervt, bis sie es getan haben.«

Jetzt, wo Lena es erzählte, erinnerte ich mich dunkel daran.

»Das muss das Auto von der Tochter sein, oder?«, fragte ich stattdessen.

»Was macht Klaus eigentlich?«, fragte Lena zurück. Klaus war Jakobs Sohn. »Den habe ich ja nie gemocht.«

»Der hat sich im Neubaugebiet ein Haus gebaut, so eine richtige Villa mit Säulen und großem Garten.«

»Das sieht ihm ähnlich. Weißt du, dass er mal was von deiner Mutter wollte? Und als Andrea nein gesagt hat, hat er uns ein Paket mit Hundescheiße angezündet vor die Tür gelegt und hat geklingelt.«

»Und dann?«

»Deine Oma hat natürlich versucht, die Flammen auszutreten, und latscht dabei voll in die Hundescheiße.«

»Na toll.«

»Am nächsten Tag hat Andrea dann seinen Ranzen mit aufs Mädchenklo genommen und hat reingepinkelt.«

Ich musste grinsen.

»Am Abend kam dann Jakob vorbei und wollte, dass Andrea sich entschuldigt.«

»Echt? Hat sie das gemacht?«

Lenas Grinsen war Antwort genug. Omas Pantoffeln machten ein Stockwerk unter uns gerade das typische morgendliche Tappen, mit dem sie in die Küche ging.

»Aber jetzt mal weiter … was ist mit Oma Burkhart?«, fragte Lena. Sie drehte sich wieder zur Tapete.

»Also, jetzt mal vom Motiv abgesehen. Die Frau ist fast hundert. Glaubst du, dass sie es fertigbringt, einem Mann wie Jakob die Kehle durchzusäbeln?«

»Und ihr Sohn?«

»Der könnte es mit Jakob aufnehmen. Soviel ich weiß, hat er zu Hause einen ganzen Fitnesskeller und trainiert viel. Jedenfalls rennt er immer mit seinem Köter durch die Felder.«

Lena grinste und markierte Herbert Burkhart mit einem roten Punkt.

»Und ich habe noch nie gesehen, wie sie mit den Bähners geredet haben«, fügte Lena hinzu.

»Ich auch nicht.«

»Oh Mann, dieses Dorf. Ist das eigentlich überall so?« Aber Lena wartete gar nicht auf eine Antwort. Ich weiß auch gar nicht, ob es auch in anderen Orten Familien gibt, die nicht miteinander reden, aber ich kann es mir vorstellen.

Als ich nach Auroth kam, gab es sogar Leute, mit denen auch ich nicht viel reden sollte, ohne dass mir gesagt wurde, warum. Suder gehörte zum Beispiel dazu. Ich weiß nicht genau, was zwischen Opa Hermann und Suders Opas war, aber als ich ins Dorf kam, war Oma nicht begeistert, dass ich ausgerechnet mit Suder herumhing. Aber Suders Mutter ist zu Oma gegangen und hat sie gefragt, ob sie mich mit zum Schwimmen nehmen kann. Oma hat genickt und am Abend kam ich, müde vom Schwimmen und mit einem großen Eimer von Suders Kirschen, nach Hause. Am nächsten Tag bin ich von Oma mit zwei großen Gläsern Honig – Oma hatte da noch Bienen – zu Suders geschickt worden und da war klar, dass ich mit Suder befreundet sein darf.

»Wir schauen uns also zunächst mal Herbert Burkhart an«, sagte Lena.

»Wie willst du das anstellen?«

»Na, ich brauche doch eine Krankenversicherung, auch wenn ich arbeitslos bin.« Lena grinste. »Und jetzt gehe ich erst mal duschen.«

Es klingelte an der Tür. Ich nahm widerwillig meine Kopfhörer ab und stieg die Treppe hinunter.

»Entschuldigen Sie die frühe Störung!«, sagte eine mir unbekannte Frauenstimme zu Oma. Auf Omas Gesicht lag ein heller Schimmer, so als würde sie angestrahlt.

»Ich bin von Regio-Fernsehen Süd-West. Dürfte ich Ihnen ein paar Fragen zu dem Mord stellen?«

Oma machte die Haustür so weit zu, dass klar war, dass sie nicht hereingebeten wurde.

»Sie waren doch auch bei der Fahrt dabei. Haben Sie das Opfer gekannt?«

Ich konnte sehen, wie sie Oma ein Mikrofon an den Mund hielt. Oma sagte aber nichts.

»Können Sie uns vielleicht Ihre Eindrücke am Mordabend schildern?«, fragte die Frau weiter. Sie trug eine helle Wildlederjacke und dazu ein bunt bedrucktes Tuch um den Hals. Neben ihr stand eine zweite Frau mit kurzen roten Haaren und hielt eine Kamera auf Oma gerichtet. Ein bärtiger Mann leuchtete Oma mit einer starken Lampe ins Gesicht.

»Moment!«, rief Lena aus dem Badezimmer. Sie kam die Stufen hinunter, mit nassen Haaren und nur in ein weiß-blau gestreiftes Handtuch gewickelt, drängte sich an mir vorbei und riss die Tür ganz auf.

»Sie machen jetzt sofort die Kamera aus! Hiermit ist Ihnen untersagt, irgendeine Bild- oder Tonaufnahme von uns auszustrahlen, haben Sie das verstanden?«

Ihre nassen Locken tropften auf ihren blanken Rücken.

»Ihre Oma ist ja wohl alt genug, um uns das selbst zu sagen!«, sagte die Frau mit dem Mikro.

»Das ist erstens meine Mutter …«

»Ich will nicht ins Fernsehen!«, sagte Oma. »Bestimmt nicht!«

»Und ich auch nicht!«, sagte ich.

»So, da haben Sie's! Und jetzt einen schönen Tag!« Lena drückte die Haustür zu.

»Das sagen wir jetzt bei allen, die uns filmen wollen oder anrufen, klar?«, sagte Lena. »Wer weiß, was die für eine Geschichte daraus machen.«

Auch wenn Oma nicht an einen Zusammenhang zwischen Bruno und Jakob glaubte, war die alte Mühle doch ein Ort, der mich anzog, seit ich mehr über die ehemaligen Bewohner wusste. Ich nahm Lenas altes Aufnahmegerät mit. Ich wusste zwar noch nicht, wie ich die Sache digitalisieren und auf meinen Rechner ziehen konnte, aber das Wasser, das über das Wehr rauschte, faszinierte mich.

Es war gegen neun, und der Himmel über mir war wie aus grauem Granit gehauen, so schwer drückte er auf die Dächer und die Bäume. Gleich würde es beginnen zu regnen.

Ich kletterte zum Wehr hinunter, mit der einen Hand hielt ich mich an langem scharfem Septembergras fest, mit der anderen balancierte ich das Mikrofon. Das Wasser spiegelte den steinfarbenen Himmel, bis es sich den großen Balken näherte und dort weiß schäumend gebrochen wurde. Ich suchte mit beiden Füßen Halt, versank dabei im tiefen Uferboden und drückte die beiden Knöpfe zur Aufnahme.

Später hörte ich das Gebrause in der Mühle an. Es klang, wenn man es nicht wusste, wenig nach schäumendem Wasser, eher wie etwas, das ich hörte, kurz bevor die Seelentaubheit kam. Ich spulte noch mal zurück und überprüfte meinen Höreindruck. Vielleicht war ich deswegen so fasziniert, es war genau das Geräusch, das ich hörte, kurz bevor ein Anfall kam, und ich konnte es an- und ausstellen.

Draußen regnete es. Ich nahm den Waldweg, der mich um das Dorf herumführte, um nicht allzu nass zu werden und über das Geräusch nachzudenken.

Um nach Hause zu kommen, musste ich durch das Neubaugebiet, und weil ich viel Zeit hatte, ging ich einen kleinen Umweg.

Brunos Haus stand eingeklemmt zwischen zwei anderen Fertighäusern, vor der Haustür hatte jemand, seine Frau wahrscheinlich, gelbe Astern in zwei Kübel gepflanzt. Große Kürbisse lagen zur Zierde unter dem Vordach. Die Ligusterhecke um das Gärtchen war vor kurzer Zeit geschnitten worden. Das kleine Apfelbäumchen trug wirklich viel, und jemand hatte die übervollen Äste mit Stangen abgestützt, damit sie nicht brachen. In der Garage stand, blank gewienert, Brunos alter Ford Capri, ein Youngtimer, auf den er ziemlich stolz war und an dem er permanent herumschraubte. Ich ging weiter, an Jakobs Mietshäusern entlang. Vor ihnen stand eine riesige Eiche. Sie war so alt und schön, dass sogar der geteerte Weg, der hier viel später angelegt worden war, einen Bogen um sie machte. Die kleinen Vorgärten waren gut gepflegt, der Rasen geschnitten und von Laub gefreit. Entweder taten das die Mieter oder Jakob beauftragte einen Gärtner. Oder sein Sohn Klaus kümmerte sich darum.

Das Haus von Klaus war eine große Scheußlichkeit. Er hatte einen Hügel aufschütten lassen, um den Hang, an dem das Dorf nun mal lag, auszugleichen, und hatte sich vor große Fenster eine Art Säulenhalle gesetzt. Überall auf dem großen Grundstück standen weiße Figuren herum, die Füllhörner hielten oder Flügelchen hatten. Zu Füßen dieser Figuren wuchsen Stiefmütterchen. Es sah aus wie ein riesiger kranker Friedhof. In der weiß bekiesten Einfahrt stand das Auto, das ich heute Morgen vor Jakobs Haus gesehen hatte. Es hatte im Kennzeichen ein S für Stuttgart. Wahrscheinlich gehörte es wirklich der Tochter.

Der Kommissar jedenfalls hatte ein KO für Koblenz. Er saß bei Oma in der Küche und wartete auf mich. Außerdem waren auch noch Renate da, was nicht ungewöhnlich war, weil sie meistens morgens mit Oma ein Schwätzchen hielt, und ein Assistent des Kommissars.

»Du bist also Mattes?«, begann er. So duzend und distanzlos sind Leute oft, die denken, ich sei ernsthaft behindert. Er gab sich anscheinend auch Mühe, langsam und ruhig zu reden, wahrscheinlich hielt er das für angebracht.

»Und Sie sind Kommissar Krämer?«, fragte ich zurück. »Den Namen Ihres Assistenten weiß ich allerdings nicht.«

Krämer räusperte sich.

»Kempf«, sagte der Assistent.

»Wir möchten mit dir gerne noch mal über Samstagabend sprechen.«

»Aha«, machte ich.

»Vielleicht mit Mattes allein«, schlug der Kommissar vor.

»Na, komm, gehen wir rüber zu mir«, sagte Renate zu Oma.

»Also«, sagte Krämer, als wir alleine waren. »Ich möchte jetzt, dass du mir noch mal alles erzählst, was an dem Abend passiert ist, egal wie langweilig oder uninteressant du es findest.« Der Assistent, ein schlaksiger, dunkelhaariger Typ, rückte ein Aufnahmegerät zurecht.

Ich tat ihm den Gefallen, erzählte alles noch mal, so gut ich es in Erinnerung hatte.

»Sagen Sie mal, Ihre Aufnahme, ist die digital? Können Sie das einfach auf einen Computer überspielen?«, fragte ich, nachdem ich am Ende meiner Geschichte war.

Krämer sah mit einem leicht genervten Lächeln zu seinem Assistenten.

»Klar«, meinte er.

»Ich möchte dir ein paar andere Fragen stellen«, übernahm Krämer wieder.

»Der Pastor, zum Beispiel ... wie ist das Verhältnis zu seiner Gemeinde?«

»Achim?«, fragte ich überrascht. »Gut, glaube ich. Alle sind froh, dass wir einen Pastor haben.«

Krämer und Kempf wechselten einen langen Blick.

»Könnte es sein, dass er ...« Kempf überlegte, wie er die Frage formulieren sollte.

»Er war nicht gerade kooperativ, weißt du«, fügte Krämer hinzu.

Ich bemühte mich, Krämer in die Augen zu blicken. Aber ich konnte mir vorstellen, wie Achim mit ihm geredet hatte, in Gleichnissen und ziemlich um den heißen Brei herum.

»Kennst du ihn gut?«, fragte Kempf.

»Wir hören viel Musik zusammen, er hat mir Klavierspielen beigebracht … na ja, er kümmert sich wirklich viel um mich.«

»Wie kümmert er sich?«, fragte Krämer.

»Er beschafft mir Jobs, er hat dafür gesorgt, dass wir im Kirchenkeller proben können«, erzählte ich.

»So ganz uneigennützig wird er das ja nicht tun, oder?«, sagte Kempf. Eines seiner dunklen Augen blinzelte mir zu.

»Wahrscheinlich können Sie sich das nicht vorstellen, aber ich habe keine … wir machen nichts«, sagte ich wütend.

Die beiden wechselten einen verständnisvollen Blick.

»Darum geht es gar nicht.« Kempf versuchte mich zu beschwichtigen.

»Wir möchten nur wissen, ob er … also, ob er vielleicht mehr weiß, als er sagt«, fuhr Kempf fort.

Krämer schüttelte den Kopf.

»Das ist nicht so wichtig, vergiss es einfach«, sagte Kempf.

»›Der Herr ist mein Hirte und an nichts wird mir mangeln‹«, zitierte ich den Pastor.

»Ist schon gut«, machte Krämer und streckte den Arm nach dem Aufnahmegerät aus. Ich konnte die trockenen Stellen auf seiner Glatze erkennen. Er tat mir plötzlich leid. Ich konnte mir nicht vorstellen, dass ihm irgendjemand im Dorf etwas sagte, und selbst wenn, wie sollte er es einordnen können?

»Das mit Herbert war nichts.«

»Was hast du denn herausbekommen?«, fragte ich.

»Na ja, er war krankgeschrieben. Und die Beratung über einen

Krankenkassenwechsel machte eine Sachbearbeiterin.« Lena verzog ihren Mund. Wir zogen uns die Gummistiefel an, um an der alten Mühle vorbei zu dem großen Bauplatz auf den Höhen zu gehen.

»Krämer war übrigens hier.«

Lena grunzte etwas, um zu zeigen, dass sie es gehört hatte.

Wir gingen schweigend nebeneinander her, bis wir zur alten Mühle kamen. Es nieselte und der schwere Morast des Weges zog an unseren Gummistiefeln.

»Er wollte wissen, ob Achim sich an mich herangemacht hat«, erzählte ich, als wir hinter der Mühle den steilen Hang hinaufgingen. Ich sah Lena dabei nicht an.

»Krämer ist ein Idiot«, schnaubte sie.

»Das habe ich ihm auch gesagt. Ich meine, was hat das mit Jakob zu tun?«

»Wahrscheinlich nichts«, sagte sie geistesabwesend.

Wir konnten die große Baustelle jetzt sehen. Hier auf den Höhen entstand eine große Windkraftanlage. Bis jetzt konnte man nur die tiefen Fundamente sehen, die zurzeit gebaggert wurden.

Wir gingen um den Bauzaun herum. Ein Schild teilte mit, dass hier die Westerwind AG baute. Es roch nach nasser Erde und zertretenem Gras.

»Was ist zum Beispiel mit Bruno? Oder mit Elli und Martha?«, fragte Lena. Sie sah ins Tal zur alten Mühle hin.

»Über Bruno hat Oma mir gestern einiges erzählt. Ich glaube nicht, dass das mit Jakob zusammenhängt.« Sie hörte aufmerksam zu, den Blick weiter auf die Mühle gerichtet.

»Weißt du was über diese Kreuzeiche-Rocker?«, fragte ich sie, doch sie zuckte nur die Schultern.

»Ich weiß, dass Bruno irgendwann wieder da war. Er fuhr eine Zeit lang den Schulbus. Und hat ziemlich feist geheiratet, hier unten in der Kirche, mit Kutsche und so.«

»Und über den Selbstmord von seinem Vater?«

»Nein, keine Ahnung. Da war ich noch zu klein.«

»Mist.«

Der Wind drückte uns den feinen Nieselregen ins Gesicht.

»Was ist mit Elli?«

»Zumindest ist sie ein ziemliches Biest. Und wenn sich Jakob mit ihr angelegt hat … komm, lass uns zurückgehen, wir sind schon ganz nass.«

»Mal ernsthaft, weißt du irgendeine Verbindung zwischen ihr und Jakob?«

»Mit Maria konnte sie jedenfalls immer ganz gut. Und außerdem, wie kann so eine alte Frau Jakob umbringen?« In meinen Augen war das eine ziemlich berechtigte Frage.

»Ich glaube, dass eine alte Frau einem alten Mann die Kehle durchschneiden kann«, sagte Lena. »Sie braucht wahrscheinlich ein sehr scharfes Messer und ein Überraschungsmoment. Wir müssten uns den Tatort mal ansehen.«

»Ich dachte immer, Frauen, die morden, greifen zu Gift.«

»Nicht, wenn sie eine Scheißwut haben.«

»Machen wir weiter: Was ist mit Martha?«

»Dasselbe, nur dass Martha letztes Jahr an den Bandscheiben operiert wurde. Der traue ich es schon gar nicht zu.«

»Die sehen wir uns bei den Strickfrauen noch mal näher an.«

»Wenn du meinst.«

Wir gingen zurück ins Tal und auf dem Weg hinunter hatten wir die ganze Zeit Auroth vor Augen, wie es sich im Regen an den gegenüberliegenden Hügel schmiegte.

»Gut, was ist mit Irmgard?«

»Ach, Lena, wieso sind wir so sicher, dass es einer aus dem Bus war?«

»Sind wir nicht«, erwiderte Lena. »Aber weißt du was? Wir müssen unbedingt die Geburtsnamen der Frauen rausfinden.«

»Warum das?«

»Weil ich den von Irmgard zufällig weiß. Mit ihrer Tochter Kerstin war ich nämlich ein paar Mal bei ihren Verwandten. Und die hießen ...« Statt einer Antwort deutete Lena mit dem Kinn auf die alte Mühle, an der wir jetzt wieder vorbeigingen.

»Rühmert?«, fragte ich.

Lena nickte.

»Wie Bruno. Sie ist seine Tante, da bin ich mir ziemlich sicher.«

»Das war ihnen im Bus aber nicht anzumerken.«

»Komisch, oder?«, grinste Lena noch breiter. »Morgen bei den Strickfrauen haben wir jedenfalls einiges zu tun.«

Ich ging bei Suder vorbei, einfach nur so, um ein bisschen abzuhängen. Eigentlich dachte ich, dass ich mich ein bisschen mit seiner Mutter über die Kreuzeiche-Rocker unterhalten konnte.

Suders Vater war gerade von der Arbeit gekommen und Suders Mutter trug das Essen auf. Es gab Bratkartoffeln und Spiegeleier, dazu Brot mit Wurst. Sie luden mich natürlich ein.

Besser konnte es gar nicht sein.

Gabi Suder, die Mutter, war eine kleine Frau, deren Haut man ansah, dass sie nebenbei noch Landwirtschaft hatten. Um die Augen herum hatte sie viele kleine Fältchen und ihre Hände waren rot und rissig. Der Vater Holger war groß, dünn und still. Er kam nicht von hier und er hatte nie richtig Anschluss gefunden.

Sie wollten natürlich alles über die Sache am Samstag wissen und ich erzählte es ihnen. Ich weiß nicht, wie oft ich das noch tun musste, aber jedes Mal wurde mein Bericht kürzer.

Gabi saß kopfschüttelnd da.

»Wer tut so was? Hier kennt doch jeder jeden.«

Ich zuckte mit den Schultern und nahm ein Stück von meinem inzwischen kalten Spiegelei in den Mund. Der Eidotter legte sich angenehm an meinen Gaumen. Ich kaute und schluckte.

»Und du? Hattest du keine Angst?«

Ich steckte mir schnell ein paar Bratkartoffeln in den Mund und konnte deshalb nur mit dem Kopf schütteln.

Die ganze Zeit überlegte ich, wie ich Gabi fragen konnte, und schließlich war ich einfach ganz direkt: »Diese Kreuzeiche-Rocker, da kamen doch auch welche aus Auroth, oder?«, sagte ich noch kauend.

Gabi zog ihre Nase kraus. »Die kamen nicht von hier.«

»Aber Bruno gehörte doch zu ihnen, oder?«

Gabi häufte Holger eine weitere Portion Kartoffeln auf.

»Ja, ich glaub schon, dass Bruno was damit zu tun hatte. Aber richtig aktiv waren die unten an der Sieg. Hier auf die Dörfer kamen die höchstens mal zur Kirmes.«

»Was haben die denn gemacht?«, fragte ich.

»Hier haben sie den Leuten vor allem Angst gemacht, mit ihren Kutten und den aufgemotzten Motorrädern. Waren bei jeder Schlägerei dabei.«

»Und eigentlich?«

»Was weiß ich. Die hatten wohl vor, so einen Schutzgeldring aufzubauen, jedenfalls stand das damals in der Zeitung. Hielten sich für die Hell's Angels.«

»Hm«, machte ich.

»Hat die Polizei danach gefragt?«, wollte Gabi wissen.

»Nein, die haben sich bloß erzählen lassen, was passiert ist.«

»Aber Bruno hätte eigentlich wissen müssen, dass man so eine Leiche nicht bewegt«, meinte Gabi.

»Wegen seines Vaters?«, fragte ich.

»Du bist ja ein richtiger Detektiv.«

»Was war denn mit Brunos Vater?«, fragte Holger dazwischen.

»Er hat sich damals aufgehängt. Am ersten Weihnachtstag, das war richtig schlimm.« Gabi stocherte in ihren Bratkartoffeln herum. »Kurz nachdem sie ihm die Mühle verkauft haben.«

»Wer hat ihm die Mühle verkauft?«, fragte ich dazwischen.

»Das weiß ich nicht genau, Bruno wahrscheinlich. Wie sollte denn sonst das Pflegeheim bezahlt werden?«

»Dann gehört die Mühle gar nicht Bruno?«, fragte ich.

»Nein, nein. Der ist ganz schön abgelinkt worden. Hat ein paar Tausend für diese Bruchbude bekommen und kurz darauf macht Jakob da mit den Asylbewerbern die dicke Asche.«

»Jakob hat die Mühle gekauft?«

Das brausende Wehr, das ich am Morgen aufgenommen hatte, war plötzlich in meinem Kopf, aber ohne Stopptaste.

Gabi zuckte mit den Schultern. »Klar, das wissen doch alle. Deshalb wird die Polizei auch hinter Bruno her sein.«

»Da! Endlich!« Holger hatte die Fernbedienung in der Hand und schaltete das Regionalprogramm ein. Wir sahen eine sommerliche Ansicht von Mariae Gnaden.

»Hier, an diesem Kloster, wurde Samstagabend die beschauliche Idylle, die von diesem Ort ausgeht, erschüttert.«

»Puh!«, machte Gabi. Wir starrten auf den Fernseher.

»Der 63-jährige Jakob B. wurde zum Opfer eines bestialischen Verbrechens. Wie die Kriminalpolizei in Koblenz mitteilte, wurde er mit einem scharfen Messer so lebensgefährlich verletzt, dass er noch am Tatort seinen Verletzungen erlag.«

Ein großes Küchenmesser wurde eingeblendet und ein Wetzstein, so einen, mit dem man eine Sense wetzen kann.

»Ungewöhnlich ist vor allem die Mordwaffe. Aufgrund der Untersuchung der Spuren geht die Kriminalpolizei von einem 15 Zentimeter langen Küchenmesser namens Skära vom schwedischen Möbelhaus IKEA aus. Dieses wurde mit einem Wetzstein der Firma Tulp so geschliffen, dass es dem Opfer tödliche Verletzungen zufügen konnte.«

»Oh Mann!«, machte Gabi. »Das ist ja …«

»Psst!«

»Bei Skära handelt es sich um einen Verkaufsschlager des Möbelhauses, dessen Verkaufszahlen in diesem Jahr nahe an das bekannte Billy-Regal herankommen. Auch der Wetzstein von Tulp wird wohl in vielen Haushalten auf dem Lande zu finden sein. Er enthält eine spezielle mineralische Zusammensetzung, die sich besonders für das Schärfen von Sensen eignet.«

»Stimmt, wir haben denselben«, sagte Suder trocken.

»Wir auch, glaube ich.«

»Auf dem Heimatdorf des 63-Jährigen lastet dieses Verbrechen wie eine dunkle Wolke. Nur wenige waren überhaupt bereit, vor die Kamera zu treten.«

Die Mattscheibe zeigte nun Irmgard, die langsam mit dem Kopf schüttelte.

»Wer tut so was, das fragt man sich. Wer tut so was?«

Dann kam Krämer ins Bild.

»Wir haben einige heiße Spuren, von denen wir beim derzeitigen Stand der Ermittlungen nichts nach draußen dringen lassen. Wir gehen von einem sorgfältig geplanten Mord aus, der kaltblütig ausgeführt wurde.«

»Na, sie haben das Messer aber ausführlich gezeigt!«, meinte Suder.

»Warte mal!«, sagte Gabi. Das Regionalprogramm zeigte inzwischen, wie man Astern und Calla richtig über den Winter bringt.

Sie zog ihre Besteckschublade auf und holte ein Küchenmesser hervor. Es sah genauso aus wie im Fernseher.

»Seht ihr, das ist so ein Skära.« Wir starrten alle auf das Messer.

»Na, wenigstens hast du's noch«, brummte Holger.

»Aber dass die Polizei so etwas rauskriegt …«, meinte Gabi nachdenklich.

Suder brachte mich zur Tür.

»Das war richtig gruselig, was?«, fragte er und hielt mir die Tür auf.

»Ja, war schon komisch. Ihn da liegen zu sehen.« Ich sah in die Dämmerung.

»Noch was anderes. In Gershan haben wir am Freitag eine Driving Disco Show«, sagte er. »Sag den anderen Bescheid.«

Weihnachten 1983

Dem alten Rühmert war unverständlich gewesen, was um ihn herum geschah, wieso er das rauschende Wasser nicht mehr hören, den Geruch von Korn und altem Holz nicht mehr in der Nase hatte. Was sollte er hier arbeiten? Wieso taugte sein Sohn nichts? Wo waren die Mühlsteine, die er verstellen, das Wehr, das er dringend flicken musste? Was machte es schon, dass er das in seinen alten langen Unterhosen tat, solange er dabei seine schweren Arbeitsschuhe trug. Er musste noch schaffen, allein, und das Zimmer, in das man ihn sperrte, war leer und ihm gingen die Sorgen um seine Mühle nicht aus.

Was waren das für Lastwagen? Was bauten sie da? Was waren das für Männer, schwarz wie amerikanische Soldaten? Warum ging der junge Bähner, mit dem er nie etwas zu schaffen gehabt hatte, außer diesem Vertrag, den er unterschrieb, dort ein und aus?

Und dann waren plötzlich alle Fragen verschwunden, und er hatte nur noch in seinem Bett gelegen und alles war weiß und wertlos gewesen.

Er hatte seinen Gürtel gesehen und das starke Fensterkreuz im Badezimmer war ihm in den Sinn gekommen, und dann hatte er sich erhängt, bevor die Fragen wieder in seinen Kopf kamen.

Die Schwestern im Altenheim hatten ihn an seinem Gürtel baumelnd gefunden, tot.

5

Ich musste mit Vane telefonieren. Ich hasste diese Auftritte.

Es war ein paar Dörfer weiter, im Festzelt des Schützenvereins, und nur, dass es wahrscheinlich der letzte Auftritt dieser Art in diesem Jahr war, würde es halbwegs erträglich machen.

Driving Disco Show bedeutete, dass das Zelt an einem Abend der Jugend gehörte und wir dazu die Musik machten. Wenn ich ehrlich sein soll, wir machten dabei nur das Nötigste. Das meiste kam vom Band und wir machten an den Instrumenten nur ein bisschen schrumm-schrumm. Wichtig war eigentlich nur, dass Felix ins Mikro grölte.

Anfangs hatte ich noch versucht, ein paar der eigenen Stücke zu spielen, aber Felix und Suder waren inzwischen dagegen. Die Leute vor der Bühne blieben zwar größtenteils höflich, aber so richtig ging es erst zur Sache, wenn wir Klassiker von AC/DC spielten.

Weil ich das Zeug sowieso ohne Gesang auf dem Rechner hatte, hatten wir schon mehrmals einen Karaoke-Wettbewerb inszeniert, das durfte man allerdings nur machen, wenn die Jungs vor der Bühne genug getrunken hatten, um ihre Zähne auseinanderzukriegen, aber noch nicht genug, um ins Schlagzeug zu fallen. Wegen diesem Wettbewerb waren wir immer eine sichere Nummer. Immerhin waren diese Auftritte immer ganz gut bezahlt.

Jetzt hatte ich jedenfalls den Hörer in der Hand und hörte auf der anderen Seite, wie abgenommen wurde.

Vanes Mutter meldete sich mit ihrer Lehrerinnenstimme.

»Hier ist Mattes. Ist Vane da?«, fragte ich.

»Ach, Mattes, das ist ja nett. Wie geht es dir denn nach der ganzen Aufregung?«, fragte sie. Anscheinend machte man sich sogar im Neubaugebiet Sorgen um mich.

»So weit ganz gut.« Was sollte ich auch anderes sagen?

»Vane ist zu ihrer Cousine nach Bonn gefahren. Sie hat ja Herbstferien. Du kannst sie auf dem Handy erreichen.«

»Okay«, sagte ich und wollte auflegen.

»Das war ja bestimmt schrecklich für dich, hm?«, forschte Vanes Mutter weiter.

»Ja«, sagte ich. »Es war ziemlich …«

»Weiß man denn schon etwas Neues?«

»Nein, die Polizei geht von Haus zu Haus. Sonst nichts.«

»Hast du die Zeitungen schon gelesen? Das war eine Beziehungstat. Ohne lange geschürten Hass ist ein Mensch gar nicht zu so etwas fähig.«

»Welche Zeitungen denn?«, fragte ich. Dass ich nicht selbst darauf gekommen war.

»In allen. Lest ihr keine Zeitungen?«, fragte Vanes Mutter ehrlich überrascht.

»Meine Oma kriegt den Westerwald-Boten.«

»Da ist eine ganze Seite, schau's dir mal an.«

Ich rief Vane auf dem Handy an und erzählte ihr mit ruhiger Stimme – ich wollte natürlich besonders abgeklärt wirken, nachdem sie sich Sorgen um mich gemacht hatte – von dem Gig.

»Dann komme ich am Donnerstag nach Auroth zurück. Vielleicht können wir vor der Probe noch spazieren gehen«, schlug sie vor.

Ich dachte für einen Moment, ich hätte nicht richtig gehört.

»Klar«, sagte ich dann.

Lena hatte die Zeitungen natürlich längst in ihrem Zimmer. Sie hatte mit Textmarker darin herumgemalt – besonders das Statement von Krämer hatte sie mit vielen Fragezeichen versehen –, als ich ihr von der Verbindung zwischen Bruno und Jakob erzählte.

»Wow!«, machte sie. »Wenn das stimmt, hat Bruno tatsächlich ein Motiv. Aber wenn er der Täter ist, wieso macht er das so ... so dramatisch? Er hätte Jakob doch einfach liegen lassen können. Stattdessen trägt er ihn in die Kirche.« Sie kaute an ihrem Stift herum. »Obwohl, für die Spurensicherung ist es wahrscheinlich unmöglich, herauszufinden, wann genau Bruno mit Jakobs Blut in Berührung gekommen ist. Da war es wirklich klug, Jakob in die Kirche zu tragen und uns um Hilfe zu bitten«, überlegte sie weiter.

»Aber ... «, machte ich.

»Was?«, fragte Lena. Sie kritzelte schon wieder an ihrer Tapetenbahn.

»Kannst du manchmal am Klang der Stimme hören, ob jemand lügt?«, fragte ich sie. Ich spürte, dass ich rot wurde.

»Die Forschungsergebnisse sind da ziemlich umstritten. Aber allgemein nimmt man an, dass die Lüge die Atmung negativ beeinflusst, sodass nicht mehr der ganze Resonanzraum zur Verfügung steht«, sagte sie ausweichend.

»Aber jetzt mal ohne Forschung...«

»Ja, wenn ich mich konzentriere, kann ich das manchmal hören.« Sie überlegte, den Stift an die Zähne klopfend. »Wenn es auf Band aufgenommen ist und ich es mir daraufhin mehrmals anhöre, liege ich fast immer richtig.«

Sie nahm eine Zeitung und zeichnete ein, zwei Linien.

»Hier, das sind die Stimmbänder. Von hier«, sie malte einen Pfeil, der von unten durch die Linien führte, »kommt der Luftstrom, der sie zum Schwingen bringt. Wenn Menschen sehr entspannt sind, können die Stimmbänder schön vibrieren. Bei Stress – und beim Lügen hat wahrscheinlich jeder Stress – funktioniert das nicht so gut. Es kann sogar wegen Stress und Überbeanspruchung zu einer Stimmbandlähmung kommen.«

»Ich war mir in Mariae Gnaden sicher, dass Bruno ehrlich ist«, sagte ich.

»Ich mir auch. Aber andererseits war er auch sehr aufgeregt, hat viel Luft gebraucht, um diesen schweren Leichnam zu schleppen und so. Ich bin dagegen, dass wir ihn nicht mehr verdächtigen, nur weil wir glauben, mehr hören zu können als andere.«

»Ich bin mir sicher, Lena. Er bat um Hilfe.«

»Was glaubst du, warum man keine Lügendetektoren bei Gericht zulässt? Man weiß, wie sich das Lügen im Allgemeinen abspielt. Aber das sagt nicht viel über dieses eine Individuum, das lügt.«

»Und was sollen wir jetzt tun?«, fragte ich.

»Gleich treffe ich mich mit Marvin. Vielleicht kriege ich ja mehr über diese Asyl-Geschichte heraus.«

»Klar, das wusstest du ja auch schon, als du dich verabredet hast«, warf ich ein. Ich fand es einfach nicht gut, dass Lena ihre Beziehung zu Marvin wieder aufnahm, als sei nichts gewesen.

»Morgen Vormittag fahren wir nach Mariae Gnaden. Und abends lernen wir stricken.« Lena sagte das schnell, wohl, weil sie wusste, dass ich sonst von Marvin angefangen hätte.

In Lenas Fiesta funktionierte die Heizung nicht mehr und so saßen wir in unseren dicken Jacken nebeneinander. Der Himmel war genauso versteinert wie gestern und die gelben Blätter der Buchen hoben sich scharf dagegen ab.

Wir rollten auf einer kleinen Straße die Serpentinen herab. Die Abtei Mariae Gnaden lag in einem Bachtal, etwa zwanzig Kilometer von Auroth entfernt, und wenn wir ins Tal spähten, konnten wir meistens nur den kleinen Dachreiter sehen. Erst als wir über den Parkplatz rollten, erhob sich vor uns das Torhaus, das zur Basilika führte.

Auf dem Parkplatz war für einen Dienstag im Oktober viel los. Sogar ein Fernsehteam war da.

»Die waren doch auch bei uns, oder?«, fragte Lena, als wir zum Torhaus gingen.

»Haben jedenfalls die gleichen Jacken an«, sagte ich. »Und die roten Haare erkenne ich auch.«

Im Torhaus waren mehrere Patres zu sehen, die sich mit anderen, wahrscheinlich den Kameraleuten, stritten.

»Hier gibt es nichts zu sehen!«, sagte einer der Mönche. »Das ist ein Ort des Gebets und der Kontemplation.«

»Aber es ist der Tatort! Warum erlauben Sie uns nicht zu filmen?«, fragte einer der Männer. Er trug eine Weste mit vielen Taschen über einem dicken Pulli und eine schwarze Wollmütze.

»Weil wir so entschieden haben! Der Abt hat gestern alles gesagt, darüber hinaus gibt es hier nichts.«

Neben dem Pater, der mit den Fernsehmenschen diskutierte, stand der Alte, der Jakob die Augen zugedrückt hatte. Er hielt seine Arme in der Kutte verborgen – wahrscheinlich war ihm kalt – und schien den jüngeren Pater durch seine bloße Anwesenheit zu unterstützen.

»Das sieht nicht so aus, als könnten wir noch mal in die Basilika«, flüsterte ich Lena zu.

»Wir probieren es trotzdem!«

Wir gingen durch das Torhaus.

»Unsere Kirche ist momentan für Besucher geschlossen!«, sagte der alte Mönch zu uns. Er nahm eine Hand aus seinem weiten Ärmel und legte sie auf meinen Arm. Sie war knochig wie bei einem Skelett und überraschend warm.

»Hat die Polizei ihre Untersuchungen noch nicht abgeschlossen?«, fragte Lena.

»Doch«, erwiderte der Pater.

»Wir wollen nur beten«, versuchte ich es.

»Ihr werdet hier nichts finden, was ihr nicht auch in jeder anderen Kirche finden könntet«, sagte der Pater.

»Wir kommen aus Auroth und waren am Samstagabend hier. Ich möchte nur ein paar Lichter für meine Mutter am Gnadenbild aufstellen, damit sie besser schlafen kann«, erklärte Lena. Ihr Gesichtsausdruck war ganz ernst, und trotzdem war klar, dass der Pater ihr nicht glaubte. Es war einfach zu dick aufgetragen.

»Dann stellt in Auroth in der Kirche ein paar Lichter auf. Das ist das Gleiche«, erwiderte er. Er ließ meinen Arm los und kümmerte sich nicht mehr um uns. Wir hätten natürlich einfach über den gepflasterten Weg bis zur Basilika gehen können, aber wir hätten den alten Pater damit beleidigt.

»Wie heißen Sie?«, fragte Lena stattdessen. »Ich bin Lena Büdenhölzer und schreibe zurzeit an meiner Dissertation über Sprache und Sprachwandel in dieser ländlichen Region.«

»Ich bin Pater Johannes. Nach Johannes, dem Jünger.«

»Sie sind hier geboren, nicht wahr? Sie sprechen ganz leise immer noch unser Platt. Wenn Sie sich vorstellen könnten …«, Lena beendete den Satz nicht.

»Ich bin aus Etzelbach, das stimmt.« Er lächelte Lena mit milchigen Augen an und wackelte fast unmerklich mit dem Kopf, wie das alte Leute manchmal tun. Etzelbach war ein Nachbarort von Auroth.

»Könnten Sie sich vorstellen, von mir auf Band aufgenommen zu werden? Darf ich fragen, wie alt Sie sind?«

»Ich werde im Herbst dreiundneunzig.« Pater Johannes lächelte weiter.

»Und Sie haben immer hier gelebt? Dreiundneunzig Jahre lang?«

»Ich war in Köln im Priesterseminar. Und drei Jahre in einem Schwesterkloster in der Schweiz. Aber sonst war ich hier.«

»Und ich dürfte eine Aufnahme von Ihnen machen?«, fragte Lena.

»Das weiß ich nicht.«

»Warum nicht?« Lena war verdutzt.

»Weil das eine Entscheidung des Abts ist«, zuckte er mit den Schultern, aber dann breitete sich sein Lächeln wieder aus. »Aber ich werde ihn fragen.«

»Oder ich rufe den Abt an. Oder noch besser, ich schreibe ihm und skizziere kurz meine Dissertation.« Lena lächelte den Pater an. »Es würde mich wirklich freuen!«

»Mich auch«, sagte der alte Pater. »Dass Sie das gehört haben …«

»Du schreibst doch gar keine Dissertation!«, meinte ich, als wir etwas später die Serpentinen hinauffuhren. »Wieso hast du das schon wieder erzählt?«

»Vielleicht doch!« Lena schaltete zurück. »Und überleg mal, dreiundneunzig Jahre und völlig klar im Kopf. Was für eine Quelle!«

Meine Tante Maja saß mit Oma in der Küche. Es roch bereits nach Mittagessen. Sie war zwei Jahre jünger als meine Mutter und sah ihr auch ziemlich ähnlich. Dunkle Haare in einem Zopf und helle Augen, für die sie eine Brille brauchte. Als ich zu Oma kam, hatte Maja gerade geheiratet und ein Haus in Gershan gebaut. Sie hat zwei Söhne, Finn und Alexander, die noch in die Grundschule gehen und auf die ich öfter aufpasse, wenn sie am Wochenende arbeiten muss. Wie meine Mutter ist sie Krankenschwester und arbeitet im Kreiskrankenhaus in Neukirchdorf.

»Das hört sich alles so … ich weiß gar nicht wie an!«, sagte sie gerade zu Oma.

Dann begrüßten wir uns.

»Mama hat mir gerade von Samstag erzählt. Die Leute sagen ja, dass der Rühmert es war.«

»Wer sagt das?«, fragte Lena.

»Im Krankenhaus. Da ist die Sache großes Thema.«

»Ist Jakob bei euch im Leichenkeller?«, fragte Lena weiter.

»Quatsch. Der ist in der Pathologie in Koblenz, oder so. Bei uns gibt es so was nicht.«

»Isst du hier mit?«, fragte Oma.

»Gern«, meinte Maja. »Was gibt es denn?«

»Hähnchenschenkel aus dem Ofen. Du kannst die Salatsoße machen.«

Maja stand auf und holte eine Glasschüssel aus dem Schrank. Der grüne Salat stand bereits gewaschen im Abseiher.

»Hast du die Mordwaffe im Fernsehen gesehen?« Lena ließ nicht locker.

»Es ist jedenfalls ziemlich schwer, einem die Halsschlagader aufzuschlitzen. Die ist etwa so gummiartig und dick wie ein Gartenschlauch. Auch wenn man ein Küchenmesser so schleift. Und das ganze Blut, das schießt ja richtig da raus.«

»Maja, das reicht jetzt aber!«, sagte Oma streng.

»Jetzt lass sie doch! Mich interessiert das«, sagte Lena.

»Am besten kriegt man es mit kaltem Wasser ab«, erklärte Maja weiter. »Wenn du bei Blut zu heißes Wasser nimmst, gerinnt das Eiweiß und …«

»Maja!«

»Aber wahrscheinlich war das Schleifen eines Küchenmessers ein Fehler, den der Mörder gemacht hat. Ich meine, mit einem guten Skalpell hätte die Polizei viel weniger Spuren gehabt. So kennen sie den Messertyp. Und wissen sogar über den Wetzstein Bescheid.«

»Wie ist denn so etwas möglich?«, fragte ich.

»Na, Partikel in der Wunde. Sowohl vom Messer als auch vom Wetzstein.« Maja zuckte mit den Schultern. »In einem forensischen Labor ist das Routine.«

»Aber so ein Skalpell muss man sich erst mal besorgen«, gab Lena zu bedenken.

»Schluss jetzt!«, sagte Oma. »Ich will nichts weiter davon hören!«

Lena und Maja sahen sich an. Ich konnte mir gut vorstellen, wie sie als Schwestern früher gegen Oma zusammengehalten hatten.

»Wo wart ihr beiden überhaupt?«, fragte Oma. »Ihr hättet heute Morgen gut was im Garten machen können.«

»Für die Kartoffeln ist es zu nass«, sagte ich zur Verteidigung.

»Wir sind nur ein bisschen rumgefahren. Ich war ja lange nicht mehr zu Hause«, log Lena.

Ich stellte die Teller auf den Tisch, Maja mischte den Salat und Lena nahm das Backblech mit den Hähnchenschenkeln und den gebackenen Kartoffeln aus dem Ofen.

»Jetzt wollen wir essen! Und kein Wort mehr über Jakob.«

Die Strickfrauen trafen sich um sechs im Pfarrheim in einem kleinen Raum neben der Bücherei. Im Pfarrheim roch es immer ganz speziell, nach viel Putzmittel und so, als würde kaum gelüftet. Im oberen Stockwerk, wo Achim lebte, war alles dunkel.

Außer Renate, Elli, Martha und Irmgard saßen noch Ursula Weller und Gisela Leyendecker da. Man sah den beiden an, dass sie unbedingt über letzten Samstag reden wollten.

Die Strickfrauen machen jedes Jahr einen Weihnachtsbasar, zusammen mit dem Bücherverkauf des Borromäusvereins. Der Erlös geht an die Bolivienhilfe.

Lena erklärte ihnen kurz, dass sie sich ganz normal unterhalten sollten, das sei am besten. Es ginge ihr darum, die ganz normalen Unterhaltungen zu untersuchen, genauso wie früher in ihrer Masterarbeit.

Die Frauen blickten auf das Aufnahmegerät und ich konnte sehen, wie sich ihre Kiefer verhärteten. Sie klapperten ein bisschen mit ihren Nadeln und sagten kein Wort.

»Wird das ein Mützchen?«, fragte Lena und deutete auf ein rosa Gebilde in Ellis Schoß.

Elli verschob ihr Gebiss und nickte.

»Und, werden viele Mützchen verkauft?«, fragte Lena weiter. Elli tat so, als müsse sie die Maschen zählen, und nickte noch mal.

»Und die Wolle für die Strümpfe ist wirklich schön«, kommentierte Lena. »Man strickt die einfach und die Streifen entstehen, weil die Wolle so eingefärbt ist, oder?«

»Ist Effektwolle«, sagte Renate.

»Schön«, sagte Lena noch mal. Die Nadeln klapperten rhythmisch vor sich hin. Man könnte das vielleicht ein bisschen verfremden und als Soundeffekt verwenden.

»Also, ihr habt ja in ein paar Wochen Basar. Wird denn immer noch viel verkauft?« Lenas Stimme hörte sich ein bisschen verzweifelt an.

»Mal so, mal so«, sagte Renate leise, wechselte eine Nadel und nahm den Faden wieder auf.

»Gibt es denn Nachwuchs bei den Strickfrauen?«, fragte Lena. »Oder seid ihr immer zu sechst?«

Die Nadeln klapperten langsamer. Maria fehlte, vielleicht wusste Lena das nicht, oder sie wollte genau darauf hinaus.

»Meine Mutter hat mir früher auch immer Sachen gestrickt. Strümpfe und Schals. Habe ich auch fast alle noch. Nur ein paar von den Strümpfen sind inzwischen einzeln.« Sie lachte ein bisschen unecht.

Die Nadeln klapperten gleichmäßig weiter.

»War die Polizei eigentlich auch bei euch?«, fragte Lena Ursula direkt.

»Hm«, machte Ursula. Sie schaute auf ihre Handarbeit und ihre Nadeln gingen langsamer.

»Ich kenne den Krämer aus Koblenz. Er hat manchmal Analysen bei uns am Institut machen lassen.« Ich konnte hören, dass das gleichmäßige Klappern angestrengter wurde. Mir fiel plötzlich auf, dass alle Frauen flach atmeten, so als seien sie sehr angespannt.

»Der ist ein guter Kommissar. Der wird die Sache bestimmt aufklären.« Das war das Letzte, was Lena glaubte, und mir fiel hier auf, dass auch ihr Atem flacher ging, als sie log.

Elli begann mit einem neuen Knäuel. Als sie den Wollfaden in der Mitte des Knäuels suchte, schwiegen ihre Nadeln. Ihre Nadeln waren die, die immer klipp-klipp-klapp machten.

»Obwohl man sich ja nicht vorstellen kann … ich meine, ich bin hier geboren, ich kann es mir einfach nicht vorstellen«, machte Lena weiter. Jetzt konnte ich hören, dass Renates Nadeln schneller wurden, die anderen änderten ihren Rhythmus nicht.

»Keiner kann es sich vorstellen«, sagte ich. Alle Nadeln wurden langsamer. Ich wartete, bis die Nadeln wieder ihren Rhythmus gefunden hatten.

»Aber trotzdem, einer aus dem Bus muss es getan haben«, sagte ich nach einer Weile. Die Nadeln von Irmgard, die etwas heller klangen als die anderen, weil sie sehr dünn waren, machten eine Pause. Die von Renate wurden schneller, so als würde sie sich ärgern.

»Also, eigentlich geht es ja darum, alltägliche Verwendungen des Dialekts zu untersuchen. Vielleicht sollten wir nicht über letzten Samstag reden.«

Der Rhythmus der Nadeln floss gleichmäßig. Ich lauschte weiter. Reihenwechsel bei Elli, kurz später auch bei Martha, die mit sehr dicken Nadeln einen Schal strickte und deshalb öfter als die anderen wechselte.

»So«, sagte Irmgard nach einer Weile. »Ich muss heute Abend noch …« Ihre Nadeln schwiegen endgültig, weil sie sie ins Wollknäuel versenkte.

»Dann machen wir heute nicht so lang. Ich wollte auch noch mit meiner Sonja telefonieren«, sagte Martha und ihre Nadeln schwiegen ebenfalls. Sonja war ihre Tochter.

Die anderen packten ebenfalls ihre Handarbeiten ein. Lena stellte den Laptop ab.

»Wir reden nicht viel, hm?«, fragte Irmgard, so als wollte sie sich entschuldigen.

Lena lächelte ein bisschen schief. »Ich weiß ja noch, wie's hier ist. Darf ich nächste Woche wiederkommen?«

Sie zuckten die Schultern.

»Und hier bin ich sicher, dass alle daran denken, dass Maria fehlt.«

Wir hörten uns die Aufnahme noch mal an.

»Also, Irmgard war angespannt, als du das mit dem Mörder aus dem Bus gesagt hast. Und Renate hat das auch geärgert«, beschrieb ich weiter.

Wir hörten die Stelle ab.

»Du kannst die echt am Klappern der Nadeln identifizieren? Du bist genial!«

»Kannst du das nicht?«, fragte ich.

Lena schüttelte den Kopf.

»Da müsste ich wahrscheinlich eine Computeranalyse machen.«

Ich wagte schon die ganze Zeit nicht, sie auf das, was Krämer über ihre Arbeit und besonders über ihre fehlenden Analysen gesagt hatte, anzusprechen. Auch jetzt war die Frage danach kurz in meinem Kopf, doch ich traute mich nicht.

»Aber wirklich weiter sind wir nicht, oder?«, sagte ich stattdessen.

»Das wird schon noch. Die Probanden sind oft zuerst etwas scheu. Und vielleicht verraten sie sich tatsächlich durch ihr Nadelklappern.«

»Was machen wir jetzt?«, fragte ich.

»Ich ziehe mir was Schickes an und fahre mit Marvin ins Kino. Wir sind verabredet.«

Ich blickte auf den Laptop.

»Was willst du eigentlich von Marvin? Benutzt du ihn nicht nur? Ich meine, du machst ihn doch …«

»Ich mache ihn nicht unglücklich, verdammt! Wenn er mich heute Abend fragen würde, ob wir zusammen alt werden, würde ich sofort Ja sagen. Er müsste sich nur mal dafür entscheiden, sein Leben nicht in diesem Kaff zu vergeuden.«

»Vielleicht lebt er gerne hier«, wandte ich ein.

»Hier lebt keiner gerne! Hier ist alles so eng, jeder weiß alles von jedem und wenn man Sachen nicht genauso macht, wie es alle erwarten, dann …«

»Hier weiß nicht jeder alles von jedem! Wenn das so wäre, wüssten wir, wer Jakob ermordet hat«, sagte ich. »Und ich lebe auch gerne hier.«

»Trotzdem ist hier alles eng! Früher habe ich manchmal buchstäblich keine Luft bekommen, wenn ich über die Hauptstraße gegangen bin und hinter jedem Fenster die Augen gespürt habe, die mich beobachten.«

Ich zuckte mit den Schultern.

»Warum glaubst du, ist Oma nicht bei den Strickfrauen? Weil sie das Getratsche um deine Mutter nicht ausgehalten hat, wusstest du das?«

»Ja, das wusste ich schon lange. Aber sie ist Mitglied im Seniorenklub und kann ganz normal an allen Fahrten teilnehmen …«

»Na toll! Ich sage dir was, Mattes, wenn du hier nicht weggehst, wirst du immer so eine Art Behinderter bleiben. Und überleg dir mal, was du kannst!« Sie deutete mit dem Kopf auf den Laptop. »Und jetzt muss ich mich schminken.«

Ich folgte ihr ins Bad.

»Aber ich kann das alles nur, weil ich hergekommen bin! In Köln wäre ich in der Kinderpsychiatrie aufgewachsen. Hier hat sich Oma um mich gekümmert und Achim.«

Lena tuschte sich die Wimpern. Ich beobachtete sie im Spiegel.

»Vielleicht war es für mich anders. Ich hab's hier einfach nicht ausgehalten.«

»Deshalb bist du auch immer so komisch zu den Leuten. Entweder redest du ihnen nach dem Mund oder du stößt sie vor den Kopf«, sagte ich.

Lena tuschte die andere Seite. Dann steckte sie das kleine Bürstchen in die Patrone der Wimperntusche.

»Findest du das wirklich?«

»Klar. Die Leute hier sind nicht doof.«

Lena sagte nichts mehr. Sie ging in ihr Zimmer, wahrscheinlich um sich umzuziehen.

Ich ging nach unten. Oma war im Keller. Sie räumte dort irgendwas auf.

»Oma, wollen wir nicht ein bisschen fernsehen?«, fragte ich sie. Ihr Oberkörper steckte in einem alten Küchenbüfett.

»Was machst du denn da?«, fragte ich sie.

»Ich suche die Schalen für Allerheiligen«, kam es aus dem Schrank.

»Aber es ist fast zehn Uhr.«

»Ah, hier ist eine. Ich wusste doch, dass ich die hier unten habe.«

Omas Haut sah im hellen Licht der Neonröhre grünlich aus.

»Was habt ihr denn bei den Strickfrauen gemacht?«, fragte sie.

»Ich weiß nicht, Lena untersucht da irgendwas Linguistisches. Für ihre Dissertation.«

»Ich will nicht, dass ihr die Leute ausfragt«, sagte Oma. Sie hielt eine große Tonschale in der Hand.

»Haben wir doch gar nicht.«

»Wir müssten noch eine von diesen frostfesten Vasen haben, damit wir dem Opa einen schönen Strauß Blumen vor den Grabstein stellen können.«

Sie öffnete die andere Seite des Küchenbüfetts und kramte darin herum. Wir hörten, wie sich die Haustür schloss.

»Ist Lena schon wieder mit Marvin unterwegs?«

»Glaub schon.«

Sie sah einen Moment in den Schrank, als würde sie über etwas nachdenken.

»Der Pastor hat übrigens angerufen. Sollst ihn morgen mal zurückrufen.«

April 1944

Ungefragt kamen die Bilder wieder, ob er oben in seiner Kammer lag oder hier auf die Hauptstraße starrte. Wie diese Menschen in diesem letzten Dorf zusammengetrieben wurden, wie ein Mädchen, halb so alt wie seine jüngste Schwester, von einem Schuss gestreift, sich zusammenkauerte auf einer staubigen Dorfstraße im Maiwind, genauso, wie er sich abends zusammenrollte, und dabei schrie das Kind nicht einmal, sondern biss sich fest auf die Lippen. Später hatte er gesehen – er hatte nicht hinsehen wollen, er wollte bei keiner dieser Maßnahmen hinsehen –, dass das Mädchen sich einen tiefen senkrechten Riss in die Lippe gebissen hatte. Es hatte nicht geschrien, und das schien ihm immer noch unglaublich. Wie auch die anderen Dinge, die dort im Osten geschahen, unglaublich waren. Er dachte daran, dass diese Dinge gerade wieder, in diesem Moment, geschahen, dass seine Kameraden heute neue Dinge sahen, von denen sie niemandem erzählen konnten. Dass es nie aufhörte, an Weihnachten vielleicht für ein paar Stunden, dass sie weiter und weiter zogen, in neue Dörfer, zu neuen Menschen, die nicht mal schrien, wenn sie einen Streifschuss verpasst bekamen.

Das kleine Mädchen war jetzt tot. Es war Sonntag, früher Nachmittag, seine Mutter und seine drei Schwestern waren in der Maiandacht und später würden sie die letzte Butter, die sie extra für seinen Urlaub aufbewahrt hatten, auf sein Kartoffelbrot streichen, dazu Pflaumenmus und Eichelkaffee. Ihm wurde schlecht, wenn er an das Essen dachte.

6

Am nächsten Morgen regnete es auf die Dachschräge, unter der mein Bett stand. Ich lauschte. Irgendetwas war anders und gleichzeitig vertraut. Lena war nicht in ihrem Zimmer, da war ich mir sicher. Wahrscheinlich hatte sie bei Marvin übernachtet und saß gerade mit ihm beim Frühstückstisch und ließ sich von Renate frisch gebrühten Kaffee einschenken.

Ich klopfte an ihre Tür und als niemand antwortete, ging ich hinein. Das Aufnahmegerät stand auf ihrem Schreibtisch. Ich drückte auf die Starttaste und die Stricknadeln klapperten. Ich hörte die Aufnahme mehrmals ab, aber ich konnte nichts Neues entdecken.

Oma war schon auf. Sie hatte meinen Kaffee in die Thermoskanne gefüllt. Ich warf einen Blick auf die Küchenuhr. Es war kurz nach acht. Im Keller hörte ich die Waschmaschine laufen, wahrscheinlich war Oma dort unten.

Achim war wach. Er meldete sich mit: »Katholisches Pfarramt Auroth.«

»Ich bin's«, sagte ich.

»Ach, Mattes. Hast du Lust, vorbeizukommen? Ich müsste was mit dir bereden.«

»Geht es um Jakob?«, fragte ich.

»Gewissermaßen. Ich würde gerne persönlich mit dir reden.«

»Klar. In einer halben Stunde?«

»Gut.« Ich legte auf.

Dann putzte ich mir die Zähne und zog mir frische Jeans an.

Morgen würde ich mit Vane spazieren gehen, und deshalb zog ich nicht mein Lieblingssweatshirt mit der Kapuze an, das frisch gewaschen auf dem Wäschestapel in der Küche lag, sondern einen roten Wollpulli, der schon ein bisschen ausgeleiert war.

Der Regen hatte aufgehört und es roch nach Erde und Herbst.

Der Pastor sah ziemlich fertig aus. Er hatte Brötchen aufgebacken und den Tisch gedeckt.

»Setz dich«, sagte er.

Ich nahm mir ein Brötchen; es fühlte sich ganz warm an.

»Ich war ja gestern beim Bischof«, sagte Achim. »Ich war erst ganz spät wieder zu Hause.«

»Ich weiß. Wir waren gestern bei den Strickfrauen und bei dir war alles dunkel.«

Achim legte sich eine Scheibe Käse auf eine Brötchenhälfte.

»Was macht ihr bei den Strickfrauen? Hast du ihnen was vorgesungen?«

»Nein, Lena macht ihre Dissertation. Sie nimmt uns alle auf.«

Er atmete tief durch.

»Es ging doch um Jakob, oder?«

Wir kauten schweigend.

»Also, was ich dir eigentlich sagen muss. Es sind Beschwerden gekommen, also nein, eigentlich ...«

»Hat die Polizei dich vernommen?«, fragte ich.

»Ja, aber eigentlich geht es um den Bischof. Er möchte, dass ...«

Ich wartete.

»Also, du weißt doch, was ich vorgestern über meine Eitelkeit gesagt habe?«

»Ja, ungefähr.«

»Nun, es geht darum, demütig zu sein, Mattes, und gehorsam.«

Ich wartete. Es war, als würde Achim gegen einen großen Kloß in seinem Hals sprechen.

»Nun, ich möchte dir das gerne erklären. Ich muss da einfach gehorsam sein, Mattes. Ich habe keine andere Wahl.«

Er biss von dem Käsebrötchen ab und ich hörte ihn kauen und würgen und wieder kauen. Er trank einen Schluck Kaffee und würgte wieder, dann schluckte er mit viel Anstrengung.

»Nun, ich muss aufhören, dich abends zu sehen. Es hat zu viel Gerede gegeben und du weißt ja, wie schnell das alles ganz falsch…« Er versuchte mich anzusehen, aber ich blickte stur auf mein aufgeschnittenes Brötchen.

»Und was vielleicht noch schlimmer ist, ihr dürft den Probenraum nicht mehr benutzen«, fügte er leise hinzu.

Ich blieb lange sitzen und wartete, ob noch etwas zu hören war. Achim atmete schwer und schluckte immer wieder. Ich hörte, wie seine Muskeln im Hals gegeneinander arbeiteten und dabei kleine ekelhafte schmatzende Geräusche machten.

»Es tut mir leid«, sagte er lahm.

Ich sagte nichts. Ich stand einfach auf und ging.

»Aber die Orgel kannst du weiterhin spielen«, rief Achim hinter mir her. Ich hätte ihm gerne gesagt, dass ich darauf verzichten würde, aber ich dachte ans Geld und an Oma und deshalb sagte ich: »Okay.« Meine Stimme zitterte vor Wut und Enttäuschung.

Ein Rauschen war in der Luft über mir und ein tiefes grollendes Schreien, und als ich den Kopf hob, war ich erleichtert, denn es waren nur Wildgänse. Den ganzen Vormittag, während ich über die Feldwege ging, um ein bisschen von dem, was mir der Pastor gesagt hatte, zu verdauen, kamen immer wieder neue Vogelschwärme, die wie große Pfeilspitzen über mich nach Süden flogen. Ihre Schwingen gingen auf und ab, manchmal sah ich, wie sie sich an der Spitze abwechselten, und ich wünschte, ich hätte mehr, das von meinen düsteren Gedanken ablenken würde.

Ich ging durch den Wald, aber nicht bis zur Mühle, sondern obenherum, wo sich die Schnellstraße befand, und dann zurück durch das Neubaugebiet.

Ich ging an Vanes Haus vorbei, ein schickes Ding mit viel Blech und Glas. Daneben wohnte Felix in einem ähnlichen Haus, aber ich hatte nicht vor, ihn zu besuchen, und dann ging ich über einen Querweg zu den kleineren Fertighäusern.

Bei Bruno hatte sich einiges getan. Einer der Asternkübel war umgestoßen worden und die Kürbisse lagen aufgeplatzt auf dem gepflasterten Weg. Neben der Haustür prangte ein großer gelber Fleck auf der weiß verputzten Wand. Es sah aus, als hätten die Kürbisse miteinander gekämpft.

Ein weiterer Schwarm von Gänsen flog über das Dorf.

Ich bemerkte, dass mich jemand hinter der Gardine – wahrscheinlich war dort die Küche – beobachtete. Ich wollte so tun, als sei ich zufällig hier unterwegs, da wurde die Tür auch schon aufgerissen, und Bruno, nur in einer dunkelblauen Jogginghose, schrie mich an. Sein großer weißer Bauch zitterte dabei. Was er schrie, konnte ich nicht verstehen, aber in seinem Rachen schien Feuer zu wohnen und das wollte er auf mich spucken.

Als Erstes warf er die Flasche, die er in der Hand hielt.

»Hey!«, schrie ich.

Er bückte sich und nahm eines der Kürbisstücke und warf es mir entgegen. Es verfehlte mich knapp.

»Verpiss dich!«, schrie er. »Mach, dass du wegkommst!«

Ein zweites traf mich an der Schulter, als ich weglief.

Ich rannte den Weg hinunter, bis ich zu der großen alten Eiche vor Jakobs Mietshäusern kam. Schweiß lief mir über das Gesicht. Ich stützte mich mit einer Hand an der rissigen Rinde ab und starrte durch die herbstlich braunen Blätter in den Himmel hinauf. Es kamen keine Gänse mehr, nur ab und zu war ein Tropfen zu hören, der leise von einem der Blätter fiel. Ein paar trafen mein Gesicht und vermischten sich mit dem Schweiß.

Dann wurde mir klar, dass ich mich ziemlich komisch aufführte. Wahrscheinlich wurde ich gerade durch mehrere Fenster beobachtet. Ich zog meine Jacke aus und wischte das Fruchtfleisch und die Kürbiskerne ab, schlüpfte wieder hinein und ging nach Hause.

Oma war im Garten und machte späte Kartoffeln aus. Es war kein gutes Wetter dafür, der Boden klebte an der Hacke und den Kartoffeln fest. Sie stand gebückt, die Hände, die die Feldfrüchte gegeneinanderrieben, auf die Knie aufgestützt. Um den Kopf trug sie ein altes Tuch gebunden.

»Lass mich das machen!«, sagte ich zu ihr.

»Ist gut. Für heute habe ich genug.« Sie richtete sich langsam auf und nickte auf den kleinen Korb, der neben ihr stand. Darin lagen ein paar große und ziemlich viele kleine, die man waschen und in Öl braten konnte.

Ich nahm den Korb in die eine, die Hacke in die andere Hand und ging hinter ihr her.

»Achim sagt, wir könnten den Probenraum nicht mehr haben«, erzählte ich ihrem Rücken.

»Du müsstest dich unbedingt um die Äpfel kümmern. Lena kann sie zur Presse fahren.«

Ich sah missmutig zu den beiden großen Apfelbäumen. Sie hingen richtig voll.

»Vielleicht könntet ihr wieder hier proben, so wie früher«, schlug Oma vor, als sie sich die Gummistiefel auszog.

»Vielleicht«, meinte ich nicht sonderlich begeistert. Das hatte nur Ärger gegeben, weil das Schlagzeug so laut war. Und wir hatten auch nicht genug Platz, um das Equipment aufgebaut stehen zu lassen.

»Oder, weißt du was? Du fragst Paul, ob ihr den hinteren Raum haben könnt. Da probt doch auch die Blasmusik.«

Paul hatte eine kleine Kneipe an der Auffahrt zur Schnellstraße. Das Problem war nur, dass er Miete haben wollte. Ich würde ihn wohl fragen müssen.

»Wo ist denn die lange Leiter?«, fragte ich Oma, damit sie wusste, dass ich heute Nachmittag mit der Apfelernte beginnen würde.

Lena pfiff vor sich hin, während sie einen Blumenkohl putzte.

Sie strahlte richtig.

»Wer macht die Frikadellen?«, fragte Oma und nahm das Hackfleisch aus dem Kühlschrank.

»Ich nicht. Ich mag kein Fleisch anfassen«, sagte Lena. Deshalb machte ich das. Oma wusch die kleinen Kartoffeln in der Spüle und plötzlich war alles wie früher. Die vertrauten kleinen Geräusche, wie die Kartöffelchen gegen das Blech schlugen, das brutzelnde Fett in den Pfannen, das Schaben der Messer, das Klappern mit den Tellern.

»Ich muss dir etwas zeigen!«, flüsterte Lena mir zu, während ich Fleischbällchen formte.

Oma klimperte mit der Besteckschublade.

»Nach dem Essen hilfst du mir bei den Äpfeln. Die hängen so voll«, erwiderte ich.

Wir spülten gemeinsam ab, und dann zogen Lena und ich Gummistiefel an, nahmen die große Leiter, zwei Weidenkörbe und einen Apfelernter, eine lange Stange mit einem scharfen Ring am Ende. An einer Seite befand sich ein Säckchen, in das die Äpfel plumpsen sollten. Nach meiner Erfahrung riss man damit einen Apfel vom Ast und fünf andere, die am gleichen Ast schon ziemlich locker saßen, plumpsten einem dabei auf den Kopf. Aber Lena bestand darauf.

»So, jetzt lass uns hier schnell fertig werden. Wir haben heute noch was anderes vor«, meinte Lena, kaum dass ich die Leiter hochgeklettert war.

»Was denn?«, fragte ich von oben.

»Ich war bei Renate und habe mir diese Jahrbücher ausgeliehen. Du weißt schon, in denen diese Hobby-Historiker ihren Kram veröffentlichen.«

»Warum denn das?« Die Leiter lehnte ich an einen dicken Ast.

»Renate hat sie mir fast aufgedrängt. Weil dort teilweise in Platt geschrieben wird. Für meine Diss, du weißt schon.«

Ich schob ein kleines Brettchen unter die Leiter, damit sie nicht in der nassen Wiese versank.

»Oma kauft selten eins«, sagte ich.

Jedes Jahr wurde die Abschlussklasse der Hauptschule genötigt, mit den jeweiligen Jahrbüchern von Haus zu Haus zu ziehen und sie zu verkaufen. Davon wurde die letze Party finanziert.

»Renate hat jedenfalls alle. Die werden wir durchblättern und alle Beiträge, in denen es um Auroth geht, anschauen. Ganz systematisch.«

»Meinst du, das bringt was?«, fragte ich. Ich bin nicht gerade der große Leser und hatte überhaupt keine Lust dazu.

»Du kannst dir ja die Bildchen ansehen«, sagte Lena. »Ich finde es jedenfalls sinnvoll, eine Datenbasis anzulegen.«

Ich reckte mich nach ein paar rotbackigen Äpfeln und zog daran. Der Ast kam mir entgegen und als ich den Apfel mit einer Drehung abpflückte, federte der ganze Ast nach und ließ die Leiter wackeln. Ich machte einen Eimer voll und stieg die Leiter hinunter, um sie an den nächsten Ast zu rücken.

»Ich bin heute an Brunos Haus vorbeigekommen.« Ich erzählte Lena von meiner Begegnung.

»Wow! Hier ist echt einiges los!« Sie hielt die Leiter fest, damit ich wieder hinaufklettern konnte.

»Jetzt lass uns hier fertig werden.« Sie drückte mir den Eimer in die Hand. »Ich lese hier unten auf, was noch in die Presse kann.«

Ich stieg wieder in den Baum. Es nieselte und wir arbeiteten still und mit eiskalten Händen vor uns hin.

Wir hatten drei Körbe und zwei Spankisten voller Äpfel in Lenas Auto gepackt. Die besten hatten wir aussortiert und abgetrocknet, um sie für den Winter einzukellern. Oma war sehr zufrieden mit uns.

Die Jahrbücher begannen in den siebziger Jahren des letzten Jahrhunderts. Der Heimatverein hatte ganze Arbeit geleistet und für jedes Jahr mindestens zweihundert Seiten zusammengetragen. Ich seufzte, als ich die hohen Stapel auf Lenas Fußboden sah.

»Was für ein Mist«, sagte ich und begann zu blättern.

»Schau ins Inhaltsverzeichnis, das ist viel systematischer«, meinte Lena.

Wir blätterten ein Jahrbuch nach dem anderen auf und sortierten sie danach, ob Auroth darin vorkam oder nicht.

Lena brauchte dafür nur einen Augenblick.

»Das nicht, das hatte ich schon!«, sagte Lena, als ich eines aus den späten Achtzigern griff. Ich blätterte trotzdem ein bisschen darin herum und dabei fand ich das Foto. Die Schwarz-Weiß-Aufnahme zeigte die alte Eiche, unter der ich heute noch gestanden hatte. Sie war inzwischen etwas breiter geworden, aber ich war mir ziemlich sicher. Daneben stand ein Heuwagen, hochbeladen, vor den ein einfarbiges mageres Rind gespannt war. Rechts neben dem Rind war ein Kind zu sehen, das seine Hand nach dem Tier ausstreckte, links neben dem Rind stand der Bauer, eine Hand auf den Rücken des Tieres gelegt. Er schaute ernst in die Kamera.

»*Stefan Burkhart, sein Sohn Herbert und seine Kuh Blessi, eines der letzten Exemplare der typischen Braunen, die in den nächsten Jahren von den Schwarzbunten Holsteinern verdrängt werden sollten. Erst seit den Neunzigern besinnt man sich auch in unserem Landkreis wieder auf…*«, las ich vor.

»Schon gut. Wir wollen keine Rinder züchten«, unterbrach Lena mich. Das Bild illustrierte einen Artikel über Landschaftspflege mit alten Nutztierrassen.

»Verstehst du? Auf dem Feld, auf dem Jakobs Mietshäuser stehen, hat früher der Mann von Oma Burkhart Heu gemacht.«

»Du meinst, dass Jakob ihnen das Feld irgendwie abgeluchst hat?«, fragte ich.

»Also, Land verkaufen ist zumindest ziemlich unüblich hier.«

Das stimmte. Opa Hermann war tot und Oma hatte unsere Felder verpachtet. Sie wäre gar nicht auf die Idee gekommen, sie zum Verkauf anzubieten.

»Das wäre eine Erklärung dafür, dass die nicht miteinander reden«, sagte ich.

Ich warf einen Blick auf die Tapete, auf die Lena die Leute aus dem Bus geschrieben hatte. Lena nahm ihren Stift, malte einen Pfeil von Herbert zu Jakob und schrieb »Landverkauf?« darüber.

»Aber eigentlich …«, meinte sie dann nachdenklich und musterte ihren Pfeil.

»Für ein Mordmotiv ist das eigentlich viel zu wenig, oder? Und es ist auch schon ewig her«, sagte ich.

»Wir merken es uns einfach nur als Beziehung zwischen Opfer und möglichem Täter, okay?«, sagte Lena. Dann nahm sie noch mal ihren Edding und klammerte den Landverkauf ein. Sie hockte sich wieder auf den Boden und nahm ein Jahrbuch von denen, in denen Auroth nicht im Inhaltsverzeichnis vorkam.

»Jedenfalls … also, es tut mir leid, aber ich glaube, dass wir die Jahrbücher doch genauer prüfen müssen.«

Ich zuckte mit den Schultern und wir begannen von vorne.

Lange Zeit war nur das Rascheln der Seiten zu hören, die Lena und ich umblätterten.

»Sieh mal hier, deine Oma!«, sagte Lena plötzlich.

Sie reichte mir ein anderes Jahrbuch.

Oma und Opa Hermann standen vor unserem Haus. Omas Haare waren gescheitelt und gekräuselt und standen von ihrem Kopf ab, sie trug einen weiten schwingenden Rock und eine knappe Jacke. Mit einem Bein stützte sie sich an einem Moped ab. Opa hatte einen Arm um sie gelegt und grinste in die Kamera. Es war merkwürdig, ihn mit zwei Armen zu sehen. Links neben Oma stand Renate, ich war sicher, dass sie das war, und sie war wirklich atemberaubend schön. Während Oma breit in die Kamera lachte, schauten ihre Augen groß und ernst. Ihr Haar war schlicht aus dem Gesicht gekämmt.

»Und sieh dir mal Renate an. Unglaublich, oder?«, sagte ich zu Lena.

»*Die Motorisierung der Jugend hält auch in Auroth Einzug. Eine Kreidler ist der ganze Stolz der Burschen*«, las Lena die Bildunterschrift vor.

»Das muss kurz vor ihrer Hochzeit gewesen sein. Opa Hermann kaufte sich eine Kreidler, um ins Walzwerk zu fahren. Wo haben die Leute vom Jahrbuch diese ganzen Bilder her?«, fragte ich.

Lena blätterte herum, dann lachte sie.

»Der Text ist von Peter Schmitz. Der wird das Bild einfach bei sich zu Hause unter Renates Sachen gefunden haben.«

»Echt? Zeig mal!« Ich las den Artikel, der sich um das Aufkommen von Zweirädern im Westerwald drehte.

»Über das Aufkommen von Haarfärbemitteln schreibt er aber nichts«, meinte ich. »Haha«, machte Lena. »So interessant ist es nun auch wieder nicht. Wir müssen Oma fragen, wie Jakob an das Feld gekommen ist.«

Dezember 1946

Als der Schlag gegen das Fenster kam, wurde Robert klar, dass er jede Nacht darauf gewartet hatte, fast zwei Jahre lang.

Er stieg über die warmen Körper, die neben ihm ruhten. Amalie und sein kleiner Sohn, sein Stefan, schliefen fest, nur er hatte schlaflos gelegen.

Vor der Tür stand Hans. Er nickte zum Zeichen, dass er nun endlich reden wollte. Die Winterkälte biss ihn in die Haut. Robert nickte auch und sie gingen in den dunklen Niederlass, um zu sprechen. Hans wollte die Milchkuh, Robert dachte zuerst an seinen Sohn, und dann an das russische Kind, das an einem Strick gehangen hatte, und dann musste er nicken.

Sie gingen in den Stall, wo die Kuh neben ihrem Kalb und dem Rind, einem mageren Bullen, stand. Die Tiere standen, als hätten auch sie gewartet, und im Widerschein der Laterne waren ihre Augen groß und schwarz. Das Kalb ließ seine Zunge flink in sein Nasenloch schnellen und drückte sich näher an die Kuh.

Robert machte sie von ihrer Krippe los und drückte sie rückwärts. Die Kuh war Menschen gewöhnt, sie hielt den Kopf still, um Robert an ihren Hals zu lassen. Er legte ihr eine Kette um.

»Ich lass dir ja das Kalb«, sagte Hans, die Kette schon fest um die Hand gewickelt.

Robert nickte wieder, strich seiner Kuh, es war eine schöne Braune mit langen Wimpern, nachdenklich über die Flanke.

Er wusste nicht, ob die Sache damit beendet war oder erst anfing, und er wagte nicht zu fragen.

7

Am nächsten Morgen hing Nebel über dem Dorf. Auf der großen Baustelle der Westerwind AG stand unbeweglich ein gelber Bagger, so als würde dort nicht gearbeitet. Die ausgehobenen Gruben wirkten wie Wunden. Aber als wir oben auf der Schnellstraße waren und Richtung Hachenburg fuhren, war der Himmel blau und der Mischwald strahlte in Gelb und Gold.

Es war kälter als gestern und wir mussten im Auto unsere Jacken anlassen.

»Hoffentlich ist nicht so viel los«, sagte Lena.

Ich drehte am Radio, um einen Sender einzustellen, der nicht rauschte.

»Glaub ich nicht. Die Leute arbeiten doch alle.«

Der Sender kam nicht richtig rein und ich schaltete das Radio ab.

In meinem Magen war ein Grummeln, weil ich mich einerseits heute mit Vane treffen würde, andererseits musste ich ihr und den anderen erklären, dass wir einen neuen Probenraum brauchten. Achim hatte mir die Schlüssel gelassen, und ich wusste, dass er erwartete, dass wir unser Zeug aus dem Raum holten und ihm den Schlüssel wiedergaben. Ich musste heute noch mit Paul reden.

»Was bist du denn so still?«, fragte Lena.

»Was war das Romantischste, was Marvin und du jemals gemacht habt?«, fragte ich.

»Früher, meinst du?« Lena überlegte. »Wir sind schwimmen gewesen, es war eine ganz warme Nacht und dann haben wir stundenlang vor der Tür gesessen und uns die Sterne angeschaut. Das war wirklich romantisch.«

»Und das Zweitromantischste?«

Lena lachte. »Planst du etwas mit der Bassistin?«

»Hm«, machte ich.

»Also, Marvin hatte doch eine Zeit lang dieses bescheuerte Cabrio. Er hat mich fahren lassen – ich hatte noch gar keinen Führerschein – und ich fuhr die Serpentinen irgendwo bei Marienberg runter und merkte plötzlich, dass mir das Heizen mit einem Auto richtig Spaß machte.«

Wir fuhren durchs Tal der Nister und der Nebel war wieder da.

»Was war daran romantisch?«, fragte ich.

»Weil es eigentlich Marvins Sache war, schnell zu fahren. Ich mochte das nie, bis zu diesem Abend. Ich war ihm danach einfach näher.«

Das Ticken des Blinkers war zu hören und wir fuhren links ab.

»So, wo war die Presse jetzt noch mal?«

Die Saftpresse war in einer großen weißen Fabrikhalle am Dorfausgang. Wir fuhren mit unseren Äpfeln zur Waage, dort war nur ein Auto vor uns.

Einer in meinem Alter, der mit hohen Gummistiefeln und Steppjacke dort herumstand, kippte alles in eine große Kiste, drückte auf einen Knopf, und unsere Äpfel wogen eineinhalb Zentner. Er schickte uns mit dem Zettel von der Waage weiter und wir bekamen einen Gutschein dafür.

Wie kamen diese Leute an diese Jobs? So etwas hätte ich auch machen können.

Wir kauften für den Gutschein ein paar Kästen Apfelsaft und luden alles in Lenas Fiesta.

»Was könnte ich denn Romantisches machen? Mit Vane, meine ich.«

Ich hatte schon länger darüber nachgedacht, Lena zu fragen, mich aber irgendwie nicht getraut. Lena war so hübsch und selbstsicher. Wusste sie überhaupt, wie man sich fühlte, wenn man nicht besonders aussah und ein Ohrenleiden hatte?

»Hast du sie schon mal geküsst?«, fragte Lena sofort.

Ich sagte nichts, sondern lauschte nur, wie Lena in den nächsten Gang kuppelte. Musste sie denn so direkt sein?

»Das wäre eine Möglichkeit«, lachte Lena.

»Sehr witzig!« Genauso könnte ich mir wünschen, dass Brian Molko einen Song von mir covert.

Vane klingelte um fünf, genau eine Stunde vor der Probe. Ich stand vor dem Spiegel, schaute, ob ich eventuell Reste vom Mittagessen zwischen den Zähnen hatte oder sonst irgendetwas Ekliges im Gesicht. Ich sah aber aus wie immer.

Oma machte ihr auf, und ich hörte Vanes Stimme, und das Gegrummel im Bauch wurde stärker. Ich steckte meine Taschenlampe in die Hosentasche und schob meinen Pulli darüber.

»Hi«, sagte ich zu Vane und sie grinste mich an. Sie hatte ihren Bass dabei.

Es war ein sonniger Tag geworden und durch das Küchenfenster konnte man die bunten Apfelbäume und den großen Garten sehen.

»Wir könnten ein bisschen spazieren gehen«, schlug ich vor. Ich wollte nicht, dass Vane bei mir zu Hause war. Sie sollte nicht sehen, wie wenig Geld wir hatten.

Wir gingen an der Kirche vorbei, wo Vane ihren Bass abstellte, und dann einen Feldweg hoch.

»Pass mal auf, ich zeig dir etwas.«

Früher war ich oft hier gewesen. Man musste einfach ein paar Meter in den Wald gehen, dann bei einer eingezäunten Fichtenschonung nach rechts, dann kam man zur Aurother Ley. Das war ein alter Steinbruch, der aber längst geschlossen war. Man sah davon nur noch eine steile Felswand, an die sich in den Spalten ein paar wilde Birkensetzlinge klammerten. Die Felswand fand man auch nur, wenn man wusste, wo sie sich zwischen den Fichten erhob. Früher hatten wohl viele Aurother hier gearbeitet.

»Wo gehen wir denn hin?«, fragte Vane.

»Ich zeig's dir gleich. Hier, das ist es.«

Früher gab es hier in der Gegend ein bisschen Bergbau und auch einige Steinbrüche, die den harten Basalt abbauten, und hier an der Aurother Ley war ein kleiner Tunnel in den Stein gesprengt, natürlich mit einem Gitter und einem Schloss gesichert, aber alles war inzwischen ganz verrostet und wahrscheinlich erinnerte sich niemand mehr daran.

Ich drückte das Gitter so weit von der Wand weg, dass wir geradeso hindurchschlüpfen konnten.

Im Licht der Taschenlampe sahen wir die felsigen Wände. Sie glänzten vor Feuchtigkeit. Unter unseren Schuhen war matschiger Boden.

»Das geht nur ein paar Meter rein. Dahinten ist alles verschüttet«, erklärte ich Vane. Sie tappte hinter mir her, bis uns Erde und Felsbrocken den Weg versperrten.

»Ist ja richtig unheimlich«, sagte Vane. Aber ich hörte, dass sie keine Angst hatte.

»Hör mal«, sagte ich und machte die Taschenlampe aus, denn komischerweise hören die meisten Menschen im Dunkeln besser. Um uns herum war fast absolute Stille. Jedenfalls war es hier stiller als an jedem anderen Ort, an dem ich je gewesen bin. Man hörte natürlich seinen eigenen Atem und wie die Kleidung aneinanderrieb, wenn man sich bewegte, aber ansonsten war es wirklich ganz still.

Vane musste sehr nahe bei mir stehen, jedenfalls hörte ich sie so. Wahrscheinlich musste ich mich nur ein bisschen zu ihr hinneigen, um sie zu berühren.

»Mattes?«

»Ja?«

»Ich höre gar nichts.«

»Genau. Ist das nicht fantastisch? Hier ist es ganz still.«

Vane schwieg. Dann hörte ich, wie sich ihr Ärmel bewegte, und ihre Hand berührte meine.

»Mach das Licht wieder an.«

Die Taschenlampe blinkte auf und Vane ließ meine Hand los. Ihr Gesicht war ganz nah an meinem, und es wäre vielleicht einfach gewesen, sie zu küssen, aber ich konnte einfach nicht.

Wir gingen zum Kirchenkeller, wo Felix und Suder schon warteten, und begannen mit der Probe. Wir spielten alles durch, was wir morgen Abend spielen würden, dann testeten wir das Karaoke-Band für einige Einlagen.

Ich brachte es nicht fertig zu erzählen, dass wir uns bald nach einem neuen Probenraum umsehen mussten, und ging mit einem blöden Gefühl nach Hause.

8

Am Freitagmorgen ging ich zu Paul. Paul war ein alter Mann, der humpelnd und in alten Jeans, die er mit einem breiten Ledergürtel in die Taille gezogen hatte, seine Theke mit einem schmuddeligen Lappen bearbeitete. Er hatte neben einer kleinen Kneipe auch einen Laden für Zigaretten, Milch und was man sonst noch so im Supermarkt vergessen hatte, und eine Lottoannahmestelle. Das Ganze hatte er in einem uralten Häuschen eingerichtet. Es roch immer ziemlich eklig bei ihm.

»Paul«, sagte ich und hob die Hand.

»Mattes«, sagte er und verschob sein Gewicht auf das andere Bein. »Was bekommst du?«

»Ich brauche einen Probenraum, da hab ich an dich gedacht.«

»Läuft es nicht mehr beim Pastor?«, fragte Paul zurück.

Ich zuckte die Schultern. Was ging ihn das an?

»Na, komm, dann zeig ich dir mal, was du haben könntest.« Er humpelte vor mir her in den kleinen Raum, in dem er seine Kneipe betrieb. Die Rollläden waren noch unten und Paul knipste das Licht an. Einer der Tische streckte seine vier Beine nach oben und ein Stuhl lag zertrümmert in der Mitte.

»Was ist denn hier passiert?«, fragte ich.

»Ach, ich hab nur noch nicht aufgeräumt.« Paul machte eine wegwerfende Handbewegung.

»Hier geht's aber abends ganz schön ab.«

Paul kicherte.

»Nicht immer. Dem Bruno ist die Frau weg. Da hat er sich gestern mal … «

»Das war Bruno?«

»Seit der Geschichte mit Jakob ist er total neben der Spur.«

Paul drückte eine Schiebetür auf. »Hier. Die Blasmusik ist dienstags von sechs bis acht hier. Alle anderen Tage kannst du haben.«

»Können wir das Schlagzeug und die Verstärker hierlassen?«

»Klar, kommt ja sonst keiner rein.«

Der Raum war klein und hatte kein Fenster, aber er war okay.

»Was kriegst du denn dafür?«, fragte ich.

»Na, sagen wir mal siebzig. Und keine Getränke mitbringen!«

»Ich rede mit dem Rest von der Band. Aber insgesamt ist's okay.«

Paul humpelte vor mir her in den Laden.

»Du warst doch auch dabei, in Mariae Gnaden, meine ich.«

»Hm«, meinte ich.

»Kann es denn Bruno überhaupt gewesen sein? Die Bullen lassen ihn ja überhaupt nicht mehr in Ruhe.«

»Wann ist seine Frau denn weg?«

»Er hätte die Leiche einfach liegen lassen sollen«, sagte Paul.

»Hm«, machte ich noch mal. »Vielleicht ist ja auch was dran.«

»Der dumme Junge«, sagte Paul. »Erst denken, sag ich immer, erst denken!«

»Vielleicht ...«, aber ich wusste gar nicht so genau, was ich sagen wollte.

»Also, dann.« Paul hielt mir die Tür auf.

»War Bruno eigentlich immer schon so ... ich mein, früher mit den Rockern und so ...«

»Ach.« Paul machte eine wegwerfende Handbewegung. »Die haben doch nur angegeben.«

»Und Jakob?«

»Was soll mit dem sein? Wieso willst du das alles überhaupt wissen?«

Ich zuckte die Schultern und trollte mich.

Die Driving Disco Show war vor der Allerheiligenkirmes in Gershan. An Allerheiligen selbst konnte man natürlich keine Kirmes machen, aber am Wochenende davor ging's schon. So, als wolle man noch mal feiern, bevor man auf den Friedhof musste und sich an die Gräber seiner Vorfahren stellte, während der Pastor mit dem Weihwasser herumging.

Ein eisiger Wind zog durch das Festzelt, und jedes Mal, wenn ich rausging, um etwas aus Suders Auto zu holen, hatte ich eine Gänsehaut.

Vor dem Zelt rauchte bereits ein riesiger Schwenkgrill und etliche Gershaner standen herum und tranken eiskaltes Bier aus beschlagenen Flaschen.

Wir machten so eine Art Sound-Check, jedenfalls schrammten wir ein bisschen auf unseren Instrumenten herum.

Dann bekamen wir jeweils eine Flasche Bier.

»Sag mal, ihr kommt doch aus Auroth«, begann einer von den Gershanern.

»Jau«, machte Suder.

Die Gershaner wechselten Blicke.

»Weiß man denn schon was?«, fragte ein anderer der Gershaner. Er war ungewöhnlich groß und hatte seine Haare zu einem affigen Zopf gebunden.

»Was? Wegen dem Toten?«, fragte Suder zurück. »Die Polizei ist öfter im Dorf, aber sonst…« Er steckte seinen Finger in den Flaschenhals und zog ihn schnell wieder raus, sodass ein Plopp-Geräusch entstand.

»Muss ja auch keiner aus Auroth sein«, sagte ich. Ich weiß nicht, warum ich das sagte, vielleicht, weil die Gershaner uns so anstarrten.

Der mit dem Zopf machte ein kurzes schnaubendes Geräusch.

»In Auroth, in Auroth, da schlagen se dich mit Steinen tot«, erwiderte er.

»Wo hast du das denn her?«, fragte Vane. Sie stand plötzlich neben mir. Niemand bot ihr ein Bier an.

»Sagte mein Opa immer. Weil ihr da so viele Steine habt.« Er konnte sogar grinsen.

»Kommt, wir machen weiter«, sagte Suder. Felix und ich halfen ihm, die Mikrofone für das Schlagzeug aufzustellen.

Die restlichen Tonspuren würden vom Computer kommen, der in meinem Keyboard versteckt war, aber wir stöpselten an den Gitarren rum und taten geschäftig. Dann stellten wir den Monitor für die Karaokeshow auf und klebten die Kabel auf dem Boden fest.

»Wieso gibt's in Auroth mehr Steine als in Gershan?«, fragte Vane. »Was sollte der Spruch?«

»Ach, die alten Leute sagen das wegen dem Steinbruch.« »Der ist doch schon lange zugewachsen.« Suder riss ein weiteres Stück Klebeband ab und wickelte es um den Mikrofonständer von Felix.

»Aber wieso totschlagen?«, fragte Vane weiter. »Gab es denn schon mal einen Mord in Auroth?«

»Das sagt man einfach so«, sagte Suder. »Um sich gegenseitig zu dissen. Wir sagen auch Frostscheißer zu den Gershanern. Wahrscheinlich, weil sie ihre Kirmes mitten im Winter machen.«

Felix lachte.

Wir begannen mit *Hey, tonight* von Creedence Clearwater Revival. Es ist immer traurig, vor einem halbleeren Zelt zu spielen. In Gershan standen etwa zwanzig Leute verstreut herum und tranken. Sie beobachteten uns, als seien wir irgendeine Freakshow. Wir legten mit *Rockin' all over the World* nach, und ich sehnte mich danach, noch ein Bier zu trinken. Vane zupfte an ihrem Bass und ich haute in die Tasten, aber im Zelt war natürlich etwas vom Band zu hören. Felix sang ein bisschen schief und das musste als Authentizität reichen. Wenn Felix sang, nickte er immer rhythmisch mit und seine langen Haare flogen dabei hin und her, sogar hier, vor zwanzig starrenden Gershanern machte er das. Wir spielten noch einen Song aus den Charts, den wir als Band nie gesungen hatten, aber Suder trommelte ganz ordentlich und Felix hatte den Text ziemlich drauf.

Danach machten wir eine kurze Pause.

»Was für'n Scheiß«, sagte Felix.

»Du gehst doch ganz schön ab«, sagte Vane und grinste. Sie gab ihm ein Bier aus dem Kasten, den wir neben dem Schlagzeug deponiert hatten.

»Gefällt's dir?«, grinste Felix.

»Klar«, grinste Vane zurück. »Hörst dich richtig gut an. Solltest öfter diese Siebziger-Sachen singen.«

»Wenn unser Genie mal so was für mich schreiben würde. Aber Mattes macht ja immer auf Herz und Schmerz.« Er knuffte mich freundschaftlich in die Seite. Ich hätte ihm am liebsten die Zähne eingeschlagen.

»Los jetzt, sonst gehen die letzten Gershaner nach Hause.«

Wir machten weiter, spielten eine ganze Stunde lang einen Burner der vergangenen Driving Disco Shows nach dem anderen und zum Glück füllte sich langsam das Zelt.

Vor der Bühne tanzen bereits drei oder vier Mädels, und Felix' langes Haar war inzwischen nass geschwitzt.

Wir machten noch mal eine Viertelstunde Pause, dazu legte ich etwas Schmusiges auf, damit wir gleich mit einem ordentlichen Kontrast loslegen konnten. Ich blieb bei den Keyboards sitzen und beobachtete Vane, die mit Suder und Felix quatschte. Ihre großen Augen drehten sich mal zu dem, mal zu dem, und ich dachte die ganze Zeit daran, dass sie vielleicht nicht mal verstanden hatte, was ich ihr in dem Stollen zeigen wollte, dass sie genauso verstehen konnte, was Felix ihr jetzt sagte und worüber sie jetzt lachte.

Ich versuchte mich wegzuträumen. Ich stellte mir eine Bühne vor, eine richtige, nicht dieses klamme Kirmeszelt, mit Scheinwerfern, die auf uns gerichtet waren, und ein Publikum, das nur wegen uns gekommen war und nun schwieg, sogar die Luft anhielt, während es auf den ersten Ton von mir wartete. Ich stellte mir diesen ersten Ton vor, ein eingestrichenes a, das ich ganz zart mit dem Ringfinger anschlagen würde. Ich drückte probeweise die Taste herunter, aber es erklang natürlich kein Ton.

Suder setzte sich hinter sein Schlagzeug.

»Alles okay?«, fragte er.

»Klar«, sagte ich.

»Okay, was geht jetzt?«, fragte Felix.

Ich sagte »*Highway to Hell*«, und Felix schrie den Refrain auf die Gershaner ein, dass sie johlten und klatschten. Dann spielten wir was von Bon Jovi.

»So, ihr Frostscheißer!«, schrie Felix in das Mikro. Lachen und Buhen waren die Folge.

»Wer will denn hier mal singen? Du vielleicht?« Er deutete auf einen, der zufällig in der Nähe der Bühne stand. Er hatte eine auffallend große rote Nase und war etwa Mitte dreißig.

»Hey, Martin! Mach mal!«, schrien die anderen und »Zeig denen mal Frostscheißer!«.

Martin krabbelte auf die Bühne und kam zu mir.

»Was habt ihr denn?«, fragte er.

»Was kannst du denn?«, fragte ich zurück.

»Rammstein?«

»*Du hast*?«

»Ja, geil!« Martin zwinkerte Felix zu und nahm ihm das Mikro ab. Felix zeigt ihm den Monitor.

»Den Text kenn ich, kein Problem.«

Und dann legten wir los, mit Martin am Mikro, der kein einziges Timing hinkriegte, aber egal, Gershan war anscheinend Rammsteinland, denn alle gröhlten mit und stampften wie wild, und der Nächste sang *Mein Herz brennt*. Und danach sang einer *Benzin* und das Zelt tobte.

Wir legten schnell nach und spielten – als es keine weiteren Freiwilligen gab – *Ohne dich* und die Lichter über der Bühne gingen aus oder wurden blau. Die Gershaner reckten Feuerzeuge und Handydisplays in die Höhe und wurden alle ganz traurig. Am Tresen war danach Hochbetrieb und wir legten eine weitere Pause ein.

Ich ging, um mir ein neues Bier zu holen. Es war eine lange Schlange, aber ein nettes Mädchen, das zapfte, gab mir einfach eins über die Köpfe der anderen, die schon bestellt hatten, und ohne dass ich fragen musste.

»Das Haus der Grausamkeit hat viele Zimmer«, sagte eine entfernt bekannte Stimme an meinem Ohr. Es war der Dirigent aus Mariae Gnaden.

»Das kann man so sagen, ja.«

Feininger strich mit seinen Wurstfingern über den Bart.

»Bin gekommen, um dich zu hören.« Er nickte zur Theke hin. »Ich krieg auch noch eins.«

»Hm«, machte ich.

»Ist aber Konservenkost, oder?«

»Schlagzeug und Gesang sind echt. Teilweise zumindest.«

Er grinste. Ich grinste zurück.

»Du wolltest mich anrufen. Denk dran.«

Ich nickte. Dann musste ich wieder an meine Keyboards.

Wir spielten ein paar Klassiker und dann kam der nächste Schwung, der sich auf der Bühne versuchen wollte. Sie waren alle stark angetrunken und forderten weiter was von Rammstein. Sie waren erstaunlich textsicher.

Ein Mädchen kam und wollte *Durch die Nacht* singen, aber hier vor den angesoffenen Gershanern würde sie sich damit blamieren, selbst wenn sie sang wie ein Engel, deshalb sagte ich, dass wir nichts von Silbermond hätten. Sie schmollte. Sie wusste ja nicht, dass bei unserem ersten Karaoke-Versuch ein Mädchen heulend von der Bühne gelaufen war.

Feininger kam zu mir, ich dachte, er wollte sich verabschieden, doch er fragte nach *She's the One* von Robbie Williams.

Und das sang er dann auch, obwohl die Gershaner buhten und jemand mit einer Red-Bull-Büchse nach ihm warf. Und diesmal hörte sich Suder, der ja live am Schlagzeug war, an wie ein Anfänger.

Ich bekam von Feiningers Stimme eine Gänsehaut.

»Das wollte ich schon immer mal für dich tun!«, sagte er zum Schluss und lächelte einer Frau zu, die mollig und mit herausgewachsener Dauerwelle an der Bühne stand.

Sie strahlte zurück.

»Das war das Romantischste, was ich jemals erlebt habe!«, sagte Vane.

Wir hatten alles in den Kombi von Suders Vater geladen und fuhren über die Schnellstraße Richtung Auroth. Felix und Suder saßen vorne, ich hinten mit Vane.

»Echt?«, fragte ich. »Ich glaube, ich auch.«

»Und der konnte singen! Ich meine, der ist über vierzig, hat einen Bart und dann macht er den Mund auf! Der konnte wirklich singen.«

»Schon gut!«, sagte Felix eingeschnappt.

Ich musste grinsen, aber das sah man im dunklen Auto nicht.

»Na, komm. Das hättest du nicht so hingekriegt.«

Ich hätte jetzt eigentlich sagen müssen, dass Feininger einen Chor und ein Orchester leitete und wahrscheinlich Musik studiert hatte, aber irgendwie fand ich es gut, dass Felix mal über seinen Gesang nachdachte.

»Er hat mich gefragt, ob ich in seiner Band spiele. Die machen Jazz«, sagte ich stattdessen.

»Das ist doch klasse!«, sagte Vane.

»Und unsere Band?«, fragte Felix.

»Ich brauch Geld.«

»Der zahlt dir was?«, fragte Felix.

»Und da ist noch was. Wir können nicht mehr im Kirchenkeller proben.«

Im Auto sprach erst mal niemand. Wir fuhren und nur die Verkehrszeichen, die vor Wildwechsel warnten, erhellten kurz die Dunkelheit. Vane hielt kurz die Luft an, dann hörte ich, wie sich ihr Ärmel bewegte.

»Ich hab schon mit Paul gesprochen. Er lässt uns bei sich proben.«

»Wie viel?«, fragte Suder. Er sah mich im Rückspiegel an.

»Siebzig.«

»Der ist völlig durchgeknallt. Siebzig!«, sagte Suder.

»Schau auf die Straße!«, sagte Vane. »Sind rund achtzehn Euro für jeden. Im Monat.«

»Scheiße, ja!«, machte Felix. »Rechnen kann ich auch. Aber wir wollten doch endlich eine CD machen und so.«

»Mein Vater meinte, er könnte uns das Geld für die CD auch vorstrecken. Das wollte ich euch eigentlich schon gestern erzählen.«

»Trotzdem müssen wir das Geld erst mal verdienen«, sagte ich. »Das war die letzte Driving Disco Show. Danach ist bis zum Frühjahr erst mal nichts.«

Vane brummte vor sich hin.

»Na, komm. Er ist immerhin mein Vater!«

Ich hörte den Blinker und dann bogen wir auch schon in die Ausfahrt nach Auroth ab.

Wir ließen die Sachen im Kombi und sagten Tschüss zueinander, dann nahm Felix, der auch im Neubaugebiet wohnte, Vane auf seinem Roller mit. Ich steckte die Hände in die Taschen und freute mich auf einen kalten stillen Heimweg. Manchmal, besonders nach einem Auftritt wie in Gershan, ist die Stille in den nächtlichen Straßen so sanft und weich, dass ich fast spüren kann, wie sie sich in meine wunden Ohren legt, und dann geht es mir gut.

Es war richtig finster, so finster, wie es in Köln niemals sein konnte, weil immer eine Glocke aus dunstigem Licht über der Stadt hing, und durch die Kälte wurden Geräusche weit getragen, sodass ich ganz zarte Klänge wahrnehmen konnte, zum Beispiel hatte ich unter der rechten Schuhsohle einen kleinen Stein, der meinen rechten Fuß heller auf dem Teer aufschlagen ließ als meinen linken.

In den Brombeeren, die vor Suders Auffahrt wuchsen, raschelte ein Tier, ein Igel vielleicht oder eine Katze. Ich ging durch das schlafende Dorf, saugte die kalte Luft ein und hörte mir selbst beim Atmen zu.

Weiter oben war ein gleichmäßiges Motorengeräusch zu hören, sehr ungewöhnlich für vier Uhr am Morgen, und ich ging an unserem Haus vorbei, und weiter, immer auf das Geräusch zu. Es war ein Auto, ein alter Ford, aber der Motor lief im Leerlauf. Vielleicht wartete jemand mit laufendem Motor.

In meinen Ohren blieb alles sehr differenziert, deshalb ging ich weiter, bereit umzukehren, sobald ich genug wusste.

Das Motorengeräusch kam aus Brunos Garage und ich wusste plötzlich, was er darin tat. Verdammt, das kam in Filmen vor und so. Zum Glück kann man die meisten Garagen, wenn man ziemlich fest zieht, öffnen und das gelang mir auch. Was allerdings nie gezeigt wird, ist, dass man gegen diesen Rauch nicht ankommt.

Ich tastete auf der Kühlerhaube herum, und meine Ohren rauschten. Der Rauch biss sich in meine Lunge, meine Augen brannten, und ich konnte nichts erkennen.

Ich riss das Handy aus der Tasche und tippte die Nummer vom Notruf.

»Schnell, einen Krankenwagen«, schrie ich und musste erst mal husten. »Auroth, Neubaugebiet!«, schrie ich weiter. »Ein Selbstmord!«

Ich weiß nicht genau, was ich noch alles schrie, aber die Stimme schrie zurück, sie wollte die Straße wissen, und ich konnte sie kaum verstehen, so rauschten meine Ohren.

Aber was sie sagte, half mir. Ich machte meinen Pulli im Gras nass und mit dem feuchten Stoff vor dem Gesicht kam ich tatsächlich bis zur Fahrertür. Bruno saß vornübergesackt und versperrte mir den Weg zum Zündschloss.

»Beweg dich, verdammt!«, fluchte ich, als ich versuchte, ihn aus dem Auto zu ziehen.

Sein Kopf rutschte weiter aufs Lenkrad und damit hupte das Auto. Ich drückte weiter auf die Hupe, keuchend über den leblosen Bruno gebeugt, und dann bekam ich endlich den Zündschlüssel gepackt und drehte daran. Der Motor ging aus.

In der Stille hörte ich die übermäßige Quart, die das Martinshorn machte, in weiter Ferne.

»Du blöder Sack, jetzt komm!«, schrie ich Bruno an und zerrte seinen Oberkörper aus dem Auto. Mit einem Ruck kam er mir entgegen.

»Beweg dich doch!« Ich musste wieder husten. So ging es einfach nicht.

Ich drehte den Zündschlüssel so weit, dass ich hupen konnte, und hupte und hupte.

Endlich ging im Haus nebenan Licht an, und kurz darauf war ein junges Ehepaar da, das ich nur vom Sehen kannte, beide in Pyjamas und Bademänteln. Zu dritt knufften und schoben wir den leblosen Bruno aus dem Auto und zerrten ihn auf das Pflaster vor der Garage.

Als der Krankenwagen kam, gingen in fast allen Nachbarhäusern die Lichter an. Menschen waren plötzlich auf der Straße, jeder wollte helfen, aber die Sanitäter schirmten Bruno von allem ab. Sie beatmeten ihn, und dann wurde er auf eine Trage gehoben und mit den Sanitätern verschwand er im Rettungswagen.

»Junge, Junge!«, sagte die Frau, die mir geholfen hatte. »Das hätte auch ganz anders ausgehen können.«

Ihr Mann legte seinen Arm um sie.

»Willst du vielleicht einen Kaffee? Oder einen Schnaps?«, fragte er.

»Einen Schnaps«, sagte ich, immer noch keuchend, und nachdem ich einen Obstler gekippt hatte, wurde mir so schummrig, dass der Mann mich die paar Hundert Meter nach Hause fahren musste.

9

Ich schlief bis mittags, bis ich das Quietschen hörte, mit dem sich Lena auf mein Bett setzte.

»Hi, du Held! Bist du schon wach?«, flüsterte sie.

»Nein«, brummte ich zurück. Ich musste aber husten und deshalb setzte ich mich auf.

»Ich habe Neuigkeiten! Das Feld von Burkharts, du weißt schon.«

Ich zog an dem Stück Bettdecke, auf dem Lena saß, und setzte mich auf.

»Jakob hat es bei der sogenannten Zusammenlegung bekommen.«

»Zusammenlegung?« fragte ich. »Was heißt das denn?«

»In den Sechzigern haben sie anscheinend die Felder so getauscht, dass jeder ein größeres zusammenhängendes Stück bekommen hat.«

»Aha«, machte ich. Ich legte mich wieder auf den Rücken. »Hast du das von Marvin?«

»Ja, aber Renate wusste das mit der Zusammenlegung genauer. Sie hat ja damals schon bei der Verbandsgemeinde gearbeitet.«

»Also haben sie nur die Felder getauscht?«, fragte ich. »Da ist ja wirklich nichts bei. Dann können wir Herbert Burkhart streichen, oder?«

»Ich glaub auch. Jakob hat mit seinem Stück Land einfach nur Glück gehabt.«

Dann grinste Lena mich an und zerstrubbelte meine Haare.

»Ich bin richtig stolz auf dich! Wie hast du das mit Bruno überhaupt gemacht?«

»Lass das, du bist schon wie Oma!« Ich wehrte ihre Hand ab. »Ich hab den Motor gehört und dann bin ich da hin.«

»Du bist echt ein Held. Die kleine Bassistin …«

»Weißt du, wie es Bruno geht?«, unterbrach ich sie.

»Du hast gestern Abend wieder nichts unternommen, hm?«

Ach, verdammt, dachte ich. Dass Lena auch immer so direkt war. Mir tat es wirklich leid, dass ich überhaupt mit ihr darüber gesprochen hatte.

»Was ist mit Bruno?«, lenkte ich ab.

»Alles in Ordnung. Die Polizei hat eben mit Oma gesprochen. Krämer gratuliert dir. Und sich selbst kann er eigentlich auch gratulieren, oder?«

»Wie meinst du das?«

»Na ja, dieser Selbstmordversuch ist doch fast ein Geständnis, oder?«

»Aha«, machte ich.

Wir schwiegen.

»Bruno hat sich nur noch verdächtiger gemacht …«, meinte Lena dann. Sie stand von meinem Bett auf und schob mit beiden Händen ihre Locken hinter die Schultern.

»Glaubst du das wirklich?«, fragte ich.

»Er hat zumindest ein Motiv. Und die Gelegenheit. Und die Tatwaffe könnte er auch entsorgt haben.«

»Bruno war's nicht, davon bin ich überzeugt.«

Lena stand auf und reckte sich. Dann trat sie ans Fenster und schaute in den Regen.

»Die Kartoffeln müssten unbedingt ausgemacht werden«, wechselte sie das Thema. Sie wirkte irgendwie enttäuscht. »Die faulen sonst in der Erde.«

»Seit wann interessieren dich die Kartoffeln?«

»Seit ich in den Jahrbüchern lese. Ich kann mir gar nicht vorstellen, dass die hier früher von der Landwirtschaft gelebt haben. Ich meine, in so einem Herbst hatten die echt den Hunger im Nacken.«

Der Regen schlug auf die Dachschräge über mir. Ich bekam immer ein behagliches Gefühl davon.

»Glaubst du, dass Vane es weiß? Ich meine, das mit Bruno?«

»Dass du der Held des Dorfes bist? Bestimmt.«

Ich reckte mich und gähnte noch mal. Dann schwang ich mich aus dem Bett.

»So, ich muss mich jetzt mal duschen.« Und danach würde ich Vane anrufen.

Es war gar nicht so einfach, Vane anzurufen, ohne einen Vorwand wie einen Gig im Rücken zu haben. Das wurde mir unter der Dusche klar. Ich rasierte mich und putzte mir die Zähne. Was sollte ich ihr denn sagen?

Ich meine, es war ja so, als würde ich hören wollen, wie toll sie mich fand. Dabei hatte ich es nicht mal beabsichtigt, Bruno zu retten. Es war einfach so passiert.

Stattdessen kramte ich in meinem Portmonee, bis ich die Visitenkarte von Feininger fand, und wählte seine Nummer.

»Hier ist Mattes, von gestern Abend«, sagte ich.

»Ich wusste doch, dass du dich meldest.«

»Ich wollte mal fragen, wann ich zu einer Probe kommen kann. Zum Vorspielen.« Ich hörte, wie sein Bart am Telefonhörer kratzte.

»Also, am Montag um sieben in Hilgert. In der Kneipe dort.«

Ich überlegte, ob ein Bus fuhr. Es gab aber keinen.

»Alles klar«, sagte ich trotzdem. Irgendwie würde ich das schon hinkriegen.

Nachdem ich aufgelegt hatte, stand ich doof vor dem Telefon herum und versuchte mir vorzustellen, was ich Vane sagen sollte. Es regnete zu sehr, als dass wir spazieren gehen konnten, und ich konnte sie schlecht zu uns nach Hause einladen. Hier war alles eng und alt, und wahrscheinlich würde Lena auftauchen und Bemerkungen machen, und ich würde immer hölzerner und stiller werden.

Das Telefon klingelte und ich war davon überzeugt, dass es Vane war. Ich riss den Hörer an mein Ohr.

»Hier ist Carola Rühmert. Ich möchte gerne mit Mattes sprechen«, sagte eine weibliche Stimme.

»Ja?«, fragte ich.

»Nun, ich wollte mich bedanken. Auch im Namen von Bruno.«

»Das war nichts. Das hätte jeder gemacht.«

»Wir machen eine schlimme Zeit durch, weißt du ...« Wir schwiegen. Es war ein Schniefen in der Leitung. Plötzlich wurde mir klar, dass sie weinte.

»Sind Sie wieder in Auroth?«, fragte ich.

»Nein, ich ... und ich komme auch nicht mehr zurück.«

»Hm«, machte ich.

»Vielleicht willst du Bruno im Krankenhaus besuchen? Er will sich bestimmt persönlich bei dir bedanken.«

»Ja, vielleicht kann ich's einrichten«, sagte ich.

Sie bedankte sich noch mal und sie weinte dabei noch mehr. Es war peinlich.

Dann wählte ich Vanes Nummer.

»Hi, Mattes!«, sagte sie nach dem vierten Klingeln. »Gibt's doch noch eine Driving Disco Show?«

»Nein, ich rufe nur so an. Wegen Paul, meine ich.« Zum Glück fiel mir das noch ein.

»Sag doch einfach zu. Felix und Suder werden schon mitziehen.«

»Habe ich auch gedacht.«

»Was ist denn überhaupt mit dem Kirchenkeller?«, wollte Vane wissen.

»Ich weiß nicht«, sagte ich. »Achim hat gesagt, es ginge nicht mehr.«

»Hm«, machte Vane.

Ich wusste nicht, was ich noch sagen sollte.

»Dann mache ich das also mit Paul.«

»Ja.«

»Okay, dann.«

Ich legte auf und ärgerte mich über mich selbst.

»Das letzte Mal, als ich ihn gesehen habe, hat er mit einem Kürbis nach mir geworfen!«

Lena tat so, als hätte sie nicht gehört, und rührte weiter im Apfelmus.

»Ich fahr dich dahin! Wie sollen wir denn sonst was rauskriegen?«, fragte Lena.

»Das wird doch nur peinlich. Und wie soll ich überhaupt auf Jakob zu sprechen kommen?«, wandte ich ein.

»Du machst das schon. Sieh es einfach als eine Art Auftritt.«

Bei einem Auftritt saß ich hinter einem Keyboard und machte Musik. Damit kannte ich mich aus, da wusste ich, was ich zu tun hatte, aber einen Selbstmörder zu verhören, der außerdem zu Gewalttätigkeiten neigte?

Lena klopfte den Löffel gegen den Rand des Topfes. »So, das sieht schon richtig gut aus.«

Wir hörten, dass Oma die Haustür aufmachte.

»Hilf mir mal. Dahinten sind die Deckel!«, sagte Lena.

Die Einmachgläser waren in kochendem Wasser sterilisiert worden und standen jetzt auf einem sauberen Geschirrtuch. Die Deckel lagen daneben.

Lena füllte das erste Glas, ich drehte den Deckel drauf und stellte das Glas auf den Kopf.

»Ihr seid ja fleißig«, sagte Oma. Sie stellte die geernteten Kartoffeln ab. Dann schrubbte sie sich die Hände im Spülbecken.

Sie lächelte mich an.

»Bist du nicht müde?«, fragte sie. »Nach deiner Heldentat.«

»Kein bisschen.«

»Wir fahren heute Nachmittag ins Krankenhaus, zu Bruno«, sagte Lena.

»Er wird Ruhe brauchen. Ihr könnt ihn nicht so einfach überfallen.« Oma säuberte sich die Fingernägel.

»Finde ich auch.«

»Carola hat Mattes darum gebeten«, sagte Lena. »Bruno will das.«

»Dann macht's wenigstens kurz.«

Wir nahmen ein Glas frisches Apfelkompott mit und fuhren nach dem Mittagessen los.

»Du musst herauskriegen, wie er Jakob gefunden hat«, sagte Lena. »Und wir müssen wissen, was die Polizei gefragt hat.«

»Lena, der Mann ist halb tot.«

»Quatsch, so schnell stirbt man nicht«, sagte Lena. »Und versuch mit ihm über seinen Vater zu reden. Aber mach das unauffällig.«

»Wie soll ich das denn unauffällig machen?«

Lena war ja selbst nicht gerade die, die sich auf das unauffällige Verhören verstand.

»Bring die Sprache auf die Mühle. Dass du dort oft rumhängst. Vielleicht erzählt er ja was.«

»Ich werde es versuchen.« Aber überzeugt war ich nicht davon.

Lena schob eine alte CD ein. Es war *Apollo 440.* Das hatte sie immer gehört, als sie anfangs mit Marvin zusammen war, Musik aus dem letzten Jahrhundert, sozusagen.

»Magst du nicht?«, fragte sie.

»Doch, ist okay«, gab ich zu. »Wenigstens hören wir kein Pur. Oder Grönemeyer.«

»Na, komm, das macht Marvin auch nur, wenn er besoffen ist.«

Wir kauften eine Sport-BILD, fragten an der Rezeption nach Bruno Rühmert und wurden in den zweiten Stock geschickt. Maja war nirgends zu sehen, aber ich wusste auch nicht, ob sie heute Dienst hatte.

»Sie haben aber keinen Alkohol dabei, oder?«, fragte die Krankenschwester streng.

»Nein, das ist nur ein Glas Apfelkompott. Habe ich heute eingekocht.«

Sie zeigte mit dem Kopf auf eine Zimmertür.

»Also los«, sagte Lena und gab mir die Geschenke.

Bruno zog sich schnaufend an dem Plastikdreieck, das über seinem Bett baumelte, hoch, als er mich sah.

»Hi, Bruno«, sagte ich.

»Hi, Mattes.«

»Wie geht's dir denn?«, fragte ich.

»Hat die Olle dich angerufen?«, fragte Bruno zurück.

Ich legte die Sport-BILD auf sein Nachtschränkchen. Er warf nicht mal einen Blick drauf.

»Carola meinte, du wolltest mich sehen«, sagte ich.

Er musterte mich, ein Auge etwas zugekniffen, die Stirn gerunzelt, und seine Bettdecke raschelte, weil er seine Beine darunter bewegte.

»Schnüffelst du mir hinterher?«, fragte er.

»Nein, natürlich nicht«, sagte ich schnell.

»Doch, das tust du«, widersprach er. »Deshalb warst du auch mitten in der Nacht an der Garage.«

Ich hatte irgendwie ein bisschen mehr Dankbarkeit erwartet. Und wenn ich ganz ehrlich war, machte Bruno mir auch Angst. Ich stellte das Glas Apfelkompott neben den Kram auf seinem Nachtschränkchen.

»Ich geh dann mal wieder«, sagte ich.

»Moment.«

Bruno schlug die Bettdecke zurück und zog sich die Jogginghose über den großen blassen Bauch in seine Taille.

»Ihr fahrt doch zurück nach Auroth, oder?«

Scheiße, dachte ich.

»Ich hab hier keinen Bock mehr. Ihr könnt mich mitnehmen.« Er zog seine Armbanduhr an und schlüpfte in seine ausgelatschten Treter. Dann nahm er eine Sporttasche aus der Waschecke, warf seinen Kulturbeutel und die Sport-BILD hinein und sah sich noch einmal um.

»Na, komm«, sagte er.

Lena stand im Gang.

»Ich fahr mit nach Hause«, sagte Bruno zu ihr.

Ich zuckte mit den Schultern, damit Lena wusste, dass das nicht meine Idee war.

Wir gingen an der Rezeption vorbei, doch die Schwester hob nicht mal den Kopf. Vor der Tür steckte Bruno sich eine Zigarette an.

»Das tut gut«, sagte er. Seine Lippen schmatzten.

»Da ist mein Auto«, sagte Lena. »Warte, es hat keine Zentralverriegelung.«

Bruno warf die Kippe weg, setzte sich auf den Beifahrersitz und Lena legte den Gang ein.

»Ganz schön alte Klapperkiste«, sagte Bruno.

»Fährt aber«, sagte Lena.

»Fragt sich nur, wie lange.«

Ich sah auf Brunos fettige Haare.

»Hattest du Stress mit den Bullen?«, fragte Lena.

»Was weißt du davon?«, fragte Bruno zurück. Aber ich hörte ihn schlucken.

»Im Dorf ist so was schnell rum.«

»Ach, Mädel …«

»Und du hast Jakob gefunden. Ist doch klar, dass sich jeder fragt, warum ausgerechnet du?«, machte Lena weiter.

»Weil ich keinen Bock auf den Popen hatte.« Bruno wurde heftig. »Der Alte lag einfach da, vorne auf den Stufen. Zuerst dachte ich, er sei nur gefallen.« Bruno musterte Lena von der Seite. »Was erzähl ich dir das überhaupt?«

»Du hattest mit Jakob aber eine Rechnung offen, oder?«, fragte Lena weiter. Sie trat das Gaspedal ziemlich durch und der Fiesta heulte.

»Fahr langsamer, Mädel.«

»Ich dachte, du wolltest sterben«, gab Lena zurück.

Aus Brunos Kehle kamen komische Geräusche, dann erkannte ich erst, dass er kicherte wie ein kleiner Junge.

»Deine Mühle hat er dir abgenommen, oder?«, fragte ich. Darauf antwortete Bruno nicht.

Wir fuhren von der Schnellstraße ab und kamen an Pauls kleiner Kneipe vorbei.

»Hier kannst du mich rauslassen«, sagte Bruno.

Oma wusch den schwarzen Stein von Opa Hermann ab. Sie hatte sechs Erika gekauft, die sie diagonal über das Grab einsetzte. Links oben hatte Opa ein Lebensbäumchen, das langsam zu groß wurde. Vorsichtig stutzte ich die Äste. Dann half ich Oma, die dunkle feuchte Erde aufzulockern.

Unterhalb der Erika setzte Oma fünf weiße Hornveilchen, die zu den weinroten Blüten des Heidekrauts einen schönen Kontrast ergaben.

Sie säuberte mit einem alten Lappen die schwarze Grabumrandung. Ich rupfte ein paar Grasbüschel aus dem dunklen Splitt, der um die Gräber herum verteilt war, dann rechte ich alles glatt. Der Rechen machte in den winzigen Steinen ein Geräusch, als würde Papier zerreißen.

Oma richtete sich langsam auf und musterte das Grab.

»Da machen wir das Gesteck hin und dann geht das schon«, sagte sie.

»Gut.« Ich stützte mich auf den Rechen und sah den Friedhofshang hinauf.

Oben an der Friedhofshalle stand das Auto aus Stuttgart.

»Sie haben Jakob heute gebracht, oder?«, fragte ich.

»Dienstag wird er beerdigt.«

Ich meinte zu sehen, dass auch andere zur Friedhofshalle schauten. An den Gräbern war heute ziemlicher Betrieb, um die Winterbepflanzung für Allerheiligen vorzunehmen.

Am Grab von Amalia Sannert sortierten Peter und Renate die welken Kränze und Gestecke aus. Sie lag weiter oben, bei den anderen kürzlich Verstorbenen. Ihr Stein war noch nicht gesetzt, nur ein helles Holzkreuz mit ihrem Namen markierte die Stelle. Neben dem Grab war bereits eine Grube für Jakob ausgehoben.

»Hat der Pastor dich wegen der Beerdigung gefragt?«, wollte Oma wissen.

»Ich sehe ihn ja morgen.« Achim hatte ja gesagt, dass ich weiter die Orgel spielen sollte.

Renate hob grüßend die Hand.

»Sollen wir euch mitnehmen? Wir sind mit dem Auto da«, rief Peter uns zu.

Wir luden unsere Eimer und Gartengeräte in Peters Auto. Er hatte den Kofferraum mit alten Decken ausgeschlagen, damit nichts schmutzig wurde. Sein Auto roch neu und es schnurrte wie eine Katze, als es den Hang hochfuhr.

Wir redeten nicht über Jakobs Leiche, die jetzt in der Friedhofshalle lag, aber ich war mir sicher, dass wir alle daran dachten.

»Glaubst du, dass der Sarg schon zugenagelt ist?«, fragte Lena.

»Lena!«, machte Oma.

»Papa haben wir auch noch mal gesehen«, erwiderte Lena. Sie schaute nachdenklich durch das Küchenfenster. »Ich meine, als er im Sarg …«

»Jetzt stell dich nicht dümmer, als du bist!«, gab Oma zurück. »Natürlich ist der Sarg zu.«

Ich kann mich an die Beerdigung von Opa Hermann gut erinnern, obwohl ich da noch ganz klein war. Durch irgendeinen Zufall war ich am Sarg in die erste Reihe geraten und hatte lange auf das gelbliche ruhige Gesicht gestarrt und auf den faltigen Hals. Ich hörte die Geräusche der Leute um mich herum, das kehlige Schluchzen von Oma und von meiner Mutter, die scharrenden Schuhe auf dem Steinboden, das Knistern der gesteppten Winterjacken, das leise Klimpern des Rosenkranzes in Omas Hand.

Nur Opa war still, vollkommen still.

Lena zog eine Schnute, aber ich konnte sehen, dass sie nachdachte.

»Was machst du heute Abend?«, fragte sie mich.

»Ich bin echt kaputt.« Ich spürte wirklich die letzte Nacht auf der Driving Disko Show und in der Garage von Bruno.

»Ich dachte, du wolltest vielleicht mitkommen. Marvin holt mich ab.«

»Wo fahrt ihr denn hin?«, fragte Oma.

»Marvin wollte gerne nach Hainert.« Im Gewerbegebiet von Hainert gab es eine Großraumdisko mit fünf unterschiedlichen Tanzflächen. Ich war ein paar Mal dagewesen und hatte jedes Mal kurz vor einer Seelentaubheit gestanden. Am erträglichsten war dort das Rock-Café, in dem die über Vierzigjährigen herumhingen und alte Bruce-Springsteen-Nummern hörten. Die anderen Floors wurden mit zuverlässig schlechter Musik beschallt.

»Was wollt ihr denn da?«, fragte ich.

»Erinnerungen, davon verstehst du nichts.« Lena grinste.

Jedes Haus hat seine eigenen Geräusche. Bei meiner Mutter wurde ich montags und freitags morgens um fünf wach, weil dann die Mülltonnen aus den Kellern geholt wurden. Bei meiner Oma springt morgens um vier – jedenfalls jetzt im Herbst – die Zentralheizung an. Eigentlich ist es nur ein kleines Klicken, aber ich wache regelmäßig davon auf, ebenso wie vom Kratzen des Essigbaumes am Wohnzimmerfenster, wenn Wind aufkommt.

In dieser Nacht wurde ich davon wach, dass Lena spät nach Hause kam, und ich hörte, dass jemand auf Strümpfen hinter ihr her schlich. Sie gingen in Lenas Zimmer und setzten sich aufs Bett, das ein bisschen quietschte. Vielleicht legten sie sich auch sofort hin, denn dann hörte ich eine Zeit lang nichts, und das war schlimmer, als wenn ich sie kichern gehört hätte, oder irgendein Wort, das zwischen ihnen fiel. Dann hörte ich ein kleines Stöhnen und ein leises Klirren, das von einer Gürtelschnalle stammen konnte, und der Lattenrost bewegte sich einmal, danach war wieder alles still. Ich lag ganz starr, denn Lena würde mich genauso hören, und ich wollte unbedingt, dass sie dachte, ich schliefe.

Da war noch ein Stöhnen, und ich war sicher, dass es von Marvin war. Dann begann das Bett sich rhythmisch zu bewegen, mehrere Minuten lang, die mir vorkamen wie Stunden.

Verdammt, was machte sie nur? Ich meine, klar, ich wusste, was sie und Marvin *machten*, aber musste das denn sein? Sie würde nie hierher zurückkommen, jedenfalls nicht, um mit Marvin zusammen zu sein, und er würde niemals von hier weggehen. Sie tat ihm doch nur weh.

Lena flüsterte etwas und das rhythmische Geräusch hörte auf. Es hörte sich an, als ließe sich Marvin neben sie fallen.

»Was ist das da?«, flüsterte er. Gleichzeitig ging die Zentralheizung an und so wusste ich, dass es vier Uhr war.

»Nur ein kleiner Spaß. Für meine Dissertation«, hörte ich Lena lügen.

Ich hörte, wie sich blanke Füße Richtung Tür schlichen, und kurz darauf klickte der Lichtschalter.

Dann passierte nichts. Dann klickte der Lichtschalter wieder.

»Ach, Miss Marple. Ich hatte ganz vergessen, dass Sie geil aussehen, wenn Sie nichts anhaben«, sagte Marvin mit normaler Stimme. Lena kicherte. Das Bett quietschte wieder.

Ich streckte meine Hand aus und nahm meinen MP3-Player vom Nachtschränkchen, stöpselte mir die Kopfhörer fest in die Ohren und versuchte an nichts zu denken, außer daran, dass sich der Drumcomputer von Franz Ferdinand gar nicht so schlecht anhörte. Vielleicht war das auch eine Lösung für Suders unrhythmisches Getrommel.

Mai 1944

»Da ham wir endlich den dritten Mann zum Skat!«, meinte Robert. »Komm, sonst müssen der Vater und ich wieder den ganzen Nachmittag mit dem dummen Mus spielen.« Hans zuckte die Schultern.

Sie gingen über einen Waldpfad zur Ley. Hans war erstaunt, wie sehr sich der Betrieb, von einem hohen Zaun umgeben, vergrößert hatte. Am östlichen Ende standen Baracken.

»Fremdarbeiter, meistens Polen«, meinte Robert. »Hausen da wie die Schweine.«

Hans wollte etwas sagen, aber da fiel ihm wieder ein, wie begeistert Robert bei den HJ-Abenden immer mitgesungen hatte, und er blieb still.

Sie spielten Skat, zu viert mit dem dummen Mus, den man nicht einfach so übergehen konnte, reihum schrieb einer auf, und sie tranken Wasser und eine Flasche Aufgesetzten dazu. Hans fühlte sich unwohl, ihm war, als könne er den Geschichten von den Apfelweiden in der Normandie nichts entgegensetzen. Robert war bei Cherbourg in der Normandie stationiert, er war inzwischen Obergefreiter, tat

Dienst in einer Schreibstube und hatte ein eigenes Motorrad.

Hans dachte an die staubigen Landstraßen, über die seine Kameraden heute fuhren, weit weg im Osten, um neue Dörfer zu zerstören, zu morden – denn was war es anderes –, neue Gefangene ins Reich zu bringen, wo sie in eilig zusammengebauten Baracken wie denen dort drüben hausen mussten.

10

Nach der Sonntagsmesse ging ich die Wendeltreppe von der Orgelempore hinunter und blickte ins leere Kirchenschiff. In den blauen und purpurfarbenen Gläsern der Ostfenster fing sich das Morgenlicht. Ich mochte die Zeit nach der Messe, wenn alle weg waren und ich nur noch Achim und die Messdiener in der Sakristei hörte.

Nach den Kirchenliedern, den Gebeten, den Glocken bei der Eucharistie und diesem merkwürdigen Hall, den man hört, wenn Leute aufstehen oder sich hinknien, hatte diese Stille nichts Feierliches mehr, so als sei ich jetzt in einen sonnigen Sonntag entlassen.

Ich setzte mich in die letzte Bank auf der rechten Seite, denn dort sitzen die Männer, und schloss die Augen. Ich hörte, dass Schritte auf mich zu kamen, aber ich ließ die Augen geschlossen, während Achim sich neben mich setzte. Ich war mir sicher, wahrscheinlich weil ich seinen Atem hörte und sein Rasierwasser roch, dass er mich im nächsten Moment berühren würde. Seine Hand legte sich auf meine Schulter.

»Wie geht es dir, Mattes? Du siehst übernächtigt aus.«

»Gut.«

»Eure Instrumente sind nicht mehr da.«

»Wir bringen sie zu Paul. Wir können dort proben.«

»Mach bitte die Augen auf. Das ist …«

Wusste er denn nicht, dass ich ihn so viel besser wahrnahm? Ich konnte hören, dass er traurig war. Und er hatte etwas Gehetztes, Kurzatmiges, das war mir früher nie aufgefallen.

Ich öffnete die Augen und blinzelte in die blau gefärbte Luft.

»Kannst du zur Beerdigung spielen?«

»Klar«, sagte ich. »Was wollen sie denn?«

»Ich mache dir eine Liste. Und heute Abend ist Totengebet. Vielleicht …«

»Klar, kein Problem.« Ich schloss die Augen wieder.

»Was verlangt Paul?«

»Ach, ist doch egal.«

Achim holte sein Portmonee aus der Tasche. Er gab mir das Geld für Oktober, dann holte er einen grünen Hunderter raus und legte ihn darauf.

»Ich will das nicht«, sagte ich. Dabei konnte ich das Geld wirklich gut gebrauchen.

»Wenn ihr mal eine CD macht, gehören zehn Stück mir. Die verkaufe ich dann.«

»Achim, hör auf damit.«

Ich brachte es einfach nicht fertig, ihm das Geld zurückzugeben.

»Danke«, sagte ich. Ich stand auf und ging.

Vor der Tür wartete Vane auf mich. Ich war mir zuerst nicht sicher, dass sie auf mich wartete, aber sonst war niemand da, dem sie hätte zulächeln und winken können.

»Felix hat mir eben erst erzählt, was Freitagabend los war!«, sagte sie. »Wieso hast du am Telefon nichts gesagt?«

Klar, Felix traf sie andauernd.

»Warst du in der Messe?«, fragte ich, um irgendwas zu sagen. Dabei war das Quatsch, Vane ist evangelisch.

»Lass uns ein bisschen spazieren gehen, ja?«, schlug Vane vor. »Ist so schönes Wetter.«

Sie schlug den Weg über den Friedhof ein und wir gingen an der Friedhofskapelle vorbei.

»Hier ist er drin«, sagte ich zu Vane.

»Wer? Jakob?« Vanes Stimme war wie immer. Ich mochte ihre Stimme. Viele Mädchen hätten jetzt so getan, als würden sie sich gruseln. Ich war froh, dass Vane so ruhig blieb.

»Er wird morgen beerdigt.«

»Ist denn die Polizei irgendwie weitergekommen? Weißt du was?«

Ich zuckte mit den Schultern.

»Vielleicht war's Bruno. Der Typ, der ihn gefunden hat.«

»Sagt man das so im Dorf?« Mit Dorf meinte sie den alten Teil von Auroth.

»Meine Oma meint, er hätte nichts damit zu tun. Aber wusstest du, dass er früher in einer Rocker-Gang war, und da ist auch noch die Sache mit seinem Vater …« Ich spürte, dass meine Ohren brannten, deshalb hörte ich auf.

»Was denn?«

»Sein Vater hat sich umgebracht, weil sie ihn aus der Mühle gezwungen haben. Er war wohl geistig verwirrt. Und Jakob hat Bruno die Mühle für ein paar müde Euro abgekauft. Eigentlich müssen das noch D-Mark gewesen sein.«

Wir gingen über die Felder zum Steinbruch.

»Wie hat Jakob das denn angestellt? Ich meine, wenn Brunos Vater geistig verwirrt war?«

»Keine Ahnung. Jedenfalls hat Jakob mit der Mühle ein gutes Geschäft gemacht. Da wohnten in den Achtzigern Asylbewerber.«

»Und deshalb …« Vanes Stimme klang so skeptisch, dass ich ihr das Wort abschnitt.

»Ich glaub's ja selbst auch nicht. Aber das ist vielleicht für die Polizei ein Motiv.«

Wir gingen in einem Bogen um das Dorf herum und schwiegen. Es reichte mir, dass Vane bei mir war und dass die Sonne schien, und es war mir egal, ob sie mich für einen Helden hielt.

Nach dem Mittagessen ging ich zu Suder. Wir hörten ein bisschen Musik zusammen. Gabi war leider nicht da. Ich hätte sie gerne weiter nach Bruno und der Mühle ausgefragt.

Suder war ein bisschen deprimiert, weil er am nächsten Tag wieder in die Schule musste, und deshalb machte er uns jeweils eine Flasche Bier auf und drehte die Musik schön laut.

Auf dem Heimweg, es dämmerte und in den Fenstern waren die bläulichen Schimmer von Fernsehern zu sehen, kam mir ein gleichmäßiges Tapp-Tapp-Tapp entgegen, dazu ein Keuchen. Das waren Herbert Burkhart und sein riesiger Hund, die ein paar Häuser die Straße hoch wohnten. Herbert war auf seiner Trainingsrunde.

Er lief an mir vorbei, ohne zu grüßen, und das wunderte mich etwas. Aber vielleicht hatte er auch keine Luft mehr dazu.

In keinem unserer Fenster war Licht, deshalb nahm ich an, dass Oma bei Renate war und Lena wahrscheinlich mit Marvin unterwegs.

Das war auch gut, denn ich fand diesen komischen Brief allein, und ich konnte mir in Ruhe überlegen, was ich damit machen sollte.

Es war ein zusammengefaltetes Blatt, das jemand in unseren Briefschlitz in der Haustür geschoben hatte. Es war mit einem Laserdrucker bedruckt, jedenfalls ließ sich die Tinte nicht verschmieren, wenn man feucht darüberwischte.

»*Hau ab Fotze und nimm die Missgeburt mit*«, las ich, und ich bekam Angst.

Ich nahm das Blatt mit in mein Zimmer und setzte mich auf mein Bett. Dann streckte ich die Hand aus und drückte auf die Playtaste meiner Anlage. Zuerst kam ein gängiges Riff, auf einem Keyboard gespielt, dann setzte Brian Molkos Stimme ein. Ich hatte die CD in den letzten Wochen so oft gehört, dass sie mir wohltuend normal vorkam, und ich konzentrierte mich darauf, jeweils acht Takte zu zählen und dann zu lauschen, was Placebo Neues machte, und dann wieder acht Takte zu zählen und so weiter, so wie man eben einen Song analysiert. Ich kam zu dem Schluss, dass es ein richtig guter Song war, einer, der meinen Neid weckte und der mich gleichzeitig tröstete. Ich drückte die Repeat-Taste.

Unten hörte ich die Haustür und kurz darauf Lenas Schritte im Flur. Sie kam zu mir in mein dunkles Zimmer und setzte sich neben mich. Ich dachte kurz an ihr quietschendes Bett in der letzten Nacht.

»Was gibt's Neues?«, fragte sie.

»Nichts«, log ich.

»Weißt du noch, wie wir über die Möglichkeit des Lügens gesprochen haben? Dass man das hören kann?«

Ich knipste das Lämpchen an der Anlage an und gab ihr das Blatt.

»Hm«, machte sie. »Überhaupt keine Satzzeichen?«

»Was meinst du?«

»Also, ›Missgeburt‹ ist nach der neuen Rechtschreibung geschrieben, und auch sonst sind keine Rechtschreibfehler enthalten. Aber weder ein Punkt noch ein Komma. Soll aussehen, als habe jemand das getippt, der sich damit nicht auskennt, aber eine Rechtschreibehilfe im Programm hat. Oder es ist, ohne zu überlegen, einfach richtig geschrieben worden.«

Sie hielt das Papier gegen das Licht. »Ist eine 12-Punkt-Schrift. Normalerweise haben solche Briefe größere Schriften. Und viele Ausrufezeichen. Sieht mir nach jemandem aus, der oft am Computer arbeitet und etwas herstellen wollte, das keine Schlüsse auf ihn zulässt. Möglichst unauffällig, sozusagen.«

Meine Angst wurde weniger, wenn ich Lena so reden hörte.

»Außerdem weiß der Absender natürlich davon, dass wir uns für Jakobs Mörder interessieren. Und er beobachtet wahrscheinlich unser Haus, zumindest manchmal«, sagte ich.

Sie warf mir einen schnellen Blick zu.

»Wer weiß denn davon?«, fragte sie.

»Alle, jedenfalls seit wir bei den Strickfrauen waren. Die sind doch nicht doof.«

»Wer von den Alten hier schreibt denn mit dem Computer? Herbert zum Beispiel.«

»Der ist eben hier vorbeigelaufen, mit seinem Köter«, sagte ich.

»Und im Dunkeln könnte er gesehen haben, dass wir nicht zu Hause sind. Und er kommt auch gut an unseren Briefkasten.«

»Diese Zusammenlegungen der Felder damals wollten doch alle, oder?«, fragte ich. »Also auch die Burkharts.«

»Es ist trotzdem ein Unterschied, ob du ein größeres Feld für deine Kartoffeln bekommst oder Bauland.«

Lena dachte nach.

»Jetzt mal ehrlich, Lena. Man bringt doch niemanden für ein Stück Feld um, das man in den Sechzigern an jemand anderen abtreten musste, oder?«

»Klar, du hast recht. Das ist kein Motiv. Aber nach Bruno sieht der Brief auch nicht aus. Der würde uns eher einen Kürbis durchs Fenster werfen.«

»Sehr witzig. Wir müssen einfach mehr über diese Zusammenlegungen wissen, vielleicht übersehen wir etwas.«

»Wir müssen Oma fragen. Und die müsste auch mehr über das Neubaugebiet wissen.«

Die CD war zu Ende und ich stand auf, um neue Musik rauszusuchen.

»Jedenfalls war der Absender ein Mann. Oder kannst du dir vorstellen, dass mich eine von den alten Frauen als Fotze bezeichnet?«

Am Morgen hörten wir uns noch einmal die Aufnahme von den Strickfrauen an, und Lena nahm sich vor, Irmgard zu besuchen, um sich nach ihrer Tochter Kerstin zu erkundigen, mit der sie in die Grundschule gegangen war.

Außerdem schrieb sie eine mehrseitige Gliederung ihrer Dissertation, um sie dem Abt von Mariae Gnaden zu schicken und einen

Termin mit dem alten Pater auszumachen. Ich verstand wenig von den ganzen Fremdwörtern, die sie benutzte, und blätterte in einem alten *Musik Express*.

Dann hörte sie sich die Aufnahme vom Wehr der alten Mühle an und ich brannte mir eine CD davon.

»Was willst du damit?«, fragte sie.

»Könnte ein guter Songanfang sein, oder?«

»Könnte sein, muss aber nicht.«

»Es kommt einfach dem, was ich kurz vor einem Anfall höre, sehr nahe.«

Jemand klingelte an der Haustür und kurz darauf hörte ich Kommissar Krämers Stimme. Oma rief nach mir.

Ich war nicht besonders begeistert, ihn zu sehen. In unserer warmen Küche wurde sein kahler Schädel noch röter. Diesmal kam er allein und schickte Oma raus. Ihre Schritte gingen in mein Zimmer und ich war sicher, dass sie zusammen mit Lena jedes Wort mitbekam.

»Erzähl mir mal ganz genau, wie du Bruno gefunden hast.« Er ließ ein Aufnahmegerät mitlaufen.

»Du kannst wirklich hören, wenn irgendwo im Dorf in einer verschlossenen Garage ein Auto läuft?«, fragte er, nachdem ich mit der Geschichte zu Ende war.

»Das liegt ein bisschen am Wetter. Wenn die Nacht klar und kalt ist, trägt der Schall sehr weit. Und nachts ist es hier ja sonst still.«

Er schwieg und rieb sich knisternd das stoppelige Kinn. Dabei musterte er mich, als sei ich ein Freak.

»Wie gut kannst du dir das, was du gehört hast, merken?«

»Keine Ahnung. Ich kann leichte bis mittelschwere Chorsätze nachspielen, wenn ich sie einmal gehört habe. Auch Songs. Danach kann ich die Noten aufschreiben.«

»Du kannst dich also an Töne erinnern? So wie Normale sich an Sachen erinnern, die sie gesehen haben?«

Es störte mich ein bisschen, dass er mich nicht für normal hielt.

»Normale erinnern sich auch an Töne. Sie singen ganze Lieder aus dem Gedächtnis.«

»Erzähl mir von den Tönen, die du in Mariae Gnaden gehört hast.« Er ignorierte meinen Einwurf.

»Sie meinen die Geräusche? Zwischen Tönen und Geräuschen ist ein Unterschied.«

»Meinetwegen die Geräusche. Ist dir da irgendwas aufgefallen, beispielsweise die schwere Kirchentür.«

»An der Kirchentür war so ein Polster aus Leder. Ich weiß nicht, wie man das nennt. Man spannt es an die beiden Klinken, damit die Tür nicht die Messe stört.« Daran erinnerte ich mich jetzt erst.

»Vergiss die Tür. Sonst irgendetwas.«

»Achim begann mit dem Gottesdienst. Wir sangen ein Marienlied, weil es ein Wallfahrtsort ist. Einige sangen ganz schön falsch.«

Ich klappte den Mund zu. Mir fiel noch etwas ein, an das ich noch gar nicht gedacht hatte.

»Und dann?«

»Dann kamen die Fürbitten. Achim machte es ziemlich kurz und dann war Gabenbereitung. Währenddessen kam Bruno mit Jakob.«

»Ja, das wissen wir. Aber hast du irgendwas gehört, was dir jetzt erst auffällig vorkommt?«

»Nein«, sagte ich.

Er sah mich lange an und ich erwiderte seinen Blick, bis er aufstand.

Aber eigentlich konnte Krämer einem leidtun, wie er mit der trockenen Haut auf seiner Glatze und dem geröteten Kopf, in dem wahrscheinlich immer die gleichen Gedanken kreisten, einfach zu keinem Ergebnis kam. Ich hätte ihn gerne nach Bruno gefragt, wollte aber den Verdacht nicht unnötig auf den Busfahrer lenken.

»Hast du Oma den Brief gezeigt?«, fragte ich.

»Natürlich nicht. Aber sie hat mir das mit dieser Zusammenlegung erklärt. Das wurde gelost. Jeder hätte das Feld von Burkharts bekommen können.« Lena hackte Zwiebeln für die Bratkartoffeln.

»Wo ist sie überhaupt?«

»Im Keller. Sie macht das Gesteck für Papas Grab fertig.«

»Sie kommt mir stiller vor als sonst.«

Ich stellte die Teller auf den Tisch und teilte das Besteck aus.

»Sie ist ganz schön fertig von der ganzen Sache, das stimmt«, sagte ich. »Und von dem, was wir machen, hält sie auch nichts.«

Lena gab einen Klecks Margarine in die heiße Pfanne und sah zu, wie sie zerschmolz.

»Ja, das habe ich auch schon gemerkt.«

»Gehst du heute Abend zum Totengebet?«

»Ja, natürlich«, sagte Lena und schnippelte Pellkartoffeln ins heiße Fett. »Der Täter wird schließlich auch da sein.«

Sie gab die Zwiebeln dazu und wendete die Kartoffeln. Dann stellte sie den Herd zurück.

»Sieh mich nicht so an, natürlich wird er da sein«, grinste sie.

»Bruno habe ich noch nie in der Kirche gesehen.«

»Vielleicht kommt er ja heute Abend. Diese Rituale machen aus etwas Unfassbarem wie dem Tod, besonders einem Mord, etwas, das man bewältigen kann.«

»Machst du auch Rührei?«, fragte ich.

»Nein, heute nicht.« Lena legte den Deckel auf die Pfanne.

»Kannst du mich danach zur Probe fahren? Nach Hilgert, um sieben.«

»Was denn für eine Probe?«

Ich erzählte Lena von dem Telefonat mit Feininger.

»Und mir ist etwas eingefallen, eben, als Krämer hier war. Feininger hat in der Kirche eine Aufnahme gemacht. Er hatte Mikrofone da.«

Lena drehte sich zu mir um.

»Die braucht er nicht, um mit einem Chor und einem Orchester eine Kirche zu beschallen. So ein Oratorium ist schließlich geschrieben worden, als es noch gar keine Verstärker gab.«

»Wow!«, machte Lena. Sie grinste. »Mit einer Aufnahme von den Verdächtigen vor der Messe wären wir vielleicht ein Stück weiter.«

»So!«, sagte Lena und warf das letzte Brett von einer alten Kartoffelkiste ins Auto.

Oma hatte uns gebeten, dass wir möglichst viel alten Kram aus dem Keller und der Scheune zum Martinsfeuer fahren sollten. Normalerweise hatten wir ja kein Auto dafür.

»Das sollte wirklich langen!« Ich hatte ein altes Regal zerhackt und stand schwitzend neben Lena. »Das hier quetschen wir noch irgendwie rein und dann war's das aber!«

Lena nickte und gemeinsam warfen wir die Holzbrettchen auf den Rücksitz.

Dann fuhren wir zu dem Feld, das zwischen dem Neubaugebiet und dem alten Dorf lag. Das Martinsfeuer türmte sich bereits mehrere Meter hoch. Der Mann von Irmgard lud gerade eine alte Stalltür ab.

»Ist auch nichts Lackiertes dabei?«, fragte er. Er war von der Freiwilligen Feuerwehr Auroth und sah misstrauisch in unseren Wagen.

»Nein, nein«, sagte ich. »Bestimmt nicht!«

»Gibt ja Leute, die werfen uns hier abends Autoreifen rein. Aber die Jungs passen da schon auf!«, meinte er. Tatsächlich ist es für die meisten Jugendlichen auf den Dörfern ein großer Spaß, vor den Sankt-Martins-Umzügen gegenseitig das Feuer des Nachbardorfes anzuzünden, sodass die mit dem Sammeln noch mal von vorne anfangen können. Die Martinsfeuer werden daher abends bewacht.

»Ach, Lena«, sagte er dann, als Lena den Kofferraum öffnete. »Bist du auch mal wieder zu Hause?«

Lena lächelte etwas und nickte.

»Also, nichts Lackiertes oder sonst irgend 'ne Sauerei, klar?«

»Nein, hat Oma auch schon gesagt.«

Ich lud ein hölzernes zerschlagenes Wagenrad aus, das schon immer nutzlos in der Scheune herumgestanden hatte.

»Warte mal!«, meinte der von der Feuerwehr da. »Das kann man doch noch brauchen. Da mach ich mir ein paar neue Speichen rein und dann ist das wie neu.« Er streckte die Hand.

»Was willst du denn damit?«, fragte Lena.

»Na, das lackier ich und dann kann man das doch irgendwo aufhängen. So zum ...«

»Als Deko, meinst du? Na, meinetwegen. Soll ich's dir hier ans Auto stellen?« Ich lehnte das Wagenrad an seinen Kofferraum.

»Fragst die Oma, was sie dafür haben will!«

»Nix, das brauchen wir doch nicht mehr«, sagte Lena, bevor ich zehn Euro dafür fordern konnte.

Aber er griff schon in seine Gesäßtasche, in der er sein Portmonee aufbewahrte, und zog einen rötlichen Schein hervor.

»Dann nimm du das, Mattes«, sagte er. »Danke.«

Während es zum Totengebet läutete, zog ich eine frische dunkle Jeans an, schrubbte noch mal meine Fingernägel und ging dann die Hauptstraße hinunter zur Kirche. Heute Gebet, morgen Beerdigung, und danach war Allerheiligen, wo ich natürlich auch spielen würde. Das gab gutes Geld.

Die Leute standen bis zur Tür. Maria, Klaus und die restlichen Verwandten hatten sich in die siebte Bank gesetzt, und niemand wagte es, sich vor sie in die Kinderbänke zu setzen. Keiner redete, aber nicht wie sonst, wo alle entspannt auf den Beginn der Messe warteten. Alle in der Kirche schienen die Luft anzuhalten, nicht richtig atmen zu können oder sonst irgendwie unruhig zu sein.

Ich ging auf die Orgelempore, schaute auf den Zettel, den ein Messdiener mir dorthin gelegt hatte, und tippte die erste Zahl in den Projektor, damit die Leute sehen konnten, welche Seite sie im Gotteslob aufschlagen sollten.

Dann ging die Glocke, die von der Sakristei aus angeschlagen wurde, alle standen auf und ich griff den ersten Akkord. Die Orgel war schon älter und nicht besonders gut, deshalb ächzte sie immer ein bisschen.

Achim erschien in der violetten Kasel, die den Gottesdiensten für tote Erwachsene vorbehalten war, begleitet von zwei Messdienern.

Ich tippte das erste Gebet ein, das die Gemeinde nun im Gotteslob suchen sollte. Achim betete vor, die Leute hinterher. Die Akustik der Kirche sorgte für ein dunkles Echo.

Der Pastor wandte sich nach dem ersten Gebet an die Gemeinde. Ich hatte bereits das zweite Lied eingetippt, als er mich mit einem kurzen Blick bremste. Das war ungewöhnlich.

»Wir sind Sünder«, begann er. »Wir alle. Und was immer auch geschehen ist, wir werden dafür gerichtet werden.«

Er schaute auf seine Gemeinde.

Ich wusste nicht, ob das alles war, und hielt meine Hände über den Tasten, bereit, einen d-Moll-Akkord zu greifen.

Achim schien zu überlegen.

»Im Glaubensbekenntnis beten wir: Er sitzt zur Rechten Gottes, des allmächtigen Vaters, und von dort wird er kommen zu richten die Lebenden und die Toten«, Achim schwieg und die Stille in der Kirche war buchstäblich atemlos.

»Und seiner Herrschaft wird kein Ende sein.« Er machte eine weitere Pause und sah seine Gemeinde an. »Daran sollten wir denken«, fügte er hinzu.

Dann senkte ich langsam meine Hände und die alte Kirchenorgel ächzte einen dunklen Moll-Akkord.

Wir machten weiter mit dem Totengebet, Achim sagte nur noch, was in seinem Gebetbuch stand, und auch sonst passierte nichts weiter.

Zum Schluss wird nach den ganzen Totenliedern immer ein Osterlied gespielt, um auf die Auferstehung hinzuweisen, und auch diesmal war es eines von Achims Hitliste: *Preis dem Todesüberwinder*, und als ich es spielte und die Gemeinde sang, war ich plötzlich gar nicht mehr sauer auf Achim. Ich lächelte, während ich anfing, über das Thema zu improvisieren.

Achim und die beiden Messdiener stellten sich mit dem Gesicht Richtung Altar, beugten ihre Knie und gingen gemessenen Schrittes in die Sakristei.

»Wow!«, machte Lena. »Das war ja mal 'ne Ansage. Droht er ihnen doch tatsächlich mit den Feuern der Hölle.«

Ich grinste immer noch.

»Schnall dich bitte an!«

Wir fuhren über die Dörfer nach Hilgert.

»Glaubst du, er weiß was?«, fragte Lena.

»Von wegen Beichte und so? Glaube ich nicht.«

»Könnte aber sein, oder?«

»Klar, könnte sein. Aber du kennst ihn nicht. Er meint die ganze Glaubenssache wirklich ernst. Wenn ihm jemand gebeichtet hat, wird er das niemals weitererzählen.«

»Geht es hier schon ab? Oder sollen wir über Etzelbach fahren?«

»Hier musst du links, dann die kleine Straße runter.«

Wir bogen in einen hohen Fichtenwald ein. Der Scheibenwischer ratschte hin und her und die Lichtkegel des Fernlichts brachen sich im Regen.

»Kannst du gegen zehn wieder da sein?«, fragte ich.

»Was? Ich bleibe da und versuche, diesen Feininger auszuquetschen. Du kriegst doch bestimmt die Zähne nicht auseinander.«

»Haha«, machte ich.

»Wir müssen erst mal rauskriegen, ob es überhaupt eine Aufnahme gibt. Dann überlegen wir weiter.«

Die Probe des Feininger Quintetts fand in der alten Schule von Hilgert statt. Feininger stellte mich seinen Musikern vor. Es waren drei. Ein schmaler Schlagzeuger, der etwa fünfzig war und ebenfalls einen albernen Schnäuzer hatte. Ein Bassist am Kontrabass, der noch älter war und ziemlich klein, und ein Mann am Saxofon. Feininger selbst spielte die Leadgitarre. Ich gab allen die Hand, beantwortete Fragen nach meiner musikalischen Vorbildung (spiele in einer Band, schreibe eigene Songs, spiele die Kirchenorgel) und die Jazzer zogen die Augenbrauen hoch.

»Wenn du das nicht vom Blatt spielen kannst, nimm erst mal nur die linke Hand«, sagte Feininger zu mir. Er gab mir eine ziemlich zerfledderte Ausgabe von *Summertime*, die voller mit Bleistift eingezeichneter Fingersätze war. Ich nahm hinter dem E-Piano Platz. Es war ein ziemlich teures, zwar schon älter, aber von Yamaha, so eins hatte ich mir immer gewünscht. Es waren aber ziemlich simple Akkorde und deshalb legten wir gleich los.

Lena setzte sich auf einen Stuhl und schlug die Beine übereinander. Sie schaute angestrengt höflich auf uns.

Jazz ist ja irgendwie Musik für alte Männer, und bestimmt werde ich irgendwann auch ein Jazz-Fanatiker werden, aber momentan reichte mir noch ein einfacher Song, den ich selbst geschrieben hatte. Wir spielten Standards wie *All the things you are, Autumn Leaves* und *It could happen to you*. Ich spielte zum ersten Mal mit einer richtigen Band und ich kann nur sagen, es war geil. Der Schlagzeuger hielt ganz unangestrengt den Takt, der Kontrabass und meine linke Hand gingen synchron und alles, was ich mit der rechten spielte, war sinnvoll zu dem, was Feininger an seiner Gitarre und der Saxofonist tat. Ich hätte die ganze Nacht mit den Jazz-Opas spielen können.

Dann probten wir ein neues Stück (*Mack the knife*) und Feininger nahm alles sehr genau, korrigierte uns alle, sobald etwas nicht gut klang oder nicht so in den Noten stand, summte, trommelte auf einem Tisch, und erklärte uns vor allem die Musik. Damit meine ich, dass er nicht nur sagen konnte, welche Tonart und welche Funktion, sondern er erklärte auch, warum genau das in den Noten stehen musste, um sinnvoll zu sein. So viel Wissen haute mich echt um. Zum Schluss spielten wir noch mal *Autumn Leaves*, und ich schlug richtig in die Tasten, und es machte mich leicht und glücklich.

»Wow! Kann man eine CD von euch kaufen?«, fragte Lena, als wir die Instrumente verpackten. Über die Orgel musste nur ein Tuch gezogen werden.

Feininger zeigte sein Zahnfleisch, als er Lena anlächelte.

»Habe gerade keine zur Hand«, sagte er.

»Aber Sie haben doch einen Mitschnitt.« Tatsächlich stand ein Laptop hinter dem Schlagzeug auf dem Boden. Lena zeigte jetzt darauf.

»Aber das ist doch nur für den Hausgebrauch. Unsere CD ist richtig gemischt. Das klingt ganz anders.«

»Hören Sie sich alle Proben zu Hause noch mal an?«, fragte ich.

»Die meisten schon.« Er zuckte mit den Schultern. »Das ist ein Spleen von mir.«

»War die Polizei bei Ihnen?«, forschte Lena nach.

»Na sicher, bei allen, die an dem Abend bei der Probe waren.« Er lächelte nicht mehr. »Wir hätten ja irgendwas gesehen haben können. Ein Auto oder jemanden, der dort wartet.«

»Haben Sie aber nicht«, stellte Lena fest. »Oder?«

»Nein, alles war wie immer. Es kam uns jedenfalls so vor.«

»Und die Probe von Mariae Gnaden? Hat die Polizei eine Aufnahme davon?«, fragte Lena weiter.

»Sie haben sich eine CD gezogen, aber da ist ja nur Händel drauf. Der Mord passierte später.«

»Kann ich das mal hören?«, fragte Lena.

»Warum?«, fragte Feininger zurück. Der Schlagzeuger und der Gitarrist verabschiedeten sich mit einem Nicken, Feininger hob die Hand.

Der Bassist blieb bei uns stehen und hörte uns zu.

»Ich hab nach dem Studium in einem Institut für forensische Linguistik gearbeitet.« Lena lächelte ihr schönstes Lächeln. »Ehrlich gesagt bin ich einfach neugierig.«

»Okay, sie ist noch drüben auf dem Laptop«, sagte Feininger. »Aber die Polizei hat dafür richtige Analyseprogramme. Sie werden nur eine schlechte Probe vom *Messias* hören.«

Lena nahm die Ohrstöpsel von ihrem MP3-Player, denn das Laptop war an keine Boxen angeschlossen.

»Rein berufliches Interesse. Und die Analyseprogramme sind gar nicht so gut, wie die Polizei immer tut. Im Institut haben wir viel einfach so angehört und waren damit ziemlich erfolgreich.«

Feininger balancierte den Laptop auf dem Schoß und machte die Datei auf.

»Hier, etwa ab dreißig null sieben, da kommen die Aurother in die Basilika.«

Lena hockte sich hin und hörte sich die restlichen drei Minuten an. Dann wiederholte sie das mit geschlossenen Augen.

Der Bassist, Feininger und ich sahen ihr dabei zu.

»Und?«, fragte Feininger.

»Nichts Ungewöhnliches. Aber wahrscheinlich muss man es wirklich mit einem Computer analysieren.«

Lena richtete sich auf und nahm die Stöpsel aus den Ohren.

»Weißt du etwas von einem Stefan?«, fragte sie mich auf der Rückfahrt.

»Was hast du denn gehört?«, fragte ich.

»Ich weiß es nicht genau, verdammt!« Lena trat auf das Gaspedal und wir flogen über die fichtengesäumte Straße.

»Irgendwas mit Stefan, Stefan. Und es war eine Stimme, die weiter weg vom Mikrofon sprach. Aber dann fingen diese Fiedeln wieder an.«

»Hast du die Stimme erkannt?«, fragte ich.

»Nein, eben nicht. Sie war ein bisschen verhallt, bei dieser Kirchenakustik kein Wunder. Ich weiß es nicht.«

»Wir fragen einfach Oma«, schlug ich vor. »Und vielleicht sollten wir den Brief zur Polizei bringen.«

Lena bremste ab, aber nur, um auf eine größere Straße abzubiegen.

»Das tun wir nicht.« Sie trat das Gaspedal durch.

»Doch, das tun wir. Irgendjemand bedroht uns. Und vielleicht sind auf dem Blatt Spuren, die wir nicht finden können.«

Lena sagte immer noch nichts. Sie schaltete zurück.

»Na gut, von mir aus!«, gab sie schließlich nach. »Und wenn Krämer nichts damit anfangen kann, ist es nicht meine Schuld.«

Wir rasten über die nächtliche Straße, nur von den beiden Lichtkegeln vor uns geleitet.

»Und er wird wissen wollen, warum wir ihm den Brief nicht vorher gegeben haben.«

»Ach, lass mich das machen. Er hält mich sowieso für behindert.«

Wir kamen an der Kirche von Auroth vorbei. Auf dem Friedhof brannten, weil es kurz vor Allerheiligen war, an die hundert kleine rote Lichter auf den Gräbern.

»Du hättest die Aufnahme hören müssen. Du hast bessere Ohren als ich.«

»Hast du die Lichter gesehen?«, fragte ich.

»Die ganzen Toten, ja.«

Sie fuhr jetzt langsamer und bremste vor unserem Haus. Ihr Blick ging zum Fenster von Marvin, aber dort war es dunkel. Wahrscheinlich saß er mit seinen Eltern vor dem Fernseher.

»Vielleicht kriegen wir Feininger dazu, uns die Sache auf CD zu brennen.«

Lena hörte mir gar nicht zu. Sie sah immer noch auf das Nachbarhaus.

Oktober 1982

Jakob bat sie nur darum, etwas zu tun, was sowieso getan werden musste. Eine gute Tat, sagte er, ein alter verwirrter Mann in einer Mühle, wie lange sollte das noch gut gehen?

Und sie schüttelte den Kopf, bis er mit einer alten Geschichte drohte. Hatte sie nicht dafür gesorgt, dass er damals das Bauland bekam? Hatte sie nicht ihre kleine Anstellung missbraucht, um die Schuld ihres Vaters zu verheimlichen?

Sie musste es tun, sonst würde sie alles verlieren.

11

»Und du hast niemanden an eurer Haustüre beobachtet?«, fragte Krämer. Er saß hinter einem Schreibtisch bei der Polizei in Neukirchdorf. Er schien irgendetwas in seinem Mund zu kauen, vielleicht seine eigene Zunge. Seine trockenen Stellen auf dem Kopf schimmerten feucht, so als hätte er eine Salbe daraufgeschmiert. Seine Augen sahen müde aus.

Ich schüttelte den Kopf.

»Da war nur der Brief«, wiederholte ich.

Er schwieg und bewegte seinen Kiefer hin und her.

»Was macht Frau Büdenhölzer eigentlich den ganzen Tag?«, fragte er.

»Nichts Besonderes. Sie bereitet ihre Dissertation vor«, log ich.

»Was macht sie denn da?«, fragte er.

»Sitzt am Computer.«

»Klar, aber was ist denn ihr Thema?«, fragte er.

»Irgendwas mit Sprachwandel«, sagte ich.

»Aha«, machte Krämer und er schmatzte lauter. »Macht sie wieder irgendwelche Aufnahmen?«

»Von den Strickfrauen, ja«, gab ich zu.

Wieder blieb Krämer bis auf sein Schmatzen still.

»Also, noch mal zurück zu dem Brief«, sagte er. »Du hast ihn angefasst und Lena Büdenhölzer.«

»Ja.«

Der Brief lag in einer Klarsichthülle auf dem Schreibtisch zwischen uns. Er sah auf die Buchstaben, als müsse er den Text noch mal lesen.

»Ihr habt herumgeschnüffelt, oder? Deshalb hast du auch Bruno gefunden.«

»Ich habe Ihnen schon gesagt, wie ich Bruno gefunden habe. Es war ein Zufall.«

»Und dann habt ihr ihn aus dem Krankenhaus abgeholt? Aus Zufall?«

»Gewissermaßen«, sagte ich. »Seine Frau …«

»Pass mal auf, Mattes.« Sein Blick suchte meine Augen. »Du hältst dich ganz still und deine verrückte Tante auch. Ist das klar?«

Ich sah ihm in die Augen. Sie waren hellgrau und hatten leicht gerötete Lider. Vom Gang her waren Schritte zu hören, verschiedene Schuhe, Männer und Frauen, verschiedene Geschwindigkeiten, Menschen, die unterschiedlich viel wogen. Ich starrte ihm weiter in die Augen, auf den Gang vor seiner Bürotür konzentriert, ohne zu blinzeln.

Sein Blick ging wieder auf den Brief.

»Hast du dir schon mal vorgestellt, wie es ist, wenn dir«, hier machte er eine Pause und tippte auf das Papier, »jemand die Kehle durchschneidet?«

Ich starrte ihn weiter an und er gab meinen Blick zurück.

»Das hier ist nichts für eine abgebrochene Sprachwissenschaftlerin und einen …«

»… einen Behinderten?«, fragte ich.

»Hast du schon mal einen Toten gesehen?«, fragte er weiter, ohne zu antworten. »Ich habe Hunderte gesehen, und ich sage dir, das ist kein schöner Anblick! Der hier droht euch!«

Ich dachte an den stillen Opa Hermann in seinem Sarg, dann dachte ich an Jakob und seine zerfetzte Kehle und wandte meine Augen ab.

»Du merkst anscheinend gar nicht, in was dich deine Tante reinzieht!«, sagte Krämer.

Ich stand auf und ging. Lena wartete im Auto auf mich.

»Und?«, fragte sie. »Bist du jetzt beruhigt?« Sie hörte *every you, every me* von Placebo.

»Er glaubt, dass es ziemlich gefährlich für uns ist.« Ich sagte das widerwillig, aber Krämer hatte mich nachdenklich gemacht.

»Das glaube ich auch«, sagte Lena. Sie legte den Gang ein und fuhr den Neukirchdorfer Berg hoch.

Der Nachteil an Beerdigungen ist, dass ich während des Auszugs der Gemeinde nicht über das Auszugslied improvisieren darf. Nach der letzten Strophe muss die Orgel schweigen, während Achim und seine Messdiener in der Sakristei die Gewänder ausziehen, in ihre dicken Jacken schlüpfen und die Gewänder wieder überstreifen.

Stattdessen erhebt sich eine Stimme, meistens ist es natürlich die von Oma Burkhart, die selten eine Beerdigung auslässt, und beginnt mit dem Vaterunser.

Ich hielt also den letzten Akkord und hob dann beide Hände von den Tasten. Aber die riesige schwarzgekleidete Masse im Kirchenschiff unter mir blieb still. Unsere kleine Dorfkirche fasste die Menge gar nicht. Die Türen standen offen, damit die Leute davor mitbeten konnten, und ein eisiger, nasser Wind zog während der ganzen Totenmesse durch die Kirche und sorgte dafür, dass sich die Orgelpfeifen leicht verstimmten.

Für einen Moment war ich davon überzeugt, dass wir ohne Gebete zum Friedhof ziehen würden, still und dunkel durch den aufkommenden Regen. Unter mir blieb es weiter still, nur das Schweigen war zu hören, das Scharren der Füße, die Luft, die durch die Lungen ein und aus ging, und die Kleidung, die aneinanderrieb.

»Vater unser, der du bist im Himmel, geheiligt …«, begann dann endlich Oma Burkhart mit ihrer klaren Stimme, alle fielen in das Gebet ein, und dann kam auch schon der Messdiener mit dem Holzkreuz, dahinter der mit dem Weihrauchfass und der mit dem kleinen Schiffchen, in dem weiteres Harz aufbewahrt wurde.

Hinter ihnen ging Achim in seinem schweren violetten Messgewand. Ich stand inzwischen an der Balustrade und hatte freie Sicht auf die Gemeinde unter mir. Maria erhob sich, von ihrer Tochter gestützt, und trat als Erste aus der Bank. Ihr Blick ging über die ganzen Menschen. Sie schwankte, vielleicht stand sie unter Beruhigungsmitteln, dahinter erhoben sich Klaus und seine Frau, dann weitere Verwandtschaft.

Sie gingen hinter Achim her und immer mehr Menschen reihten sich ein, um in die Friedhofshalle zu gehen und dort den Sarg mit Jakob darin zu segnen.

Ich ging als einer der Letzten, neben Lena, die in ihrem dunklen Mantel sehr damenhaft wirkte. Wir blieben am Rande des Friedhofs stehen und warteten, bis der Sarg, geschmückt mit einem großen Gesteck aus weißen Lilien und viel Grün, aus der Halle getragen wurde. Marvin war einer der Sargträger. Er trug einen schwarzen Schlips und ein weißes Hemd unter seinem schweren Wintermantel. Maria, die dahinter ging, sah aus wie eine Greisin und ihr Sohn Klaus musste sie fast tragen. Er selbst machte einen gefassten Eindruck. Er nickte uns gemessen zu und wir nickten leicht zurück.

Am Grab sagte Achim ein paar Worte. Er übergab den Leib Jakobs der Erde bis zur Auferstehung am Jüngsten Tag. Erde zu Erde, Staub zu Staub, und dann stellten sich alle auf, um ebenfalls Erde auf den Sarg im offenen Grab und die Blumen zu werfen und dann Maria die Hand zu drücken.

Ich tat es nicht, es waren auch zu viele, die sich dort anstellten.

»Oma geht bestimmt zum Kaffee«, sagte Lena. »Komm.«

In der Wirtschaft von Ursula Weller – niemand wäre auf die Idee gekommen, einen Beerdigungskaffee bei Paul zu machen – war es laut, ohne dass Musik lief. Die Ziehharmonikatür zum hinteren

Saal war geöffnet und auch dort saßen die Beerdigungsgäste an langen Tischen und nahmen sich Stücke von den Blechkuchen, die aufgetürmt vor ihnen standen. Ursula und ihre Tochter Margit gingen mit großen Kannen zwischen den Leuten hindurch und schenkten Kaffee ein.

Maria saß hinten, und obwohl es so voll war, gab es zwischen ihr und den anderen schwarz gekleideten Menschen einen Bereich, in dem sich niemand aufzuhalten wagte.

Maria aß nichts. Sie hatte ihre Hände über einem Stapel Briefumschläge gefaltet und sah starr geradeaus. Sie reagierte auch nicht, als Kerstin ihr ungefragt Kaffee eingoss. Wenn sich ihr einer näherte, der ihr einen weiteren Umschlag geben und ein paar Worte mit ihr reden wollte, sah sie durch ihn hindurch, bis er sein Beileidsschreiben auf den Tisch legte und wieder ging. Dann fuhr ihre Hand vogelschnell über den Tisch und grabschte nach dem Umschlag.

Wir hatten unseren Umschlag mit der Beileidkarte und dem Geld natürlich längst in den Briefkasten geworfen, aber trotzdem hielt Lena auf Maria zu.

»Maria«, sagte Lena.

Maria beachtete sie nicht. Ihre Hände strichen in schnellen Bewegungen über die schwarz umrahmten Briefumschläge.

Lena nahm ihr gegenüber Platz und ich setzte mich daneben.

Lena nahm ein Stück Streuselkuchen von dem Teller vor ihr. Es war das oberste, vor ihr hatte niemand von diesem Teller gegessen.

»Ist ja ein großer Kaffee«, sagte Lena. »Sind alle gekommen.«

Marias Hände bearbeiteten die Umschläge nun schneller.

Lena kaute auf ihrem Kuchenstück herum. Sie schluckte laut, so als sei es sehr trocken.

Ich ließ mich auf den Stuhl neben Maria fallen und nahm ebenfalls ein Kuchenstück. Es war gedeckter Apfel. Ich biss hinein und kaute.

»Ist dir nicht wohl? Soll ich schauen, ob Sabine dich nach Hause bringen kann?«, fragte Lena. Bei der Erwähnung von ihrer Tochter bewegten sich Marias Augen zu Lena hin.

»Was wollt ihr?«, fragte da eine männliche Stimme hinter mir. Ich spürte, dass eine Hand auf meiner Stuhllehne lag und meinen Rücken berührte.

»Setzt euch woanders hin«, sagte die Stimme. Sie gehörte Klaus. Er sprach mit viel Bruststimme, sodass er tief grollend klang. »Oder geht besser ganz.«

Lena sah über mich hinweg auf Klaus.

»Wir sind doch Nachbarn«, sagte sie.

»Was ihr seid, weiß ich.« Das Grollen hinter mir wurde tiefer.

»Was meinst du?«, fragte Lena. Sie war aufgestanden und zupfte nervös an ihrem schwarzen Mantel.

Klaus' Oberköper neigte sich zu Lena hin, so als sei ich gar nicht da. Ich musste mich ducken, um seinem massigen Körper auszuweichen.

»Geh«, grollte er und ich spürte dieses Wort über mir in der Luft zittern. »Verschwinde! Und ab heute lässt du hier alle mit deinen Fragen in Ruhe. Ist das klar?«

Ich konnte erkennen, obwohl ich inzwischen quasi auf dem Tisch lag, dass sich auch Lena nach vorne beugte.

»Und was, wenn nicht? Du machst mir keine Angst, Pipi-Klaus, du nicht!« Ihre Worte zischten leise aus ihrem Mund. Das Gewicht von Klaus auf meinem Rücken wurde weniger.

»Der macht mir keine Angst!« Lena packte den Henkel des alten Aufnahmegerätes. »Wir machen weiter!«

»Weißt du denn, ob die Strickfrauen sich heute Abend treffen?«

»Klar, bis zu ihrem bescheuerten Basar sind es doch nur noch ein paar Wochen.«

Ich zog meine Jacke an und nahm Lena den Laptop ab.

In der Dämmerung vor der Tür blies der Wind heftig und unsere alte Kirsche verlor ihre Blätter. Der Essigbaum daneben raschelte an der Hauswand.

Das Pfarrhaus stand hell erleuchtet.

»Siehst du, sie sind da!«, sagte Lena.

Die Haustür des Pfarrhauses war nicht abgeschlossen. Wir gingen durch den dunklen Flur im Erdgeschoss des Pfarrhauses. Aus dem Gemeindesaal hörte ich vereinzeltes Nadelklappern und leise Stimmen.

Lena legte ihren Finger auf den Mund, damit ich still war.

»Von dort wird er kommen zu richten die Lebenden und die Toten«, hörten wir Irmgard sagen.

»Und seiner Herrschaft wird kein Ende sein.« Das war Renates Stimme.

»Sie beten«, flüsterte Lena mir zu, aber ich schüttelte den Kopf. Die Strickfrauen hörten sich nicht nach Beten an.

»Dass er das von der Kanzel sagt, ich meine, das … war unverschämt!«, sagte Elli und ich konnte mir vorstellen, wie sie missbilligend ihren Kopf schüttelte.

»Sie reden über Achim«, flüsterte ich.

Lena nickte.

»Der Pastor nimmt sich ganz schön was raus«, machte Martha weiter. »Aber was will man machen? Man kriegt ja keinen richtigen Pastor mehr.«

Dann klapperten nur Nadeln.

Lena klopfte und trat ein. Die Köpfe mit den praktischen Kurzhaarschnitten drehten sich zu uns. Irmgard wurde ein bisschen rot, so als täte es ihr leid, dass sie gelästert hatte.

»Lena«, sagte Renate. Sie lächelte nicht, das fiel mir auf.

»Sag du's ihr!«, sagte Martha. Sie saß mit einem Nadelspiel am Tisch und tat so, als müsse sie Maschen zählen.

»Wir wollen das nicht mehr«, sagte Renate und deutete auf das Mikrofon, das Lena gerade auspackte. »Das ist uns zu viel Aufregung.«

»Aber …«, begann Lena.

»Wir sind nur alte Frauen, die sich zum Stricken treffen. Was hat das mit irgendeiner Wissenschaft zu tun?«, sagte Renate.

»In den Jahrbüchern zum Beispiel gibt es doch haufenweise Leute, die über unser Platt schreiben«, sagte Lena. »Das ist doch Wissenschaft, oder?«

»Lena«, machte Renate und schüttelte den Kopf.

»Bitte«, sagte Lena. »Überlegt es euch noch mal.«

»Vielleicht nächstes Jahr, wenn sich hier alles beruhigt hat.« Irmgard sah von ihren Listen auf.

Lena sagte eine Zeit lang nichts. Sie kaute von innen an ihrer Lippe, dann schluckte sie.

»Ist das alles, was ihr wollt? Dass es sich hier wieder beruhigt?«, fragte sie. »Was ist mit Bruno? Du bist doch seine Tante!«

Irmgard schüttelte mit dem Kopf. Sie lächelte traurig.

»Lena, komm«, sagte ich.

»Aber ihr könnt doch nicht hier sitzen und stricken, während da draußen ein Mörder durchs Dorf geht!«, sagte Lena lauter.

»Lena, beruhige dich«, sagte Renate. Sie machte einen Schritt auf Lena zu und legte ihre Hand auf ihren Arm.

»Hier bringt jemand Menschen um«, sagte Lena. Aber ihre Stimme war klein, so als sei sie ein Kind.

Der Wind wurde stärker, während wir den Berg hochgingen, und drückte uns die Luft in die Lungen.

»Ich kann das nicht verstehen. Sie wollen alle so tun, als sei nichts passiert«, sagte ich, um zu zeigen, dass ich weiterhin auf ihrer Seite stand.

»Weil sie mehr wissen als wir, verdammt«, sagte Lena. »Deshalb haben sie auch keine Angst. Sie scheinen doch alle zu wissen, wer's war, oder?«

»Oder sie glauben, dass Jakob es verdient hat zu sterben, egal wer es war.«

»Kann auch sein«, sagte Lena widerwillig. »Aber das mit Irmgard war komisch. Ich meine, sie hat nicht mal widersprochen, als ich Bruno erwähnte.«

»Vielleicht wissen sie, dass es Bruno war. Aber warum?«

Vor unserer Haustür lag ein Päckchen, etwa so groß wie eine Schuhschachtel.

»Was ist das?«, fragte ich und beugte mich näher über den Karton. Es roch nach verkohltem Papier und Benzin. An den Seiten waren Brandspuren.

»Schon wieder eine Nachricht von einem Verehrer!«, sagte Lena wütend. »Hol einen Stock, das sollten wir nicht mit den Händen öffnen. Und mach Licht an!«

Ich stieg über das Päckchen, schloss die Haustür auf und knipste die Lampe über unserem Treppenstein an.

»Mattes, bist du das?«, fragte Oma von der Küche aus.

»Ja, ich muss mir noch die Schuhe ausziehen. Die sind ganz voll Matsch!«, log ich. Ich öffnete die Tür zur Kellertreppe und nahm den Schrubber, der dort an einem Haken hing.

Bei Licht betrachtet war es tatsächlich ein Schuhkarton, den jemand vor unserer Haustür abgestellt hatte. Anscheinend hatte er brennen sollen.

Lena nahm den Schrubber und stieß gegen den Karton. Nichts passierte.

»Was machst du da draußen?«, fragte Oma.

»Ich zieh mir die Schuhe aus!«, rief ich laut.

Lena kippte den Karton um. Darin lag, zusammengekringelt, eine tote Katze. Ihr Fell war teilweise angeflämmt, aber man konnte sehen, dass es eine schwarzweiß gefleckte war. Sie war noch nicht ausgewachsen.

»Verdammt!«, sagte Lena. »Das arme Tier.«

Ich musste mich auf unseren Treppenstein setzen.

»Reiß dich zusammen!«, fauchte Lena. »Das ist nur eine tote Katze!«

Sie nahm den Karton hoch.

»Geh rein und tu so, als wäre nichts gewesen!«

»Lena, meine Ohren…«

»Los!« Lena zog an meinem Arm. »Ich bringe das Tier weg.«

Ich stand auf, das Rauschen wurde lauter.

»Zieh die Schuhe aus, sonst merkt sie das doch!«, zischte Lena.

Lena duschte und fuhr mit Marvin zu einer Halloweenparty, die seit ein paar Jahren am Abend vor Allerheiligen stattfanden. Sie fragte mich, ob ich mitkommen wollte, aber ich hatte keine Lust und blieb mit Oma vor dem Fernseher sitzen. Auf dem Dritten kam ein Tatort, den ich schon kannte. Ich trank ein Bier und sah mir an, wie das Team aus Münster, das Oma so gern sah, den Fall löste.

»Oma, weißt du etwas von einem Stefan?«, fragte ich.

»Was meinst du?«, fragte sie, die Augen auf den Bildschirm gerichtet.

»Gibt es hier jemanden, der Stefan heißt, nur so zum Beispiel?«

»Was ist das für eine Frage? Hier im Dorf, meinst du?«, fragte Oma zurück. »Jetzt sei mal still. Ich glaube, die Mutter war's.« Oma meinte den Krimi.

»Ja, das habe ich eben auch schon gedacht.« Das stimmte nicht ganz, ich hatte vor allem an die tote Katze gedacht.

»Vielleicht irgendjemand, der was mit Jakob zu tun hat?«, bohrte ich weiter. »Oder mit Klaus?«

»Ich will den Krimi sehen, Mattes. Und überlass das alles doch der Polizei, oder?«

»Also gibt es jemanden?«

»Mattes! Ich verpass hier die Hälfte.«

Ich nahm einen Schluck von meiner Bierflasche.

»Wie kommst du überhaupt darauf?«

Ich knibbelte ein bisschen am Papier der Bierflasche herum. Dann entschloss ich mich, Oma von Feiningers Aufnahme zu erzählen. Oma machte ihren missbilligenden Mund, als ich redete.

»Was bildet ihr euch eigentlich ein, ihr dummen Kinder?« Sie sah wieder auf den Fernseher, auf dem der Abspann lief. »Wenn ihr schon so schlau seid, dann müsstet ihr doch von Stefan wissen, oder? Der Bruder von Renate hieß doch so.« Sie drehte sich zu mir. »Und? Wie hilft dir das jetzt?«

»Ich weiß nicht«, gab ich zu.

»Gar nicht. Und die Auflösung habe ich jetzt auch verpasst.« Sie nickte in Richtung des Fernsehers.

»Kanntest du ihn?«, fragte ich.

»Natürlich. Es war doch Renates Bruder.« Oma zuckte mit den Schultern. »Das wisst ihr doch! Zumindest Lena muss das doch wissen!« Sie schaltete auf das *heute-journal*. »Wir waren in Hilgert auf der Kirmes. Opa Hermann und ich waren noch nicht verheiratet und er fuhr mich abends mit dem Moped nach Hause. Renate war schon früher gegangen, mit ein paar anderen Mädchen aus Auroth, und Jakob hat seine Maria nach Hause gebracht.« Sie lächelte traurig. »Der Arme hat Stefan als Letzter gesehen, hat ihm noch zugerufen, er solle nicht so schnell fahren.«

»Was?«, machte ich. Ich kannte die Geschichte wirklich nicht.

»Jakob war doch der beste Freund von Stefan, immer waren die zusammen, und dann passierte dieser Unfall, nachdem wir den ganzen Abend gelacht und getanzt hatten, schrecklich.«

»Was denn für ein Unfall?«, fragte ich weiter.

»Am Sonntagmorgen haben sie ihn erst gefunden, an der Kreuzung, wo es nach Hilgert runtergeht, mit seinem kaputten Moped. Er war wohl schon Stunden tot.«

Ich wollte noch einen Schluck Bier nehmen, doch die Flasche war leer. Ich setzte sie wieder ab.

»Haben sie das gemeint, als sie von Amalia sprachen?«, fragte ich.

»Was?«, fragte Oma.

»Als wir in Köln waren, hat Martha oder Irmgard gesagt, dass nichts so schwer sei, wie ein Kind zu verlieren.«

Oma zuckte mit den Schultern.

»Das Malchen hat den ganzen Tag geheult, richtig gebrüllt, und Robert saß nur da und hat nichts gesagt.«

»Robert?«

»Renates Vater, den kennst du nicht. Der ist schon lange tot.«

Ich stand auf, um mir noch ein Bier zu holen.

1964

Ihre Söhne liefen gemeinsam über die Felder. Es war Kartoffelzeit und verdorrte Pflanzen lagen gelb in den Ackerfurchen. Es war Spätsommer und die Sonne versank hinter dem Gershaner Berg wie ein glühender Ball.

Ihre Söhne gingen gemeinsam zur Schule, lasen die gleichen Geschichten, rechneten das Volumen von Würfeln und Zylindern, dienten gemeinsam in der Messe, fingen Frösche, fingen Forellen an der Mühle, fuhren im Winter mit dem Schlitten den Hügel zum Steinbruch hinunter, nicht ahnend, wie der kleine russische Junge dort an einem Strick baumelnd gestorben war.

Manchmal, besonders in der Zeit, als Amalia wieder schwanger war, bekam Robert Angst. Er arbeitete im Walzwerk, abends versorgte er die Kühe und Schweine, machte Heu, machte Kartoffeln, sah, wie alles wuchs und gedieh, seine Kälber, seine beiden Kinder, das stille Lächeln auf dem Gesicht seiner Frau.

Er wurde Vorarbeiter im Walzwerk, nahm seinen vierzehnjährigen Stefan und den Nachbarsjungen, den schüchternen Hermann mit, und dann arbeiteten sie zu dritt dort, brachten viel Geld mit nach Hause und sie verkauften die Kühe, die Hühner schafften sie später ab, hielten sich nur noch eine Katze, einen grauen launischen Kater.

Und die Angst schnürte Robert das Herz ab.

Sein Stefan kaufte sich eine Kreidler, lange hatte er dafür gespart, jetzt fuhr er, geduckt im Gegenwind, über die Landstraßen und war glücklich. Und seine Tochter, mit einem Gesicht, so schön, dass es Robert das Herz abschnürte vor Angst, hielt sich an ihrem Bruder fest und lachte über das ganze Gesicht.

12

Das Hochfest Allerheiligen war großes Brimborium. Achim, in der Festfarbe Rot für die christlichen Märtyrer, hatte alle Messdiener mobilisiert, zog mit Weihrauch und Vortragekreuz ein und ließ alles singen, was das *Gotteslob* zu bieten hatte. Das *Te deum* leitete er lateinisch ein und dann, nach einem F-Dur-Akkord, kam das *Großer Gott, wir loben dich*. Die Kirche war brechend voll – weil alle zur Gräbersegnung wollten – und die Stimmen schwangen sich jubelnd zur Orgeltribüne empor. Ich zog alle Register, sogar die spanischen Trompeten, die leicht verstimmt waren und an der alten Orgel nicht mehr zu richten, aber das hörte sowieso niemand außer mir.

Danach machte Achim lateinisch weiter bis zum *Agnus Dei* und nur das Schlusslied war wieder auf Deutsch.

Dann improvisierte ich, bis die Messdiener mit dem Lautsprecher aus der Sakristei kamen, und danach weiter, bis die Kirche leer war, weil alle auf den Friedhof zogen.

Ich blieb an der Orgel sitzen und schob einige Register ein. Ich hatte einfach Lust nach dem ganzen Pomp und Geklingel etwas Ruhiges zu hören. Ich griff einen D-Dur-Akkord, modulierte nach A-Dur und trillerte dazu mit der rechten Hand eine kleine Melodie, nichts Besonderes, nur etwas, das mich an Vanes Stimme erinnerte. Es war, nachdem es in den letzten Tagen nur geregnet hatte, freundlich und das Licht kam schräg durch die Kirchenfenster. Meine linke Hand suchte zu der kleinen Melodie einen Kontrapunkt, angelehnt an einen Basslauf, mit dem Vane, nachdem sie ihr Instrument gestimmt hatte, immer ihre Finger lockerte, und, während ich mir selbst lauschte, hörte ich, dass ich nicht allein in der Kirche war.

Ich weiß nicht genau, was es war, aber irgendetwas klang anders, als es an einem solchen Tag in der leeren Kirche klingen sollte, so als sei die Resonanz des weiten, hohen Raumes gestört.

Jemand war auf der Treppe zur Orgeltribüne, ich war mir jetzt ganz sicher. Ich meinte, ein Knirschen auf der Steintreppe zu hören, so als zöge jemand sehr leise seinen Fuß über die Stufe. Ich musste mich beherrschen, um nichts von meiner Aufregung in meine Improvisation fließen zu lassen, sondern einfach ruhig weiterzuspielen. Ich wiederholte nochmals das Thema und schob ein weiteres Register ein, damit die Orgel leiser wurde und ich die Person auf der Treppe besser hören konnte. Sie schien sich nun nicht mehr zu bewegen, aber sie war da. Dann modulierte ich nach d-Moll, hielt den Schlussakkord wie eine Warnung und nahm die Hände von den Tasten und die Füße von den Pedalen.

Ich stand schnell auf und lief zur Treppe, um zu sehen, wer dort stand, aber ich hörte nur noch die laut zuschlagende Kirchentür.

Das Dorf war wie ausgestorben. Alle, die Lebenden und die Toten, waren auf dem Friedhof. Ich ging durch die bleiche Herbstluft, es roch nach Schnee und Kälte und meine Ohren wurden ganz kalt. In Lenas Zimmer sah ich mir die Tapete an und schrieb zögernd Stefan neben Renates Namen. Ich machte ein Fragezeichen hinter den Namen.

Dann wartete ich, bis Oma und meine Tanten und Onkel vom Friedhof kamen. Meine Mutter hatte leider Dienst. Ich stellte sogar schon das Kaffeeservice und den frisch gebackenen Pflaumenkuchen auf den Tisch.

Ich steckte gerade den Mixer in die Steckdose, um die Sahne zu schlagen, da hörte ich sie an der Haustüre. Finn und Alexander stritten sich bereits darum, wer zuerst an meine alte Playstation durfte.

Lena, Maja und mein Onkel Michael setzten sich an den Tisch und schnupperten am Kuchen. Oma trug den Kaffee auf, ich stellte die Sahne vor sie.

»Hm, lecker!«, sagte Maja und bediente sich.

»Was gibt's Neues aus dem Krankenhaus?«, fragte Lena. »Irgendwelchen Tratsch über Bruno?«

»Wie kamst du überhaupt dazu, den abzuholen?«, fragte Maja zurück.

»Wir wollten ihn ja eigentlich nur besuchen. Aber er hatte keine Lust, dazubleiben.« Lena hatte den Mund voller Sahne.

»Der Notarzt wollte jedenfalls kaum glauben, dass du mein Neffe bist. Er meinte, dass Bruno verdammt viel Glück gehabt hätte«, sagte Maja zu mir.

Mein Onkel Michael schwieg wie immer, wenn seine Schwestern quatschten. Er ist nicht verheiratet und macht beruflich was mit elektronischen Anlagen. Wenn er nicht gerade damit beschäftigt ist, irgendetwas in Omas Haus zu reparieren, ist er damit zufrieden, bei seiner Mutter essen zu können und dann vor dem Fernseher zu sitzen. Wahrscheinlich würde er gleich mit seinen Neffen Playstation spielen.

»Über den Rühmert wird ganz schön geredet, auch bei uns in der Firma«, sagte er stattdessen.

Oma legte ihm noch ein Stück Kuchen auf den Teller.

»Was sagt man denn?«, fragte Lena.

Michael hatte den Mund voll Kuchen.

»Dass da mal irgendwas war, mit der alten Mühle, die Jakob dem Alten von Bruno abgeknöpft hat, und dass er deswegen ein Tatmotiv hat. Außerdem hat er sich verdächtig gemacht, weil er die Leiche bewegt hat.«

»Aber die Geschichte mit der Mühle ist doch schon ewig her. Wieso soll er zwanzig Jahre hier gelebt haben und dann, plötzlich …«, fragte Lena.

Die Jungs im Wohnzimmer wurden lauter.

»Jetzt geht das schon wieder los…«, seufzte Maja. »Die sind in letzter Zeit wie die Kesselflicker.« Sie stand auf.

»Ein Kollege von mir hat eine Zeit lang mit Bruno zusammengearbeitet, beim Willwacher in Gershan. Der meinte jedenfalls, dass Bruno damals viel davon gesprochen hätte, dass der Jakob ihn betrogen hätte«, erzählte Michael weiter.

»Die Leute suchen einfach einen Sündenbock«, sagte Oma. Sie goss sich noch einen Kaffee ein.

»Was ist eigentlich mit der Baustelle?«, fragte Michael. Er meinte die Windkraftanlage, an der er vorbeifahren musste, um zu uns zu kommen. »Da passiert ja gar nichts mehr.«

»Vielleicht machen sie nächstes Jahr weiter«, meinte Oma. »Ist ja auch die ganze Zeit schlechtes Wetter.«

»Der Pipi-Klaus soll da eine Menge Geld reingesteckt haben«, rief Maja vom Fernseher aus. »Erzählt man sich jedenfalls im Krankenhaus.«

»Klaus Bähner? Echt?«, fragte ich.

»Sagt doch nicht immer Pipi-Klaus!«, meinte Oma. »Die werden wohl nächstes Jahr weiterbauen. Hab ich jedenfalls auf der Beerdigung gehört.«

»Wenn die sich mal nicht übernommen haben«, meinte Michael. »Da ist doch überhaupt kein Boden für so tiefe Fundamente. Da ist doch alles Basalt.«

»Und Pipi-Klaus hat da Geld drin?«, fragte ich noch mal.

»Ach, was die Leute so reden«, machte Michael. Dann stand er auf und ging zu seinen Neffen an die Playstation.

Lena und ich sahen uns an.

»Was heißt das hier?«, fragte Lena mich. Sie deutete auf das Gekritzel von mir hinter Renates Namen.

Nachdem die Verwandtschaft weg war, war es im Haus immer viel stiller als sonst. Ich saß auf Lenas Bett und klickte mich durch die Musikbibliothek, die sie auf ihrem Rechner hatte. Ein paar Sachen kannte ich noch nicht, meistens Stücke aus den Neunzigern.

»Stefan, das hast du doch bei Feininger gehört.«

Ich klickte einen Track auf *Play*. Es war irgendein Ambient-Mist, Hauptsache unaufdringlich.

»Ich hatte noch gar keine Zeit, dir das zu erzählen. Renate hatte einen Bruder, der Stefan hieß.«

Lena zog die Augenbrauen zusammen.

»Bin ich blöd, natürlich!«, meinte sie langsam. »Das ist vierzig Jahre her, aber trotzdem. An den hab ich gar nicht gedacht.«

Ich stellte die Musik aus.

»Der ist bei einem Unfall gestorben. Aber Oma hat auch gesagt, dass er ein Freund von Jakob gewesen sei.«

»Hm, ich weiß«, machte Lena. Ich konnte sehen, wie sie unzufrieden auf ihren Lippen herumbiss. Sie musterte weiterhin die Tapete. »Wenn ich es mir genau überlege, es könnte Renates Stimme gewesen sein.«

»Hat das was mit dem Mord zu tun? Nach vierzig Jahren?«

Ich klickte auf die nächsten unbekannten Tracks.

»Aber die Stimme klang so … so intensiv.«

»Vielleicht hat Renate auch nur gebetet. Ich meine, ihre Mutter ist erst ein paar Wochen tot«, überlegte ich.

»Kann sein. Vielleicht gibt es auch eine ganz andere Erklärung, einen anderen Stefan, von dem wir nichts wissen.«

»Wie machen wir weiter?«, fragte ich. »Kümmern wir uns darum?«

»Natürlich. Morgen früh fahren wir noch mal zum Tatort. Und außerdem besuche ich abends Kerstin, die Tochter von Irmgard. Mit der war ich schließlich mal befreundet.«

»Aha«, machte ich.

»Ich habe sie heute auf dem Friedhof getroffen. Das hat ja auch etwas Gutes, dieses Allerheiligen.« Lena verzog ihren Mund ein bisschen.

»Und außerdem müssen wir unbedingt nach Mariae Gnaden. Vielleicht haben wir eine Idee, wenn wir … Und das mit Pipi-Klaus sind auch Neuigkeiten, die wir nicht vergessen dürfen.« Sie notierte seinen Namen auf der Tapete und malte ein Windrad dazu.

Ich klickte mich wieder durch die Musikbibliothek. Lenas Rechner stellte die CD-Cover der Kopien richtig schick dar, etwas, was meine alte Gurke natürlich nicht konnte. Bei einem Cover, das eine braune Kuh hinter einem Stacheldraht zeigte, blieb ich hängen.

»Ich glaube, es gab noch einen Stefan«, sagte ich langsam. »Gib mir noch mal das Jahrbuch, in dem Herbert mit seinem Vater abgebildet ist.«

Kurz darauf starrten wir zusammen auf das Bild, das Stefan Burkhart mit seiner braunen Kuh zeigte.

»Und jetzt? Das ist doch fast genauso lange her«, meinte Lena.

»Könnte es denn Oma Burkharts Stimme gewesen sein?«, fragte ich.

»Nein, dann eher die von Herbert.«

»Ich frage mich langsam, was du da gehört hast.«

Lena stand auf und schrieb Stefan neben die Namen der lebenden Burkharts.

Mai 1944

Sie sperrten Hans gefesselt in einen Schuppen in der Nähe des Sandbrechers. Es war sehr dunkel und der Schmerz pochte in seinem Bein. So blieb er liegen, zählte die pochenden Schläge, die die Wunde hoch bis in sein Herz schickte, und versuchte an nichts mehr zu denken. Ich werde sterben, dachte er, und neben seiner Angst spürte er etwas Helles, Brennendes. Er war wütend.

Hans hörte, wie am Morgen Motorräder kamen, und auch ein Auto. Er hörte Stimmengewirr, russische und polnische Worte, die fast wie eine Rede klangen, er hörte, dass der russische Junge nach seiner Mutter schrie. Dann folgte ein Moment der Stille, dann wieder Stimmen, die er nicht verstand, aber er war sich sicher, dass sie deutsch sprachen.

13

Es war ein dunstiger kalter Morgen, der Himmel lag wie eine graue Marmorplatte über dem Dorf. Ich hackte in den Kartoffeln herum. Die meisten hatten große, dunkle Flecken und waren matschig. Sie waren einfach viel zu lange im Boden. Ich warf sie in einen der Weidenkörbe, die vor mir standen. Die wenigen, die wir noch essen konnten, säuberte ich von der klebrigen Erde und warf sie in den Korb daneben.

Lena tauchte im Garten auf, angetan mit hohen Gummistiefeln, in die sie ihre alte Jeans gesteckt hatte. Auf dem Kopf trug sie eine schwarze Strickmütze.

»Wo warst du denn? Ich dachte, wir wollten nach Mariae Gnaden fahren?«

»Ich lese hinter dir auf«, sagte sie.

Sie bückte sich und hob ein paar Kartoffeln auf, die ganz glitschig waren. »Eklig, oder?«, fragte sie.

Ich hob die Hacke und riss damit eine weitere Pflanze aus dem Boden. Die Knollen hingen faulend in den Wurzelsträngen.

»Heute Morgen war ich noch mal bei der Krankenkasse.«

»Und? Ist Herbert wieder gesundgeschrieben?«

»Ja, und er hat sich sogar an die braune Kuh erinnert. Die Blessi.«

»Wieso hast du nach der Kuh gefragt?«

»Na, irgendwie muss ich das Gespräch ja wohl anfangen, oder? Ich habe ihm erzählt, dass ich, um Material für meine Dissertation zu sammeln, in den alten Jahrbüchern geblättert habe.«

Lena bückte sich und sortierte zwei gute Kartoffeln in den Korb.

»Und an das Stück Land erinnert er sich auch noch. Er meinte, wenn sie damals gewusst hätten, dass das mal Bauland wird, hätten sie sich gegen die Zusammenlegung gewehrt.«

»Konnte man das denn?«, fragte ich.

»Also, Herbert meinte, bei der Zusammenlegung sei es ja um eine bessere Bewirtschaftung der landwirtschaftlich genutzten Flächen gegangen, so hat er sich ausgedrückt.«

Ich riss die Hacke in die Höhe, um eine weitere Pflanze auszugraben.

»Ein paar Jahre später wurde das Land, das Jakob bekommen hatte, dann zum Bauland erklärt und Jakob hat richtig Kohle gemacht«, erklärte Lena weiter.

Die drei Zinken der Hacke landeten mitten in der Kartoffelpflanze. Ich ruckelte und zog daran herum und setzte schließlich neu an. Jetzt hackte ich hinter der Pflanze die Erde auf und hob dann sorgfältig die gelben Knollen aus der Erde. Aber sie waren bereits beschädigt.

»Das ist jedenfalls der Zweite, den Jakob irgendwie betrogen hat«, sagte Lena. »Ist schon komisch. Irgendwie hatte ich von Jakob ein ganz anderes Bild. Ich meine, er war Ortsbürgermeister, hat sich damals um den Bus gekümmert …«

»Und außerdem – vielleicht hat Herbert uns auch die arme Katze gebracht.« Ich deutete mit dem Kinn in Richtung Misthaufen.

»Das glaube ich nicht. Er hat sogar zugegeben, dass er nicht gerade um Jakob trauert. Und die Katze war wohl eher von jemandem, der nicht will, dass wir weiterhin Fragen stellen.«

Lena warf ein paar Knollen mit Faulstellen in den dafür vorgesehenen Korb.

»Wir fahren jetzt nach Mariae Gnaden, ob der Abt uns dort haben will oder nicht.«

»Hast du eigentlich was von ihm gehört? Wegen deinem Brief, meine ich.«

»Nein, aber wir fahren trotzdem hin.«

Oma wollte natürlich wissen, wo wir hinwollten, und Lena log ihr vor, dass wir in Neukirchdorf etwas für Marvin kauften.

»Wir sollten sie nicht immer anlügen«, sagte ich, als wir im Auto saßen.

»Sie muss nicht alles wissen, oder? Sollen wir ihr von der Katze erzählen, oder was?«, fauchte Lena.

»Schon gut«, machte ich. Wir fuhren schweigend bis zur Abtei. Im Dunst des Morgens lagen die Gebäude einsam vor uns.

Wir stiegen aus und gingen durch das Torhäuschen auf die Basilika zu. Das große Westfenster starrte uns entgegen.

»Warte!« Lena holte ihre kleine Kamera hervor und knipste ein Bild. Dann gingen wir weiter bis zum Eingang. Drei Stufen führten zum Kirchenportal hinunter.

»Hier hat Bruno ihn gefunden, oder?«

»Hat er jedenfalls gesagt.«

»Und zuerst hat er gedacht, dass Jakob gestolpert sei. Also war die Wunde verdeckt.«

»Na ja, es war ziemlich dunkel. Er kann die Verletzung auch einfach nicht gesehen haben, oder?«, gab ich zu bedenken.

Lena seufzte. »Du hast recht.«

Wir sahen zurück auf die kleine Allee von Kopfweiden, die zwischen Torhäuschen und Portal lag.

»Der Mörder könnte sich hinter den Bäumen versteckt haben«, überlegte ich. »Oder hinter der Mauer hier.«

Eine niedrige Mauer grenzte an die Kopfweiden. Dahinter waren einfache Grabsteine zu sehen, die Gräber selbst waren jedoch mit Gras überwachsen.

Lena ging langsam die Stufen zum Eingang hinunter.

»Glaube ich nicht. Jakob war doch immer und überall der Erste, auch in der Kirche. Jemand hat ihn wieder herausgelockt, während Feininger geprobt hat.«

Sie machte die Kirchentür auf und blickte auf die Sitzbänke.

»Warum hat ihn eigentlich keiner vermisst? Während der Messe, meine ich.« Sie machte ein paar Fotos.

Ich überlegte kurz.

»Maria wird gedacht haben, dass er auf der Männerseite sitzt.« Ich deutete auf die Kirchenbänke der rechten Seite, wo traditionell die Männer saßen. »Und Herbert – der war ja der einzige andere Mann – wird nicht darauf geachtet haben. Falls er nicht selbst bei den Frauen saß.«

Lena setzte sich in die Bank, in der wir am Abend, als Jakob umgebracht wurde, gesessen hatten. Sie knipste den Altarraum. Der automatische Blitz zischte durch die stille Kirche.

»Zu Hause müssen wir einen Plan machen, wer genau wo saß. Ich bin sicher, dass der Mörder ganz unauffällig bei uns hockte, während des Gottesdienstes, meine ich.« Sie schloss kurz die Augen. »Und wahrscheinlich saß er hinter uns.«

»Warum das denn?«, fragte ich.

»Der Mörder konnte sich nicht sicher sein. Vielleicht war er noch sehr aufgeregt, vielleicht war Blut auf seiner Kleidung, keine Ahnung, was sonst noch …« Sie kontrollierte ihre Fotos auf dem Display.

Ich setzte mich neben Lena.

»Also, Oma, du und ich saßen hier nebeneinander.«

»Und Renate saß neben Oma«, sagte ich. »Ich saß am Mittelgang, dann du, dann Oma. Renate daneben.«

»Irmgard, Elli, Maria, Oma Burkhart und Martha waren hinter uns«, überlegte Lena. »Aber weißt du noch, wie sie gesessen haben?«

»Oma Burkhart war ziemlich nahe hinter mir, das weiß ich noch, weil sie so auffällig singt.«

»Und Herbert?«, fragte Lena.

»Der singt doch nie mit. Das kann ich dir nicht sagen.«

»Mist«, machte Lena. »Ich weiß es auch nicht.«

»Außer Renate haben alle hinter uns gesessen, oder?«

»Ja, aber der Mörder hat auch eher an der Seite gesessen, oder? Mit seiner Aufregung hätte er sich zwischen uns allen vielleicht verraten. Vielleicht kam er sogar erst dazu, nachdem die Messe begonnen hatte.«

»Nein, das hätte ich gehört. Das wäre uns allen aufgefallen. Der Mord muss früher passiert sein.«

Lena sah sich in der Abteikirche um.

»Es war ziemlich viel Bewegung hier. Die Leute vom Orchester gingen raus, über den Mittelgang.« Sie überlegte.

»Ich habe mich gesetzt und Martha habe ich am Gnadenbild gesehen.« Sie deutete mit dem Kopf auf die Pieta-Darstellung in einer Seitenkapelle. »Meine Mutter hat sich neben mich gesetzt und hinter mir saßen dann auch schon welche.«

»Weißt du, wer?«

»Also, Maria, da bin ich mir sicher, hat mit Elli geflüstert. Ob Oma Burkhart da schon saß, weiß ich nicht. Und dann hat sich Renate zu Oma gesetzt.« Sie sah sich noch mal um.

»Ich war mit meinen Gedanken ganz woanders«, sagte sie entschuldigend.

»Ich habe mir das auch nicht gemerkt. Ich bin vom Altarraum aus, wo ich mit Feininger gesprochen habe, zu euch gekommen und habe mich gesetzt.«

»Der Einzige, auf den niemand aufgepasst hat, ist Bruno.«

»Glaubst du wirklich, dass er es war?«, fragte ich sie.

»Es sieht einfach sehr wahrscheinlich aus, oder?« Sie stand auf und ging zu den Seitenkapellen. »Er hat ein Motiv, jedenfalls mehr als jeder andere im Dorf. Er hatte am ehesten die Gelegenheit. Und bestimmt hätte er auch die Mittel, wenn er es drauf angelegt hätte«, erklärte sie weiter.

»Wie erklärst du dir zum Beispiel den Brief und die Katze?«, fragte ich.

»Müssen die denn vom Täter kommen?«, fragte Lena zurück. »Vielleicht war das auch jemand anderes, der nicht will, dass wir weiter herumfragen. Klaus zum Beispiel …«

»Und warum will Klaus das nicht?«

»Keine Ahnung«, meinte Lena. »Vielleicht hat das was mit dieser Windkraftanlage zu tun. Aber wir wissen ja jetzt schon ein paar unschöne Sachen über Jakob …«

Sie ging weiter durchs Kirchenschiff.

»Aber wenn Klaus uns öffentlich auf der Beerdigung seines Vaters droht, hätte er sich die tote Katze sparen können.«

Sie blieb stehen und musterte den Beichtstuhl. Er war aus dunklem Holz geschnitzt und Vorhänge trennten den Beichtvater und die Beichtenden von den Blicken der anderen.

»Das ist ein ideales Versteck, meinst du nicht auch? Für die Tatwaffe, für irgendein beschmutztes Kleidungsstück, für alles.«

Lena warf den schweren Vorhang zurück. Wir blickten auf eine Kniebank und ein kleines Fenster mit einem dunklen Gitter.

Lena nahm den nächsten Vorhang hoch und starrte kurz auf den Schemel für den Beichtvater.

Auch hinter dem dritten Vorhang war nichts, was dort nicht hingehörte.

»Wenn hier etwas gewesen wäre, hätte Krämer es längst gefunden. So schlau ist er auch«, sagte ich.

»Ich weiß«, sagte Lena. »Und trotzdem, vielleicht sind wir ein bisschen schlauer.«

Lena nahm das Auto, um nach Gershan zu fahren, wo Kerstin Brenner, die Tochter von Irmgard, inzwischen wohnte. Ich machte weiter Kartoffeln aus, bis es dunkel wurde. Die schlechten brachte ich sofort auf den Misthaufen, wobei ich es vermied, der dunklen Stelle zu nahe zu kommen, wo Lena die Katze vergraben hatte.

Die guten, an denen die feuchte Erde klebte wie Ton, trug ich in den Keller und breitete sie auf alten Jutesäcken auf um sie am nächsten Tag, wenn der Dreck ein bisschen eingetrocknet war, sauber zu machen.

Danach zog ich die Gummistiefel auf der Kellertreppe aus und ging mich duschen. Eigentlich mag ich die Gartenarbeit, besonders im Herbst, wenn die Haut an den Händen und im Gesicht in der Kälte spannt und man von der vielen frischen Luft am Abend ganz müde ist.

Mir fiel ein, als der warme Duschstrahl mich traf und ich meine verhärteten Schultern genüsslich darunter hielt, dass ich Lena gar nicht erzählt hatte, dass an Allerheiligen jemand an der Treppe der Orgeltribüne gewesen und weggelaufen war.

Aber war das so wichtig?

Ich nahm das Nagelbürstchen und schrubbte meine Fingernägel. Einer der Nägel war tief eingerissen. Ich fluchte leise, als ich das sah. Das war beim Keyboardspielen einfach nervig, und morgen war Probe, zum ersten Mal bei Paul.

Und weil ich nichts Besseres zu tun hatte, rief ich Suder an, und zu zweit betraten wir eine Stunde später die Kneipe, um bei unserem neuen Probenraum ein Bier zu trinken.

Suder trug ein dickes kariertes Flanellhemd und darüber einen alten Parka. An seinen dicken Arbeitsschuhen klebte der Lehm. Anscheinend kam er direkt vom Melken.

Er drückte die Schwingtür zu Pauls Kneipe auf. Drinnen war es ziemlich düster. Suders riesiger Rücken verdeckte mir zunächst die Sicht auf die Theke, dann musste ich feststellen, dass wir die einzigen Gäste waren.

Paul humpelte hinter seinem Vorhang hervor und machte eine weitere Deckenlampe an.

»Und? Wie?«, fragte er in dieser verkürzten Männersprache, die Lena immer zum Lachen brachte.

»Muss«, sagte Suder ernst. »Machste zwei?« Ich machte ebenfalls ein ernstes Gesicht. Suder steckte sich eine Zigarette an. In Pauls Wirtschaft rauchten alle, die Lust dazu hatten.

Kurz darauf standen zwei Bier vor uns.

Wir prosteten uns zu und tranken.

»Hier«, sagte ich. Ich hatte einen Fünfziger und einen Zwanziger zusammengefaltet und hielt ihn Paul hin. Er nahm das Geld und steckte es, ohne nachzuzählen, in seine Gesäßtasche.

Dann ging die Tür auf und drei Männer, die ich vom Sehen kannte, setzten sich an einen der Tische. Paul machte ihnen Licht.

»Machste uns drei?«, fragte der eine. Er packte ein Kartenspiel aus.

»Schon was Neues von Bruno?«, fragte ein anderer. Er trug eine Kappe und war ziemlich dick.

»Nee«, machte Paul. Er brachte ihnen das Bier und flüsterte mit ihnen.

»Kriegt ihr noch was?«, fragte er dann.

»Was ist denn mit Bruno?«, fragte ich Paul.

»Nix, sage ich doch.«

»Was ist mit Bruno?«, rief ich dem Dicken am Tisch zu.

»Der ist doch wieder weg!«, meinte er und machte mit dem Zeigefinger eine Geste an seiner Stirn.

»Hör auf«, meinte Paul zu ihm.

»Das ist eine Krankheit. Muss sich keiner für schämen«, meinte der Dicke. »So! Wer gibt?«

Ich sah Paul verständnislos an, doch er zuckte nur die Schultern und stellte Suder einen frischen Aschenbecher hin.

Ich stand auf und spähte dem Dicken in die Karten. Als Kind habe ich oft mit Opa Hermann und Lena Skat gespielt. Der Dicke hatte zwar die beiden schwarzen Bauern, aber kein Beiblatt. Er reizte trotzdem bis zum Grand. Er nahm den Stock auf und fand tatsächlich das Karo Ass und die Karo Zehn.

Mit einem Seitenblick auf mich meinte er, ich solle mich setzen. Suder brachte unser Bier an den Tisch und nahm sich auch einen Stuhl.

Ich wartete, bis er seinen Grand knapp gewonnen hatte.

»Wo ist Bruno denn? Weißt du, ich bin der, der ihn aus dem Auto gezogen hat. Mattes.«

»Ich weiß, wer du bist«, sagte der Dicke. »Du bist der Junge von der kleinen Andrea Büdenhölzer.«

Er nahm seine neuen Karten auf.

»Bruno ist wieder in Andernach. War alles zu viel.«

Mit Andernach meinte er das Landeskrankenhaus mit psychiatrischer Abteilung. Ich erinnerte mich, dass man mir in der Schule früher öfter *Andernach hat Wandertag* hinterhergerufen hatte, um mich darauf hinzuweisen, dass ich eigentlich behindert sei.

»Er ist in einer psychiatrischen Klinik?«, fragte ich nach.

»Hm«, machte der Dicke.

Suder und ich tranken unser Bier aus. Wir sahen zu, wie der Dicke einen Pik ohne drei verlor, dann nickten wir und gingen.

»Das glaubst du nie!«, fing Lena an, als sie in mein Zimmer stürmte. Ich ordnete gerade die gebrannten CDs, die ich von Achim hatte, in ein neues Regal, das meine Jazzabteilung werden sollte. Ich machte die Musik leiser.

»Moment, ich bin zuerst dran. Weißt du, wo Bruno ist?«, fragte ich. Ich platzte fast.

»In Andernach, im Landeskrankenhaus«, sagte Lena. »Er hat sogenannte psychotische Schübe.«

»Woher weißt du das, verdammt? Das habe ich heute Abend bei Paul herausbekommen.«

»Kerstin hat es mir gesagt. Er nimmt Medikamente, er säuft dazu, obwohl er das nicht darf, und dann wird er gewalttätig.«

Ich legte die Miles-Davis-CD auf den Stapel zurück.

»Und im Knast war er auch nie. Sein Vater hat ihn damals zwangseinweisen lassen.«

»Aber warum glaubt Gabi, dass er im Knast war?«, fragte ich.

»Weil er mit Knastvergangenheit als Busfahrer arbeiten darf, aber nicht, wenn er Medikamente nehmen muss.« Lena zog eine CD aus dem Drum'n'Bass-Fach. »Das hat mir Kerstin jedenfalls erzählt. Kann ich die mal haben?«

»Klingt logisch. Was genau sind psychotische Schübe?«, fragte ich.

»Das schauen wir jetzt im Internet nach.«

Eine halbe Stunde später glaubten wir tatsächlich, etwas über den Täter zu wissen.

März 1974

Wie ein böser Schatten stand er abends in der Tür, und er brachte Jakob, seinen Sohn und Stefans Freund, mit. Er bat nicht, er befahl. Er zeigte ihr seine Narben und sein Sohn nickte dazu.

Dann sprach er über Robert, ihren Vater, und dass er ein Verräter sei. Sie glaubte ihm, sie hatte es immer gefühlt. Die Angst, die ihr Elternhaus ausfüllte bis unter das Dach, daher kam sie also.

Und dann sprach er über das Feld bei der alten Eiche. Alles würde gut und alles würde vergessen, wenn er nur dieses Stück Land haben könnte, nur dieses Stück Land, Sie fragte nicht weiter, sie nickte, und sie tat in ihrer kleinen Schreibstube alles, was sie tun konnte, um die Schuld ihres Vaters zu bezahlen.

Ihrem Vater, der still in der Küche saß und auf den Boden sah, wie immer, legte sie die Hand auf die Schulter. Sie konnte sich nicht vorstellen, dass sie mit diesem traurigen Mann darüber sprechen würde.

14

Ich war nicht dabei, aber was am nächsten Morgen passierte, stelle ich mir – soweit ich es überhaupt vorstellen kann – so vor: Lena stieg in ihren Fiesta, um fürs Wochenende in der REWE einzukaufen. Es war ein kalter klarer Herbsttag und sie behielt im Auto ihre Jacke an, der Essigbaum vor unserem Haus strahlte in einem warmen Gold. Es roch nach Erde.

Wahrscheinlich hat sie sich Musik angemacht, und ich bin mir ziemlich sicher, dass es *Apollo 440* war, weil sie die CD am Abend vorher rausgesucht hat. Das langsame Intro im Ohr fuhr sie los, den Berg hoch, um auf die Schnellstraße zu kommen. Sie wird da noch nicht gemerkt haben, dass etwas nicht stimmte. Vielleicht hat sie das lange Intro weggedrückt, um das zweite Stück zu hören, das Stück, das mit einem geliehenen Riff von van Halen anfängt.

Sie wird den Blinker gesetzt haben und vielleicht hat sie im letzten Moment den alten blutroten Bus der Westerwaldbahn gesehen. Vielleicht hat er sie an früher erinnert, als diese blutroten Busse die einzige Möglichkeit waren, aus Auroth herauszukommen. Ich stelle mir vor, dass sie gelächelt hat, als sie die orangefarbene Jägermeisterwerbung an seinen Seiten gesehen hat. Ich stelle mir vor, dass sie, als sie merkt, dass sie nicht bremsen kann, das treibende Gitarrenriff plötzlich viel lauter hört und sie ihren Blick auf den geisterhaft weißen Hirschkopf richtet, der zu der Reklame gehört, und dann auf das helle Kreuz, das er zwischen den Geweihstangen trägt. Aber vielleicht hat sie die Augen auch zugekniffen, oder sie schreit, als sie begreift, was jetzt geschehen wird, weil sie keine Bremsen hat, die Augen weit aufgerissen, und trotzdem sieht sie nichts.

Ich weiß es nicht.

Ich kann nur sagen, dass ich ständig diesen letzten Moment, in dem ihr Körper noch unversehrt war (und ich stelle mir vor, dass sie das Wort ›unversehrt‹ gemocht hätte), vor mir sah.

Ich konnte mir nicht vorstellen, wie genau ihre Rippen gebrochen sind und sich in ihre Lunge gebohrt haben, wie ihr Becken gebrochen ist und ihre Beine eingeklemmt, sodass sie sie erst Stunden später – der Arzt hat uns erzählt, dass sie Lena bereits am Unfallort starke Schmerzmittel gespritzt haben – aus dem Wrack geschnitten haben.

An das alles dachte ich die ganze Zeit, als ich mit Oma darauf wartete, dass wir zu Lena durften.

»Sie war das nicht«, sagte Oma immer wieder leise.

In meinem Kopf rauschte das Wasser über das Wehr und ich hatte Angst, hier einen Anfall zu bekommen.

»Doch, Oma, aber sie lebt ja!«, sagte ich.

Oma schüttelte den Kopf. Sie hatte Tränen im Gesicht. Ich hatte sie zum letzten Mal weinen sehen, als Opa gestorben war.

»Sie lebt ja«, sagte Oma wie ein Echo.

Wir warteten weiter. Omas Hosenbeine machten ein Geräusch, das mir ungewöhnlich laut vorkam, die Schritte der Birkenstocks von der Krankenschwester hallten in meinem Kopf, ich hörte das Piepsen und Knistern von den Geräten, die in den Zimmern standen. Eine Tür schwang auf und Schritte donnerten über den Flur, jemand sprach, ich musste nur genau hinhören, die Geräusche auseinanderhalten, die wie ein Strom aus Klängen durch den Flur flossen, wie über ein zerstörtes Wehr, das diesen sich vermischenden Geräuschen keinen Einhalt gebieten konnte.

»Mattes!« Oma zerstrubbelte meine Haare. »Sieh mich an.«

Ich hielt mir die Ohren zu, aber wie jeder weiß, die Geräusche lassen sich nicht aussperren. Es müsste etwas geben wie einen MP3-Player, der einfach nur Stille abspielte, und das ganz laut.

»Und wie genau ist es passiert?«, fragte Marvin.

Man hatte uns im Krankenhaus gebeten zu gehen und Renate hatte uns abgeholt. Bei sich zu Hause brühte sie uns einen Tee auf, der nach Heu und irgendetwas Bitterem roch. Ich mochte nichts davon trinken.

»Das wissen wir noch nicht.« Oma pustete in ihre Tasse.

»Konntet ihr mit ihr sprechen?«, fragte Marvin.

»Nein«, sagte Oma. »Sie war ...« Oma nahm einen kleinen Schluck und sah niemanden an. »Wir müssen die Nacht abwarten.«

»Abwarten?«, fragte Marvin wie ein Echo, dann verstand er plötzlich.

Renate legte ihren Arm um Oma, doch sie wehrte ihn ab.

»Ich glaub, ich wäre jetzt gern ein bisschen allein.« Oma stand langsam auf und sah immer noch niemanden an.

Ich ging hinter ihr her. Es war ein klarer kalter Tag gewesen, das Mondlicht schien über das Dorf, aber es war nicht kalt genug, als dass die Straßen voller Reifglätte gewesen sein könnten.

Oma schloss unsere Haustür auf.

»Willst du was essen?«, fragte sie mich. Ich schüttelte den Kopf.

Da ging unser Telefon und ich sah an der Nummer, dass es Maja war.

»Gott, Mattes! Warum ruft ihr uns nicht an?«, schrie sie wütend.

Ich stotterte etwas. Ich hatte es tatsächlich vergessen.

»Ich komm heute Abend zum Nachtdienst und meine Schwester liegt auf Intensiv!« Sie holte Luft. »Und die Polizei läuft auch hier rum.«

»Seit wann?«, fragte ich.

»Hast du wenigstens deine Mutter angerufen?«, fragte Maja zurück.

»Mach ich jetzt, mach ich«, versuchte ich meine Tante zu beruhigen. »Aber wieso ist plötzlich die Polizei da? Wir haben doch schon nach neun?«

Oma kam aus der Küche.

»Maja, wir haben Maja ganz vergessen!«, flüsterte ich ihr zu.

»Hat euch denn niemand was gesagt? Jemand hat wohl … also, die Bremsleitung war angeschnitten, jedenfalls habe ich es so mitbekommen.«

»Gib mir mal Maja!«, sagte Oma und nahm mir den Hörer aus der Hand.

»Sie ist meine Schwester!«, hörte ich Maja noch, dann hatte Oma den Hörer.

»Aber wie geht es ihr denn?«, fragte Oma. »Glaubst du …« Sie sprach es nicht aus. Dann hörte ich Majas medizinische Erklärungen. Aber sie konnte uns auch nichts sagen, was wir nicht schon wussten.

Ich ging in Lenas Zimmer und starrte auf die Tapete. Wir wussten gar nichts, dachte ich. Gar nichts.

Ich legte mich auf Lenas Bett. Ich nahm ihr Kopfkissen und roch daran. Es roch ein bisschen nach dem Parfüm, das sie benutzte. Und nach ihr selbst roch es auch.

Ich hörte Oma unten telefonieren, mit meiner Mutter zuerst und dann mit Onkel Michael.

Ich versuchte mir wieder Lena vorzustellen, wie sie im Krankenhaus lag, mit einer Rippe in ihrer Lunge, doch immer wieder kam eine andere Lena dazwischen, eine lachende Lena, die einen Dominostein aß und Marvin angrinste, eine wütende Lena, die von Krämer erzählte und dabei mit den Händen durch die Luft wirbelte, eine konzentrierte Lena, über ihren Laptop gebeugt und ihr lockiges Haar fiel ihr ins Gesicht dabei. Aber Lena, die still in einem Krankenbett lag, ohne Bewusstsein und ohne etwas zu hören, das ging einfach nicht. Ich ging im Kopf unsere Spuren durch, und mir fiel nichts ein.

Ich knipste das Licht aus und lauschte auf die Geräusche im Haus. Oma sprach immer noch, die Heizung summte leise, leichter Wind war im Essigbaum. Ein Auto fuhr an unserem Haus vorbei.

Oma legte auf. Sie blieb einen Moment im Flur stehen, ich stellte mir vor, dass sie auf das Telefon starrte.

»Mattes, willst du wirklich nichts essen?«, rief sie dann.

»Ich komm runter«, rief ich.

Eierschalen schlugen gegen die Pfanne und nach einer Weile brutzelte es. An der Haustür wurde geklingelt und dann hörte ich Michaels Stimme.

»Mattes, komm essen!«, rief Oma.

Ich hielt Lenas Kopfkissen weiter im Arm. Ich hörte, wie Teller auf den Tisch gestellt wurden, und Oma machte noch mehr Spiegeleier.

Ich knipste den Lichtschalter an und musterte die Tapete. Was würde Lena jetzt denken? Irgendwie, und ich hatte nicht die geringste Ahnung, wie, glaubte der, der Jakob umgebracht hatte, dass nur eine durchgeschnittene Bremsleitung ihn retten könnte. Wir mussten irgendetwas übersehen haben, von dem der Mörder dachte, dass wir es wussten, oder?

Ich stellte die Frage an die Lena, die ich mir vorstellen konnte. Sie schminkte sich gerade und hielt das Mascarabürstchen in der Hand. Sie sah mich im Spiegel an, aber sie antwortete nicht.

»Mattes, komm«, rief Oma zum dritten Mal. »Hier wird ja alles kalt!«

Ich ging ins Bad und wusch mein Gesicht. Dann ging ich nach unten.

Mai 1944

Unter dem Arm trug er ein Kartoffelbrot, das nicht richtig aufgegangen war, aber es gab fast nie genug Hefe, und ein fettes Stück Speck.

Der wilde Duft von geräuchertem Fett kitzelte ihn in der Nase. Die Karte steckte zwischen seinem Hosenbund und seiner Haut.

Er stieg den schmalen Pfad hinab. Zwei der russischen Jungs kauerten geduckt an den Baracken, einer fehlte. Der, der Deutsch sprach, nickte Hans zu.

Hans duckte sich neben ihn.

»Warten!«, flüsterte der Junge. Hans schob ihm das Brot in den Schoß, dann den Speck. Er konnte den tiefen Atemzug des Jungen hören, mit dem er den Duft des Specks einzog. Er musste lächeln und tastete nach der Karte.

Da ging ein Hund los, so nah, dass es klang wie eine Handgranate. Die großen Lichter flammten auf, Stimmen waren zu hören, noch mehr Hunde bellten, Schreie waren in der Nacht.

Hans drückte sich mit den anderen beiden gegen die Buchen. Das ist dumm, dachte er. Wir müssen laufen.

Doch er konnte nicht, er stand da wie gelähmt, spürte, wie sich die Hand des Jungen um die Karte krampfte, nahm plötzlich weiter oben am Hang bereits Lichtkegel und Hundegebell wahr.

»Laufen!«, flüsterte der Junge, und im gleichen Moment erklang ein Schuss. Sie merkten nicht, dass sie sich aneinanderklammerten. Dann hörten sie nochmals ein lautes trockenes Geräusch, das nur aus einer Pistole kommen konnte.

Da liefen sie und sie konnten ihre Verfolger hören, die Hunde waren näher, als Hans gedacht hatte. Er hörte sie in den Blättern rascheln und zwischen den Bäumen geifern. Einer von ihnen brach durch das Unterholz, im Mondlicht sah Hans nur die hellen Zähne. Die Zunge voller schaumigem Speichel glänzte. Es war ein großer Schäferhund und er zögerte keine Sekunde.

Ein brennender Schmerz fuhr durch das Bein von Hans. Er verlor das Gleichgewicht und stürzte. Er schrie auf, sah sich nach dem Hund um und meinte für einen Moment wieder beim Skatspiel zu sitzen, vor sich das eifrige Gesicht von Robert.

»Hans!«, schrie Robert. »Hans!«

Der Schmerz stieg von seinem Bein hinauf bis in seine Brust.

»Tu doch den Hund weg!«, meinte Hans zu sagen, doch er merkte, dass er nur heulte.

Endlich ließ das Tier los und Robert blieb über ihm stehen. Robert hielt eine Pistole in der Hand.

15

Die Kriminalpolizei kam am nächsten Morgen, obwohl es ein Samstag war. Ich hatte überhaupt nicht geschlafen, Oma auch nicht. Sie hatte nur so getan, aber sie war in der Nacht durch das Haus gegangen, hatte wie ich auf Lenas Bett gesessen, war weiter in ihr Schlafzimmer, dann wieder in die Küche, dann sogar in den Keller, dann wieder in Lenas Zimmer.

Krämer machte ein sehr ernstes Gesicht, als er uns davon in Kenntnis setzte, dass er von einer Manipulation der Bremsschläuche ausging. Sein Assistent nickte.

»Und? Konnten Sie irgendetwas herausfinden?«, fragte ich. »Hat es was mit Jakob zu tun?«

»Interessante Frage. Besonders nach der Drohung, die sie anscheinend nicht ernst genommen hat«, sagte Krämer.

»Was glauben Sie denn?«, fragte Kempf.

»Ich weiß es nicht«, sagte ich.

»Doch, du weißt viel mehr, als du uns gesagt hast! Und, verdammt noch mal, du sagst es uns jetzt!« Krämer schrie und in meinen Ohren schmerzte das.

»Wir haben gestern Abend noch gedacht, dass es Bruno gewesen sei. In einer seiner Psychosen!«, brüllte ich zurück.

»Aber der ist in Andernach und hatte deshalb wohl kaum die Gelegenheit, an Lenas Auto herumzuwerkeln.«

»Du zeigst uns jetzt erst mal, wo sie das Auto normalerweise abstellt.«

»Okay, kommen Sie mit.«

Wir traten vor die Haustür.

»Hier auf dem Bordstein steht ihr Auto immer. Wo jetzt Ihres parkt. Und? Sind Sie jetzt schlauer?«

Krämer und sein Assistent musterten ihren Wagen, einen mittelgroßen dunkelblauen Volvo.

»Wer kommt denn hier so vorbei?«, fragte der Assistent.

»Das hier ist die Hauptstraße. Alle, die weiter unten wohnen und zur Schnellstraße wollen. Und sonntags alle, die weiter oben wohnen und zur Kirche gehen. Oder nach Gershan zum Amt wollen.«

»Kein Durchgangsverkehr?«, fragte der Assistent.

»Dafür wurde ja die Schnellstraße gebaut«, beantwortete Krämer die Frage. »Aber ziemlich riskant, an der Hauptstraße an einem Auto rumzuschrauben.«

Oma kam vor die Tür. Sie nahm mich in den Arm und gab mir einen Kuss auf die Wange. Ihr Gesicht war nass.

»Sie wird durchkommen«, flüsterte sie mir zu. »Das Schlimmste ist vorbei.«

»Wir würden gerne das Zimmer von Frau Büdenhölzer sehen, wenn das möglich ist«, sagte Krämer zu Oma.

Marvin kam rüber zu uns, mit geröteten Augen, und er hatte Mundgeruch, als hätte auch er die ganze Nacht nicht geschlafen, sondern Bier getrunken und sich jetzt nicht mal die Zähne geputzt. Er trug einen ausgeleierten Pulli und eine alte Jeans.

»Was macht die Polizei?«, fragte er mich.

»Ist in Lenas Zimmer, keine Ahnung.«

Er sah nach oben, als könne er durch die Decke sehen, dann zuckte er mit den Schultern.

»Und was ist mit Lena?«, fragte er.

»Besser. Wir rufen gleich ein Taxi und fahren hin.«

»Ich kann euch fahren.«

Krämer und sein Assistent kamen die Treppe herunter. Er hatte sich etwas unter den Arm geklemmt, das ich als unsere Tapete, zusammengerollt, erkannte. Oma kam hinter ihnen her.

»Und?«, fragte Marvin. »Wissen Sie schon …?«

»Laufende Ermittlungen!«, schnitt ihm der Assistent das Wort ab. Dann stiegen die beiden Polizisten in ihren Volvo und fuhren los.

»Marvin fährt uns ins Krankenhaus«, sagte ich zu Oma.

»Na, dann kommt.«

Wir fuhren, genau wie gestern Lena, die Dorfstraße hoch. Nur war heute der Himmel bedeckt und es sah nach Regen aus. Marvin war – obwohl er bestimmt ziemlich viel Alkohol im Blut hatte – ein sicherer Autofahrer. Er fuhr seinen Sportwagen mit einem einzigen Schwung aus der Einfahrt und blinkte, bevor er in die Hauptstraße einbog. Er schaltete am steilsten Stück der Dorfstraße zurück und blickte immer wieder in den Rückspiegel. An der Unfallstelle waren viele tiefe Spuren in den Grasnarben am Fahrbahnrand und man hatte rot-weiße Planken und Blinklichter aufgestellt. Oma, die auf dem Beifahrersitz saß, drehte den Kopf weg. Marvin hielt die Luft an und seine Zähne drückten sich mit einem kaum wahrnehmbaren Quietschen in seine trockenen Lippen.

Im Krankenhaus durfte Oma kurz zu Lena. Sie hatten etwas Merkwürdiges mit ihr gemacht, sie lag in einem künstlichen Tiefschlaf, einem Koma, das dem Körper helfen sollte, zu heilen. Marvin und ich blieben vor der Intensivstation. Wir saßen auf einer Bank neben dem Kaffeeautomaten und wussten nichts zu sagen. Leute kamen, kauften sich Kaffee und gingen wieder. Die meisten musterten uns und bemühten sich, ein ernstes Gesicht zu machen, weil sie sahen, dass wir vor der Intensivstation warteten.

Oma kam wie eine Schlafwandlerin durch die große Glastür. Sie setzte sich neben uns.

»Maja spricht noch mit der Schwester. Vielleicht muss sie verlegt werden, in eine Uniklinik«, sagte Oma.

»Hat sie … darf ich sie sehen?«, fragte Marvin.

»Jetzt nicht«, sagte Oma.

Wir blieben dort sitzen, bis ein Arzt auftauchte und uns in einen Besprechungsraum bat. Er war klein, blond und hatte eine ausgeprägte Nasenfalte. Er redete vor allem mit den Akten, die vor ihm ausgebreitet waren, und jedes Mal, wenn er umblätterte, seufzte er.

»Wir bringen Ihre Tochter am besten nach Köln«, sagte er schließlich. »Dort ist sie wesentlich besser aufgehoben als hier.«

Er blätterte noch mal um, dann telefonierte er.

»Heute gegen drei.«

»Kann ich mitfahren?«, fragte Oma.

Er seufzte noch mal, dann schüttelte er den Kopf.

Ich weiß, es hört sich nicht besonders mitfühlend an, aber ich musste einfach Musik machen. Nicht nur wegen Vane. Gestern Abend wäre Probe gewesen, aber da hatte ich nicht daran gedacht.

Suder und Felix waren einigermaßen erstaunt, als ich sie anrief, um zu fragen, ob wir uns um acht Uhr bei Paul treffen könnten. Vane sagte erst mal gar nichts.

»Hallo?«, machte ich in den Hörer. »Tut mir leid, dass ich euch gestern versetzt habe.«

»Ist doch klar«, sagte Vane. »Geht es dir denn gut? Und was ist mit Lena?«

»Sie ist in der Uniklinik, in Köln. Meine Mutter ist gerade bei ihr.«

»Und wie geht es ihr?«, hörte ich sie fragen.

»Sie wird durchkommen. Gestern Abend sah es schlimmer aus.«

»Gut«, sagte Vane. »Und dir, wie geht es dir?«

»Gut, gut. Also, kommst du jetzt heute Abend?«

Sie kam zusammen mit Felix und ich traf sie vor der Tür. Sie nahm den Helm ab und lächelte mich an. Ich verzog ein bisschen den Mund.

»Na, kommt, ist kalt draußen!«, meinte Felix.

Suder stand bei Paul am Tresen. Ansonsten war niemand dort. Als wir hereinkamen, wurden sie plötzlich still und ich war mir sicher, dass sie über mich geredet hatten.

Zusammen trugen wir unser Equipment in den neuen Probenraum. Paul machte uns Licht, stellte ungefragt vier Pils auf einen wackligen Tisch an der Wand.

»Geht aufs Haus«, sagte er im Heraushumpeln.

Ich setzte mich an mein Keyboard, wartete ungeduldig, während Felix und Vane ihre Instrumente stimmten. Dann legten wir los.

Wir spielten ein Stück nach dem anderen, alles schnell, alles laut und als ich das nächste Mal auf die Uhr sah, war es nach elf, und ich hatte immer noch nicht genug.

»Geht ruhig«, sagte ich. Ich trank mein schales Bier in einem Zug aus. »Ich bleibe noch ein bisschen.«

Ich nahm einen Stift hinters Ohr und ließ die Finger probeweise in f-Moll Triolen greifen. Ich reihte Modulation an Modulation, aber mir fiel nichts Richtiges ein.

Ich spielte ein bisschen herum, improvisierte über ein Motiv, das ich mal bei Achim gehört hatte. Es war von Schütz, glaubte ich.

»Was wird das?«, fragte Vane hinter mir. Sie war nicht gegangen, sondern stand an den Türrahmen gelehnt und hatte zugehört.

»Nix«, machte ich. Ich starrte sie viel zu lange an, wurde mir klar. Ich sah schnell auf die Tasten.

»Für nix klang es ziemlich gut«, sagte sie und kam dann langsam auf mich zu.

»Geht so«, sagte ich zu den Tasten. Sie war jetzt neben dem Keyboard und beugte sich vor, um mir ins Gesicht zu sehen.

»Willst du vielleicht …«, setzte sie an, da schüttelte ich schon den Kopf.

Sie beugte sich noch weiter vor, sodass ich ihre großen dunklen Pupillen sehen konnte.

Und dann tat sie etwas, ich wusste nicht, warum, ich glaubte, aus Mitleid. Sie hielt mit einer Hand meinen Kopf fest und küsste mich ganz leicht auf meine Stirn und dann noch mal auf eines meiner geschlossenen Lider.

»Wenn was ist, ruf mich an. Ich meine … wenn du reden willst«, sagte sie nah an meinem Ohr, und ich konnte sogar spüren, wie ihre Wimpern meine Wange streiften.

»Machst du das?«, fragte sie und ich nickte, weil mein Mund ganz trocken war.

Dann war sie plötzlich weg und ich starrte weiter auf die Tasten. Dann begann ich zu spielen, langsam und leise.

Gegen eins kam Paul und legte mir den Schlüssel hin.

»Du wirfst ihn einfach in meinen Briefkasten, ja?«, fragte er.

Ich nickte und spielte weiter.

16

In dieser Nacht schlief ich tief und fest, immer noch in die Musik eingehüllt, die sich in meinen Träumen weiter entspann. Zum Glück musste ich am Sonntag keine Messe spielen, weil Achim heute nicht in Auroth, sondern in zwei verwaisten Nachbarpfarreien unterwegs war.

Am Morgen wachte ich spät auf. Ich schlüpfte in meine ältesten Klamotten und ging – ohne zu frühstücken – in den Keller und rieb den Schmutz von den Kartoffeln, brachte sie im hinteren Keller unter, durch den keine Heizungsrohre liefen – sonst würden die Knollen schnell keimen – und der trotzdem trocken war. Dann kehrte ich den ganzen Schmutz zusammen und warf ihn zurück aufs Feld. Auf dem Rückweg sah ich etwas Weißes in den rotbraunen Blättern unserer Buchenhecke schimmern. Es war ein Stück Papier, einmal säuberlich gefaltet und dann zerknüllt, so als habe jemand es über die Hecke geworfen. Er war nass, aber ich konnte die Buchstaben ohne Probleme lesen. Es war die gleiche Schriftart wie der letzte Brief, jedoch war die Schrift größer. Diesmal hatte er Satzzeichen: »*Ich sehe dich, du siehst mich nicht, das ist gefährlich für dich, oder?*«

Ich war kurz davor, den Brief einfach wieder wegzuwerfen, aber stattdessen stellte ich mich dorthin, wo Lena gestanden haben muss, bevor sie in ihr Auto gestiegen ist, knüllte ihn zusammen und warf ihn weg. Er flog über die Hecke. Aber er war auch nass und deshalb schwerer.

»Mattes, was machst du da?«, fragte Marvin. Er stand am Garagentor und blickte zu mir herüber.

»Nichts Besonderes«, sagte ich, aber er kam schon zu mir herüber und spähte über die Buchen.

»Was wird das?«, forschte er weiter. Er ging durch den Durchgang der Hecke und hob das Papier auf, bevor ich es erreichen konnte. Er faltete es auseinander und studierte es mit zusammengezogenen Augenbrauen.

»Wo hast du das her?«, fragte er. Seine Stimme war ganz heiser.

»Gefunden, hier etwa.« Ich zeigte ihm die Stelle.

Marvin strich nachdenklich über das Papier. Mit den Zähnen und seinen trockenen Lippen machte er wieder das leise Quietschen, das ich von ihm kannte. Er schien lange zu überlegen.

»Das galt ihr, nicht wahr?«, fragte er dann langsam. »Verdammt, was ...«

»Wir ... ach, ich weiß nicht, sie war so wütend auf Krämer, und dann haben wir angefangen, uns ein bisschen umzuhören.«

»Aber war euch denn nicht ... Das sieht Lena ähnlich!« Er hielt den Brief immer noch in der Hand und strich nachdenklich darüber.

»In Wahrheit waren wir davon überzeugt, dass Bruno es war. Aber das ist ja nicht möglich, weil er ...«

»Was ist denn mit Bruno?«

»Na ja, ich weiß gar nicht, ob ich dir das erzählen soll. Er hat sogenannte akute Psychosen und zurzeit ist er wieder in Andernach. Da kann er ja nicht an Lenas Bremsleitung ... « Ich spürte, wie mir die Hitze ins Gesicht stieg.

Marvin war für einen Moment still, wirklich vollkommen still. Dann schluckte er laut.

»Okay, Mattes, jetzt der Reihe nach. Was weißt du alles?« Er machte wieder das komische Quietschen mit Zähnen und Lippen. »Und danach, wer kann gewusst haben, dass ihr das wusstet?«

Marvin nahm mich mit in seine Wohnung im ausgebauten Dachgeschoss seiner Eltern. In seinem Wohnzimmer, alles mit Glas und weißem Leder eingerichtet, gab es eine Bang-und-Olufsen-Anlage. Leider war seine CD-Sammlung ziemlicher Schrott. Aber wir hörten gar keine Musik, sondern ich zeichnete ihm aus dem Gedächtnis die Tapete nach, die Krämer mitgenommen hatte, und erzählte zu jeder Notiz, wie und warum wir sie gemacht hatten. Marvin stützte den Kopf auf seine Hände und hörte mir zu. Ab und zu verdeckte er sein Gesicht mit seinen Fingern.

»Und das ist wirklich alles, was du weißt?«, fragte er.

»Eine Sache noch. Uns könnte jemand gesehen haben, als wir in Mariae Gnaden waren. Lena hat dort Fotos gemacht.« Ich überlegte, wo Lenas Kamera war. »Wir haben sie uns noch nicht angeschaut.«

»Hast du jemanden gesehen? Oder ein bekanntes Auto?« Er schien nachzudenken. »Oder auch nur ein Auto mit unserem Kennzeichen?« Mariae Gnaden war ein anderer Landkreis, deshalb fragte er das.

»Nein, wir waren allein da.«

»Und einen der Mönche? Vielleicht hat einer von denen was damit zu tun?«

»Die Basilika war leer. Ich habe nichts gehört, keine Schritte, nichts.«

»Hm«, machte Marvin.

Ich sah auf die Uhr. Es war kurz vor drei.

»Maja und Oma fahren gleich zu Lena nach Köln. Da wollte ich mitfahren.«

»Ja, natürlich.« Er zog das DIN-A3-Papier an sich heran und studierte es. »Mich lässt man nicht zu ihr. Am Telefon wollen sie mir auch keine Auskunft geben.«

»Ich rufe dich an, sobald ich was Neues weiß.«

»Mattes?« Er sah auf. »Pass auf dich auf, ja?«

»Klar, kein Problem.«

Ich streckte die Hand nach dem zerknitterten Brief aus, aber Marvin war schneller und riss ihn mir aus der Hand. Wir sahen uns für einen Moment an.

»Entschuldige«, sagte er. »Es ist nur ...« Er wusste nicht weiter und machte das saugende Geräusch mit den Zähnen. »Lena«, machte er, so als würde das alles erklären.

»Du musst das natürlich der Polizei geben.«

»Ich habe was für Sie. Einen Brief, nehme ich an«, sagte ich in den Hörer.

»Was?« Krämer schnaubte ins Telefon. Ich hatte seine Handynummer angerufen, die für Notfälle.

»Soll ich vorlesen? ›*Ich sehe dich, du siehst mich nicht, das ist gefährlich für dich, oder?*‹«

»Wo hast du das gefunden? Und wann?«, fragte Krämer.

»Gerade eben, es steckte bei uns in der Hecke.«

»Gut, wir sind gleich da!«

Krämer und sein Assistent brauchten keine zwanzig Minuten, bis sie bei uns vor der Tür standen.

Das Papier lag auf unserem Küchentisch. Oma hatte ein Geschirrtuch daruntergelegt, damit es an keiner glatten Oberfläche antrocknen konnte.

Sie saß an ihrem Platz neben dem Herd und hatte die Hände im Schoß gefaltet, so als würde sie beten.

Krämer beugte sich über den Brief, sodass ich nur seine Glatze sehen konnte.

»Ganz anders als der erste, oder?«, fragte sein Assistent.

»Aber beide aus einem Laserdrucker.«

»Ja, wahrscheinlich das gleiche Modell. Das wir übrigens bereits ermittelt haben.« Krämer hob den Kopf und sah uns Beifall heischend an.

Oma und mir war bestimmt nicht danach, ihm zu diesem Ermittlungserfolg zu gratulieren.

»Nun ja, wir nehmen das hier natürlich mit.« Er holte eine Pinzette heraus und steckte das Papier in eine Plastiktüte, die er dann feierlich seinem Assistenten übergab.

»Haben Sie irgendeine Ahnung, wer das geschrieben haben könnte?«, fragte er Oma.

Sie schüttelte den Kopf und sah dabei auf ihre gefalteten Hände.

»Aber – jetzt mal ehrlich – Sie müssen sich doch irgendwelche Gedanken machen«, forschte Krämer weiter.

»Lassen Sie sie«, sagte ich.

Krämer und Kempf wechselten einen Blick.

»In diesem Dorf sagt niemand was, hm?«, sagte Kemper. »Wir werden den Mörder trotzdem finden. Denn eine durchtrennte Bremsleitung, liebe Frau Büdenhölzer, ist ein Mordversuch, finden Sie nicht?«

Am Nachmittag fuhren wir über die B8 nach Hennef und dort auf die Autobahn. Es regnete die ganze Fahrt über, das Wasser spritzte über die Fahrbahn und der Scheibenwischer machte ein dunkles Wusch-Wusch.

Köln kam näher, wir sahen schon die hohen Türme des Domes, davor die Hochhäuser auf der rechten Rheinseite. Wir fuhren über die Severinsbrücke über den Rhein, dann die Luxemburger Straße herunter, bis wir rechts abbiegen mussten.

Wir sprachen fast gar nicht. Oma hatte ein paar Sachen eingepackt, Schlafanzüge und so etwas, obwohl Lena dort in einem dieser Krankenhausnachthemdchen lag und die Schlafanzüge nicht tragen würde. Wir parkten in einer Seitenstraße und gingen dann auf das große Klinikgebäude zu. Meine Mutter und Ulf, ihr neuer Freund, standen rauchend davor.

»Mattes«, sagte sie und drückte mich fest. Ich war inzwischen alt genug, um das wieder zu mögen.

»Hi, Ulf.«

Wir gingen zusammen zur Intensivstation, und Oma und ich durften zusammen zu Lena. Rund um ihr Bett klickte und summte es von verschiedenen Monitoren.

Mir war nie bewusst gewesen, wie klein Lena eigentlich war. Jetzt sah ich es. Ihre Augen waren nicht ganz geschlossen, ihr Haar ringelte sich auf dem Kopfkissen. In ihrer Halsbeuge steckte eine lange Nadel mit einem gelben Stecker, aus dem verschiedene Schläuche zu den jeweiligen tropfenden Flaschen liefen. Ihre Beine waren an Gewichten aufgehängt, die am Bettende über Flaschenzügen baumelten.

Oma strich ihr über die Wange, immer wieder.

Ich wollte etwas sagen, etwas, wie, dass sie wieder gesund werden würde. Irgendetwas, doch dann kam ein Pfleger und die Besuchszeit war vorbei.

Später saßen wir in einem Café, das voller Studentinnen war, viele in Lenas Alter, und viele hatten Pullis, Jacken und Mützen an, die Lena auch tragen würde, sie unterhielten sich laut, benutzten viele Fremdwörter, die ich nicht verstand, aßen Croque Monsieur oder einen Salat und ich stellte mir vor, dass Lena sich zwischen ihnen wohlfühlen würde.

Wir saßen wie unter einer großen Glocke, die aus Angst und Sorge gemacht war, rührten in unseren Kaffeetassen, und es gab nichts zu sagen.

Am nächsten Morgen ging ich in Lenas Zimmer und holte ihre kleine Digitalkamera. Ich schloss sie an meinen Computer an und lud die Bilder hoch.

Das Morgenlicht lag auf dem großen Westfenster der Abteikirche von Mariae Gnaden. Die Eingangstür war wie ein dunkles Loch. Ich vergrößerte das Foto und sah mir jedes Detail an. Dann nahm ich mir die nächsten Fotos vor, dann die, die Lena im Inneren der

Kirche aufgenommen hatte. Ich konnte nichts entdecken, das mir irgendwie weitergeholfen hätte. Auch die Aufnahmen des Beichtstuhles halfen mir nicht weiter.

Dann fiel mir auf, dass noch weitere Fotos auf der Kamera waren, die meisten wohl in Koblenz aufgenommen. Lena lachte in die Kamera. Sie trug ihre silberne Regenjacke und Wasser lief ihr übers Gesicht. Ich betrachtete das Bild lange. Jemand, dem Lena vertraute, mit dem sie zusammen lachte, musste es aufgenommen haben. Das nächste zeigte Lena auf einem Wanderweg – es war im Sommer aufgenommen –, die Füße blank und die Turnschuhe an den Schnürsenkeln schwenkend. Wieder lachte sie in die Kamera. Dann sah ich sie, wie sie barfuß in einem Bachbett stand, von einzelnen Blättern beschattet. Dann war da dieser Mann, mit dem sie wohl wanderte, und er grinste in die Kamera. Er hatte eine hohe Stirn, die Haare aus dem Gesicht gegelt und war mindestens zehn Jahre älter als Lena. Was hatte sie nur an ihm gefunden?

Ich vergrößerte das Foto, sodass ich nur noch seine Augen sah, von ersten Fältchen umgeben, und ich musste daran denken, dass er nichts wusste, weder, was sie hier gemacht hatte, noch dass sie jetzt in der Kölner Uniklinik lag. Würde es ihn beschäftigen? Oder würde er die Schultern zucken, froh, Lena los zu sein, ohne dass seine Frau etwas von ihr ahnte.

Ich sah mir das nächste Bild an. Er hatte den Arm um Lena gelegt und fotografierte sie zusammen, indem er die Kamera von ihnen weghielt. Lena schmiegte sich in seine Achsel. Ich mochte mir keine weiteren Bilder ansehen. Ich musste etwas anderes machen, etwas, das mich auf andere Gedanken brachte.

Jemand klingelte und Oma machte auf. Ich putzte gerade den restlichen Schmutz aus dem Keller. Die ganze Kartoffel-Aktion machte mehr Arbeit, als ich gedacht hatte.

Ich wrang gerade den alten Putzlumpen im Eimer aus, als ich leichte schnelle Schritte auf der Kellertreppe hörte. Ich erkannte sie an diesem Geräusch und plötzlich wurde mir schwindelig. Ich stützte mich auf den Stiel des Schrubbers. Ich sah lächerlich genug aus, ohne dass ich hin und her schwankte. Vane legte den Kopf schief und grinste mich an. Sie hatte ihre Schultasche dabei.

»Hi«, sagte sie. »Ich wollte nur mal nach dir sehen.«

Meine nassen Hände versuchte ich an meiner alten Arbeitshose zu trocknen, dabei war aber der Lumpen im Weg. Deshalb schwang ich ihn über die Schrubberbürste. Er verhedderte sich natürlich.

»Hi«, sagte ich. »Ich mache hier gerade sauber.«

»Ja, das sehe ich.«

Vane sah sich in unserem Keller um. Mir war klar, dass für sie der ganze Kram, der hier rumstand, wirken musste, als sei sie in einer Zeitmaschine gefahren: das alte Küchenbüfett, die orangefarbene Kühltruhe, die wir schon hatten, als Opa Hermann noch Kühe hielt, die es aber noch tat, die drei kaputten Stühle, die in der Ecke gestapelt waren, die schmutzigen, getrockneten Jutesäcke, die alte, zerbrochene Kornwaage.

Ich begann weiterzuputzen.

Sie schob sich an die Kühltruhe und wollte sich darauf setzen.

»Nicht, das hält sie nicht aus«, warnte ich.

Vane blieb stehen, an die Truhe gelehnt.

»Kann ich dir irgendwie helfen?«, fragte sie.

»Nein, bin gleich fertig.«

»Das meine ich gar nicht«, sagte sie. »Ich meine, du musst doch …«

»Ich komme zurecht, danke. Ich bin nicht so behindert, wie du denkst. Und du musst mir auch nicht helfen.« Ich war selbst erstaunt, wie heftig ich das sagte. Es tat mir sofort leid.

Mit der Hüfte stieß sie sich von der Truhe ab.

»Oh Mann«, sagte sie. »Ich dachte, wir seien Freunde.«

Ich nahm den Lumpen und tunkte ihn in das schmutzige Wasser. Meine Ohren brannten.

»Oder? Sind wir Freunde?«, fragte sie.

Mein Hals war ganz trocken.

»Ja«, sagte ich und sah meinen Händen dabei selbst zu, wie sie das Wasser mit dem Lumpen aufwirbelten. »Wir sind Freunde.«

Sie stand jetzt ganz nah an mir. Ich hing immer noch mit meinem Lumpen über dem Putzeimer und war nicht mal imstande, mich aufzurichten und sie womöglich zu streifen. Ich konnte die Nähte ihrer Jeans sehen, am Saum war ein Stück aufgeribbelt. Sie legte ihre Hand auf meine Schulter, dann war diese Hand plötzlich an meinem Hals, dann an meiner Wange. Aber ich war einfach zu schüchtern, um diesen verdammten Lumpen loszulassen, den ich abwechselnd ins Wasser tauchte und auswrang.

»Du wolltest mich doch anrufen?«, fragte sie leise.

»Ich weiß, ich bin einfach nicht …«

Sie ließ mich los, und während ich den Lumpen wrang, ging sie die Kellertreppe hoch.

»Und ich bin nicht behindert!«, rief ich hinter ihr her. Verdammt, ich hatte mich schon lange nicht mehr so behindert gefühlt.

»Hier ist Feininger.«

»Oh, hallo«, sagte ich ins Handy. »Ich weiß noch nicht … also, ich habe da ein Problem … ein Autoproblem.«

»Geht's um die Probe?«, fragte er nach. »Deshalb rufe ich ja an. Stell dich einfach an die Hauptstraße, so etwa auf Höhe der Kirche.«

»Hä?«, machte ich.

»Jemand will mit dir reden.« Er prustete, wurde aber gleich wieder ernst. »Alles klar?«

»Nein, nicht direkt«, sagte ich.

»Ach, frag nicht so viel, stell dich einfach zur Kirche. Da wird schon jemand sein, der dich nach Hilgert bringt.« Ich hatte den Eindruck, dass ihm dieser Anruf großen Spaß machte.

»Alles klar«, sagte ich.

Am Abend konnte ich von meinem Standort an der Straße aus sehen, wie Achim ohne Licht vorsichtig aus seiner Garage herausmanövrierte, um dann vor mir zu halten.

Ich fand, dass Achim es nun wirklich übertrieb, schließlich war er kein überführter Pädophiler oder so.

»Hätte dich fast nicht gesehen«, sagte er. »Aber ist gut so.«

»Was soll das?«, fragte ich, während ich einstieg, obwohl ich wusste, was das sollte.

Wir rollten ohne Licht im Leerlauf Richtung Gershan.

»Reine Vorsicht. Und wenn ich jetzt durch Seifert fahre, duckst du dich.« Er machte das Abblendlicht an.

Ich tat ihm den Gefallen. Seifert ist ein Ort, der nicht mal ein gelbes Ortsschild hat, sondern nur ein kleines grünes.

»Hier ist doch kein Mensch«, sagte ich aus dem Fußraum.

Achim schob eine CD ein.

»Hast du Angst?«, fragte ich. »Ich meine, dass du Ärger bekommst?«

»Mattes!« Achim schrie fast. »Ich habe keine Angst um mich. Ich bin in diesem Moment ungehorsam. Ich bin sogar ziemlich eitel. Aber hast du dir schon mal überlegt …« Er holte Luft. »Einmal nur überlegt, dass es nicht ganz ungefährlich ist, einen Mörder zu verfolgen?«

»Das weiß ich, verdammt!«

»Fluch nicht noch! Die Sache ist zu ernst.«

»Pass auf! Du fährst morgen sofort zur Polizei nach Neukirchdorf und erzählst alles, was du weißt. Und danach fährst du nach Köln zu deiner Mutter.« Er schaltete zurück, als wir die Steigung nach Gershan erreichten.

Mir fiel etwas ein.

»Kannst du hier oben mal anhalten?«, fragte ich.

»Warum?«

»Ich will nur etwas überprüfen.« Achim bremste ein paar Hundert Meter vor dem Ortseingang und machte das Licht aus.

Ich stieg aus und sah hinunter ins Tal. Ich konnte die Mühle nicht sehen, dazu war es schon zu dunkel, aber ich war mir sicher, dass man sie tagsüber sehen konnte.

»Wusstest du, dass Jakob da unten in den Achtzigern ein Asylantenheim hatte?«, fragte ich, als ich einstieg.

»Hörst du immer noch nicht auf?«, fragte Achim.

»Vielleicht muss ich viel mehr darüber herauskriegen, wer Jakob wirklich war.«

»Schluss jetzt. Du sollst morgen zur Polizei gehen! Und danach fährst du zu deiner Mutter!«

Achim fuhr los und kurz darauf waren wir in Hilgert.

Der nächste Auftritt des Feininger Quintetts sollte ein weihnachtlicher Jazzabend in der Stadthalle von Neukirchdorf werden. Wir probten deshalb vor allem so etwas wie *O du fröhliche* verjazzt, oder *I'm Dreaming of a White Christmas*. Und zum Schluss ein Medley, das Feininger selbst arrangiert hatte.

Achim saß, wie Lena bei der letzten Probe, an der Seite und hörte uns zu.

»Kann ich es mal hören? Ich meine, den Mitschnitt von dem Abend, als der Mord geschah?«, fragte ich Feininger, der seine Gitarre verstaute.

Er warf Achim einen misstrauischen Blick zu. Achim zuckte die Schultern und verzog gleichzeitig den Mund.

»Klar, wenn du willst.« Feininger suchte am Laptop nach der entsprechenden Datei. »Hier, aber ich habe keine Kopfhörer.«

Der Laptop hatte kleine eingebaute Lautsprecher, aus dem jetzt ziemlich überschlagend der Sopran klang, zusammen mit den Streichern.

»Kann ich das irgendwie leiser machen?«, fragte ich. Ich kam mit dem Touchpad nicht zurecht.

»Aber dann hörst du ja gar nichts mehr.« Feiningers wurstige Finger klickten die Volumen-Anzeige auf.

»Wenn es so von der Lautstärke verzerrt wird, geht es noch schlechter«, erklärte ich.

Feininger schob den Regler hinunter.

Im Hintergrund war leise Achims Stimme. Schuhe, die sich auf dem Steinboden bewegten, viele mit Absätzen. Dazu Gemurmel von Frauen, das langsam lauter wurde, so als näherten sich die Sprecherinnen den Mikrofonen. Sie redeten darüber, dass sie heute Abend nur eine Kleinigkeit auf den Tisch tun würden, ein paar belegte Brote und Gürkchen. Das Mittagessen war zu fett gewesen. Irmgard und Elli, erkannte ich jetzt. Sie schienen sich zu setzen. Ein Fuß trat laut gegen die Kniebank. Im Vordergrund der Aufnahme stand das Orchester auf und machte viel Lärm, und dahinter sagte eine Stimme flüsternd und kaum hörbar: »Der arme Stefan.«

Feininger, Achim und ich unterhielten uns, und von den Aurothern war nichts Genaues zu hören, außer das übliche Scharren und Geraschel, das Leute machen, wenn sie auf die Messe warten. Und dahinter, mit dem bloßen Ohr kaum wahrnehmbar, entfernten sich Schritte. Zwei Personen, beide auf leisen Sohlen. Ich verschob ziemlich ungeschickt den Cursor so, dass ich diese Stelle noch einmal hören konnte.

»Hast du etwas entdeckt?«, fragte Achim.

»Ich weiß es nicht. Ich kann diese eine Stimme nicht erkennen.«

»Welche Stimme?«, fragte Achim. »Ich höre nur Streicher und ein bisschen Gemurmel.«

»Können Sie mir die Datei geben?«, fragte ich.

»Habe gerade keinen Rohling da.«

Ich zog meinen Stick aus der Tasche.

»Bitte«, sagte ich. »Ich glaube, dass das für mich wichtig ist. Und für Lena auch.«

Feininger warf Achim einen Blick zu, als wolle er sich entschuldigen, dann zog er die Datei auf den externen Speicher.

Achim ließ mich etwa einen Kilometer vor Auroth aus dem Auto, sodass ich den Rest zu Fuß gehen musste, wahrscheinlich nicht nur aus Vorsicht, sondern auch als Strafe für meine Dickköpfigkeit, aber das war mir egal, so hatte ich mehr Zeit zum Überlegen und musste mich nicht mit seinen Plänen für mich auseinandersetzen. Ein Juni-Sprühregen hatte eingesetzt und als ich die ersten Häuser von Auroth erreichte, wusste ich schon, was ich in dieser Nacht tun würde.

Zunächst suchte ich alle alten Aufnahmen von Lena zusammen, die sie in einem Schränkchen an der Treppe lagerte. Es waren mindestens tausend. Sie waren auf CD gebrannt, nach Monaten, Jahrgängen und Gemeinschaften beschriftet. Also etwa »Männergesangv. 11/2006«. Ich suchte, bis ich von allen, die mit uns in Mariae Gnaden waren, mindestens eine Aufnahme hatte. Von den Strickfrauen gab es viele, das war kein Problem. Herbert fand ich mehrmals bei den Sportfreunden Sprooltal. Von Oma Burkhart gab es, neben mehreren Aufnahmen des Rosenkranzgebetes, sogar ein Interview von 2005, in dem sie erklärte, wie man früher, also ohne Traktor, Heu machte. Ein Zettel lag darin, mit *Idiotikon* überschrieben, auf dem Lena aussterbende dialektale Wörter notiert hatte. Daneben hatte sie *Mama fragen!* geschrieben. Ich hörte alle durch, und dazwischen immer wieder die Stelle von der Probe, aber die Stimme, die ich suchte, fand ich nicht.

Oma lag längst im Bett, es war nach drei, die Heizung war auf Nachtbetrieb und mir war kalt. Ich ging wieder zur Treppe, um nach weiteren CDs zu suchen.

Durch die Dachluke sah ich von gegenüber ein Licht. Auch Marvin war noch wach. Ich überlegte kurz, ihn anzurufen, aber wahrscheinlich war er betrunken.

Ich hörte ältere CDs, konnte aber immer noch nichts finden. Vielleicht gehörte die Stimme auch einem Chormitglied, dachte ich, und es ging um etwas ganz anderes.

Ich hörte noch einmal, wie die Stimme sagte: »Der arme Stefan.« Es klang so schrecklich herzzerreißend, ich wusste kein anderes Wort dafür. Lena hätte bestimmt erklären können, wie sich der menschliche Stimmapparat hier gerade verhielt. Ich wünschte, sie wäre hier.

Ich legte eine weitere CD ein, eigentlich, um nochmals die Strickfrauen zu hören, und davor war eine Datei mit einer Abstimmung der Waldinteressenten, einer Gruppe von alteingesessenen Aurothern, die den größten Teil des Waldes gemeinsam bewirtschaftet. Mein Onkel Michael – Lena hatte auf die CD mit rotem Fineliner *Michael* geschrieben – sprach in seiner langsamen bedächtigen Art über Möglichkeiten der Mischwaldaufforstung.

»Aber verdienen werden wir dann nichts mehr«, sagte eine Stimme, tief und fest, von sich selbst überzeugt.

Ich hörte mir die kurze Phrase noch einmal an. Es war die Stimme, nach der ich suchte. Er, der tote Jakob, hatte die Worte selbst gesprochen. Auf dem Feininger-Mitschnitt sprach Jakob ganz anders, aus der Kehle und in Panik. Und deshalb erkannte ich seine Stimme erst jetzt, so verhallt, und wenn ich genauer überlegte, so voller Grauen war sie. Trotzdem war ich mir sicher.

17

»Du denkst daran, dass du heute auf Finn und Alexander aufpassen musst?«, fragte Oma. Wir saßen beim Frühstück. Es war nicht mal acht. Ich war noch müde und zuckte mit den Schultern. Sie würde gleich mit Maja nach Köln fahren. Vorher würden sie mich in Gershan absetzen, damit jemand zu Hause war, wenn die Jungs aus der Schule kamen.

»Maja hat Lasagne gemacht, sie steht schon im Ofen.«

»Erzähl mir was über Jakob, ja? Wie war er früher?«

»Ach, der war immer gleich. Immer von sich überzeugt, schon in der Schule.« Oma rutschte von ihrem Stuhl und holte Salami aus dem Kühlschrank. »Hatte ich ganz vergessen.«

Ich schmierte mir Marmelade aufs Brot.

»Und wenn du Majas Rosen schneiden und abdecken könntest, wär das nicht verkehrt.«

»Och, nee? Bin ich jetzt auch schon der Gärtner?«, fragte ich mit vollem Mund.

»Und als Jugendlicher? Hatte er auch ein Moped wie Opa und Stefan?« Oma sah mich scharf an. »Waren die so Halbstarke, oder wie hieß das in den Sechzigern?«

»Halbstarke, Quatsch. Die fuhren mit dem Moped zum Walzwerk, das war im Winter kein Spaß.« Sie legte sich Salami aufs Brot. »Jakob hatte so einen kleinen Käfer.«

»Hm«, machte ich.

»Das war im Winter besser, oder?«

»Die hatten einfach mehr Geld, oder konnten es besser zusammenhalten, was weiß ich.« Oma biss in ihr Brot und kaute.

»Wenn du die Rosen schneidest, achte darauf, dass du nach außen schneidest, ja?«

»Ich kann das, kein Problem. War Jakob auch im Walzwerk?«, fragte ich weiter.

»Nein, der war auf der Ley, bis die dichtgemacht hat. Dann hat er seinen Meister gemacht und ist nach Gabrielsthal gegangen.«

»Was ist das denn?«

»Das war eine große Lokomotivfabrik, hinter Neukirchdorf. Die haben aber vor ein paar Jahren zugemacht.«

»Und wann war das?«, fragte ich.

»Ich weiß es nicht.« Oma zuckte mit den Schultern. »Der war auf der Meisterschule, als sein Vater die Häuser im Neubaugebiet baute. In den Siebzigern. Wir haben uns noch gewundert, woher die das ganze Geld haben.«

»Und? Woher hatten die das ganze Geld?«, fragte ich. »Lass dir doch nicht alles aus der Nase ziehen!«

»Hans wird ein bisschen Entschädigung bekommen haben, aber das war nicht so viel.« Sie stand auf und begann den Tisch abzuräumen.

»Was für eine Entschädigung denn?«, fragte ich. Draußen fuhr ein Auto vor. Das musste Maja sein.

»Warte, Oma. Was für eine Entschädigung?«

»Der war doch im KZ, irgendwo in Norddeutschland. Der arme Kerl, der war gerade mal so alt wie du.« Sie schüttelte den Kopf. »Der ist zu Fuß von der Ems nach Hause gelaufen.«

»Was?«, fragte ich. »Warum?«

»Mattes, ich war nicht mal auf der Welt, als das alles passiert ist. Ich weiß das nicht so genau.«

Maja klingelte.

»Und jetzt hörst du mit der blöden Fragerei auf, hast du das verstanden?« Ihr Mund war ein schmaler Strich. »Überlass das doch der Polizei!« Sie zog sich ihren schwarzen Mantel an.

Ich stutzte die Rosen meiner Tante, backte die vorbereitete Lasagne fertig und nahm die Jungs in Empfang. Dabei hatte ich eine Menge Zeit zum Nachdenken, aber ich kam zu keinerlei Schlüssen. Sie waren aufgeweckt und frech, ganz anders als ich in dem Alter. Nach dem Essen machten sie freiwillig ihre Hausaufgaben, wahrscheinlich hatten sie dadurch, dass ihre Tante Lena im Krankenhaus lag, das Gefühl, keinen Ärger machen zu dürfen, und dann wollten sie Fußball spielen. Ich ging mit ihnen auf den Bolzplatz, einem mit rotem Splitt bestreuten Platz beim Gershaner Kindergarten, gegenüber der Verwaltung der Verbandsgemeinde, und sie spielten zu zweit auf mich als Torwart. Als Markierung der Pfosten benutzten wir ihre dicken Daunenjacken, obwohl ich mir sicher war, dass Maja was dagegen hatte.

Meistens musste ich nur zwischen den Jacken stehen und konnte nachdenken. Je mehr ich über die ganze Sache rauskriegte, desto mehr Fragen hatte ich. Und mit Lena konnte ich nicht reden. Waren diese alten Geschichten denn wirklich wichtig? Ging es nicht eher darum, herauszufinden, wer Lena bedroht und ins Krankenhaus gebracht hatte?

Plötzlich hatte Alexander den Ball am Fuß und lief damit auf mich zu, doch schubste Finn ihn, sodass Alexander ausrutschte und laut eine Gelbe für seinen jüngeren Bruder forderte. Ich beendete die Sache, indem ich ihnen drohte, mit ihnen nach Hause zu gehen und Klavier zu üben. Sie hassten ihr Klavier, das wusste ich. Sie machten auch keine Fortschritte daran, sondern spielten schon ein ganzes Jahr lang irgendwelche Diabelli-Etüden. Als sie das hörten, guckten sie sich missmutig an. Ich entschied auf Abstoß.

»Ich will mindestens einen Freistoß haben!«, motzte Alexander. »Abstoß war das nie im Leben!«

»Her mit dem Ball!«, forderte ich und nahm ihm das Leder ab.

Ich warf den Ball möglichst weit, bis fast zum Verwaltungsgebäude gegenüber, und sie liefen hinterher wie junge Hunde.

Wahrscheinlich hätte ich sonst gar nicht gesehen, dass Marvin in seinem Sportwagen auf den Parkplatz der Verbandsgemeinde fuhr, der hinter dem Gebäude lag. Ich sah auf mein Handy. Es war kurz nach drei. Musste er da nicht arbeiten? Ich behielt den Haupteingang, eine großflügelige Glastür, im Auge, um ihm zu winken, aber anscheinend gab es auch hinten Eingänge, denn Marvin tauchte nicht wieder auf.

Oma und Maja tauchten kurz nach fünf auf, als ich gerade mit den Jungs eine Simpsons-DVD schaute.

»Geht's ihr besser?«, fragte ich sofort.

»Mattes hat vom Fußball überhaupt keine Ahnung!«, erzählte Alexander empört. »Ich hätte einen Freistoß kriegen müssen!«

»Sie können Lena stabil halten. Wir müssen weiter abwarten«, erklärte Maja über den Kopf ihres Sohnes hinweg.

Oma setzte sich nicht. Sie wollte nach Hause. Maja ließ ihre Kinder vor den Simpsons sitzen und fuhr uns nach Auroth.

»Von hier aus kann man die alte Mühle sehen«, sagte ich. »Was Klaus wohl jetzt damit macht?«

Statt einer Antwort fing Oma an zu weinen.

»Ist das wirklich nötig?«, fragte Maja mich. »Musst du es darauf anlegen?« Im Rückspiegel suchte sie meine Augen.

»Oma, wein doch nicht«, murmelte ich. »Es tut mir leid.«

»Ich dachte nur … wenn wir das alles der Polizei erzählen, vielleicht kann die ja …«

»Mattes, sei endlich still!« Maja bremste am steilsten Stück des Gershaner Berges.

»Willst du denn nicht wissen, wer dafür verantwortlich ist, dass Lena …?«

»Ich fänd's besser, wenn du zu deiner Mutter nach Köln ziehen würdest, zumindest für eine Weile.«

»Was?« Ich war entsetzt. »Oma, findest du das auch?«
Oma zog die Nase hoch.
»Ich habe heute mit Andrea darüber geredet. Sie hat ja Platz für dich. Und vielleicht kannst du in Köln auch eine Ausbildung machen«, antwortete Maja. »Es gibt da so Programme von der Arbeitsagentur. Du musst ja mal an deine Zukunft denken.«
»Oma, willst du mich auch loswerden?«, fragte ich.
»Hör auf, Mattes, keiner will dich loswerden. Aber Maja hat recht, du kannst doch nicht immer nur von den paar Euro für deine Musik leben.« Sie putzte sich die Nase.
»Also kann ich bei dir bleiben?«
»Du musst doch was lernen«, wiederholte Maja sich.
»Wenn ich mal nicht mehr bin, Mattes. Davor habe ich Angst.«
Wir fuhren an der Aurother Kirche vorbei. Kurz darauf hielt Maja an unserem Haus und Oma stieg aus. Hinten war die Kindersicherung aktiv.
»Ach so«, machte Maja. Sie stieg aus und öffnete mir die Tür.
»Reg deine Oma nicht so auf, klar?«, flüsterte sie. »Hier läuft ein Mörder durchs Dorf! Glaubst du, dass er ausgerechnet dich verschont?«
»Was weißt du über Jakob? Oder über den armen Stefan? Oder über Klaus?«
Sie sah sich kurz um, so als könne jemand lauschen.
»Dass man sich mit dem Kläuschen nicht anlegen sollte, das kann ich dir sagen. Der war als Kind schon …«, Maja überlegte, was das richtige Wort war. »Erbarmungslos.«
»Wusstest du, dass sein Opa im KZ war?«, fragte ich schnell.
»Quatsch, wer hat das denn erzählt?«
»Oma, heute Morgen.«
»Mattes, hör auf, sie zu löchern! Sonst sorge ich wirklich dafür, dass du nach Köln zurückmusst.«
Sie stieg ohne ein weiteres Wort ins Auto und fuhr davon.

Ich nahm die CD, auf der Oma Burkhart das Heuen erklärte, und das Heimatjahrbuch, in dem ihr verstorbener Mann Stefan abgebildet war. Dann zog ich meine dunkle Hose an, putzte über meine Schuhe und ging drei Häuser weiter den Berg hoch. Es war schon dunkel, als ich klingelte. Durch die verglaste Aussparung in der Haustür konnte ich ein gelbliches Licht sehen.

Oma Burkhart machte mir selbst auf.

»Kann ich reinkommen?«, fragte ich.

»Hab schon überlegt, wann du zu mir kommst«, sagte sie. »Die Polizei war schon da.«

»Ja, bei uns auch. Kann ich reinkommen?«, fragte ich noch einmal.

»Ich wüsste nicht, warum.«

»Ich wollte gerne über Ihren Mann Stefan reden.« Ich zeigte ihr das Foto. »Und ich habe auch was, worüber Sie sich vielleicht freuen. Hier, eine der ersten Aufnahmen von Lena. Sie ...«

»Ihr Büdenhölzersch habt den Arsch immer breiter wie die Hose.« Sie sagte das in breitestem Platt.

»Kann sein. Aber ...«

»Kann nicht sein, ist so. Und jetzt machst du dich weg hier.«

Der große gelbe Hund von Herbert kam in den Flur und schnüffelte an meinem Hosenbein.

»Asta, hier!«, rief Herbert aus der Küche. »Wer ist denn an der Tür, Mama?«

»Wusstest du, dass Jakob als Letztes einen Stefan erwähnt hat?«

»Mama, es zieht!«, rief Herbert. »Asta, komm her!«

»Ich bin's nur!«, rief ich. »Aber deine Mama lässt mich nicht rein.«

»Was hinterm Pflug ist, ist geackert.« Das war wieder auf Platt. Und mit diesem Sprichwort machte Oma Burkhart mir die Tür vor der Nase zu.

Ich hörte, wie sie und Herbert miteinander zankten.

Ich klingelte noch mal.

Oma Burkhart riss die Tür auf.

»Mach dich weg, du …«

»Mama, bitte!«, sagte Herbert. Er kam diesmal in den Flur, seine Asta am Halsband haltend.

»Was willst du denn?«, fragte er mich.

»Das hier! Das ist doch euer Stück Land, oder?«, fragte ich und hielt ihm das Foto hin.

Er kniff die Augen zusammen und musterte das Bild.

»Kann ich das mal haben?«, fragte er. »Das ist tatsächlich der Papa, guck mal!«

Er nahm mir das Jahrbuch aus der Hand und hielt es in das gelbliche Licht des Flures.

Oma Burkhart packte den Hund, damit er nicht rauslief, und ließ dabei die Tür los. Ich schlüpfte schnell an ihr vorbei und drängte mich gegen den Hund.

»Na, komm mal kurz rein!«, meinte Herbert. »Sonst hältst du mich nachher noch für einen Mörder.«

Ich ging hinter ihm her in eine große Küche. Alle Möbel waren in Grau und Weiß gehalten. Über der Eckbank hing eine Luftaufnahme von Auroth.

»Setz dich. Willst du einen Saft? Oder ein Bier?«, fragte Herbert. Er selbst schlabberte einen Schluck von einer bräunlichen dickflüssigen Masse. »Eiweißkonzentrat. Wenn man mal auf die fünfzig zugeht«, sagte er erklärend.

»So, dann frag mal«, sagte er.

»Also, wie war das … die Zusammenlegung damals?«

Er lachte mit verschmiertem Mund.

»Das war nicht zum Lachen. Der hat uns doch, ob er jetzt tot ist oder nicht, übers Ohr gehauen«, sagte Oma Burkhart. Die großen Ohren des Hundes stellten sich auf.

»Willst du jetzt ein Bier?«, fragte Herbert nochmals.

»Gut, gerne.«

»Also, so ganz astrein war das damals nicht mit dem Feld an der alten Eiche. Wir wussten ja nicht, dass das mal Bauland wird. Aber Jakob …« Er zuckte die Schultern. »Als Bürgermeister hatte man da wohl … obwohl, Genaues weiß man nicht.«

»Stell dich doch nicht immer dümmer, als du bist!«, sagte Oma Burkhart. »Der hat uns übers Ohr gehauen!«

»Und dann wurde es so getauscht, dass Jakob unsere Felder bekam. Wir bekamen dafür ein großes Stück, oben am Maibusch«, erzählte Herbert, ohne auf seine Mutter einzugehen.

»Aber das war nicht so gut wie das Bauland?«, fragte ich.

»Sagen wir vorsichtig, nicht ganz so wertvoll.« Herbert schlabberte einen weiteren großen Schluck.

Ich wandte mich an Oma Burkhart.

»Der Vater von Jakob, der hat doch da noch gelebt, oder?«

»Ja, sicher«, antwortete sie. »Der Held!«

»War der wirklich …?«, fragte ich.

»Wenn man ihm glauben will. Wer weiß, wo der sich rumgetrieben hat.«

»Mama, bitte. Der Mann war im Widerstand!«, sagte Herbert und stellte seinen Schlabbertrink auf den Tisch.

»Uns hat er jedenfalls betrogen, er und sein feiner Sohn.«

»Was war das denn für ein Widerstand? Hat er Flugblätter verteilt oder so?«

Oma Burkhart verschob ihren Mund zu einer spöttischen Schnute. Dann sagte sie: »Der soll Russen geholfen haben. In der Aurother Ley. Und ist verraten worden.« Sie schmatzte mit den Lippen. »Angeblich.«

»Von wem?«, fragte ich.

Oma Burkharts Schnute wurde spitzer.

»Das wusste er wohl nicht mal selbst. Er hat nie was darüber gesagt.«

»Aber er kann es doch trotzdem gewusst haben?«, fragte ich nach.

»Glaub mir, Hans hätte was gesagt. Wenn Hans ... der hatte den Leibhaftigen gesehen.«

Ich ging nach Hause und sah die Jahrbücher durch. Eigentlich hasse ich es, zu lesen. Ehrlich gesagt lese ich heute noch, wenn ich unbeobachtet bin, halblaut. Wenn ich es höre, geht es einfach schneller. Zu jedem Flecken, zu jedem Dorf und jeder Hütte des Landkreises, sogar zu bestimmten großen Bäumen, halbvergessenen Gerätschaften, Wörtern und Plätzen fand ich Artikel von irgendwelchen Heimatforschern. Meistens stammten sie von Dorflehrern im Ruhestand, Bürgermeistern oder sonstwie Geschichtsinteressierten. Zu der Zeit zwischen 1933 und 1945 fand ich in zwanzig Jahrgängen genau zwei Artikel. Einer befasste sich mit dem Wahlverhalten um 1933, verfasst von einem Abiturienten aus Etzelbach im Jahr 1992. Ein zweiter mit der alten Synagoge in Hachenberg, in der heute eine Fahrradhandlung untergebracht war. Er stammte von einem alten Lehrer. In einem späteren Jahrbuch fand ich einen Nachruf auf ihn. Blieb nur der Abiturient, der vielleicht etwas über die Aurother Ley wusste. Er hieß Thiemo Christ. Ich notierte mir den Namen und sah zunächst bei Facebook nach. Es gab drei Thiemo Christ, aber keiner hatte je in Etzelbach gelebt.

Ich googelte den Namen, und ich hatte Glück mit einem Telefonbuch-Eintrag in Mainz, den ich auf einer Seite fand, die Internetseiten gestaltete. Ich schrieb mir die Nummer neben den Namen und sah mir weitere Ergebnisse an. Es gab noch zwei weitere Thiemo Christ. Der eine war auf dem Foto, das es von ihm gab, zu jung – der Thiemo, den ich suchte, musste Ende dreißig sein – und der andere forschte an der Sheffield University. Das kam mir unwahrscheinlich vor, trotzdem notierte ich seine E-Mail-Adresse.

Dann googelte ich die Aurother Ley. Es gab von einer Firma namens Basalt-Werke mit Sitz in Kirchberg im Hunsrück einige Fotos, die die erfolgreiche Renaturierung der Aurother Ley darstellten, einen Eintrag des Heimatvereins unseres Landkreises, der sämtliche Inhaltsverzeichnisse der Jahrbücher als PDF-Datei zeigte und mich zu einem Artikel über die Schließung im Jahr 1986 brachte, Hinweise auf zwei Wanderseiten und eine Seite von einem Kleinbahnenthusiasten, der auch über geplante Strecken berichtete. Die Strecke Auroth-Neukirchdorf wurde leider nie eingerichtet.

Ich nahm mir zunächst den Artikel des Jahrbuches vor. Aber darin wurden keine Russen erwähnt.

Die Uhr am Computer zeigte kurz nach zwölf, als ich aufstand und die Jahrbücher in Lenas Zimmer zurücktrug. In Marvins Zimmer war noch Licht.

Januar 2009

Bis Jakob und sein Sohn Klaus zu Marvin kamen, mit Bitten, mit Plänen, reich zu werden, und mit einer Geschichte, die sie ihm erzählten, während er dem Regen zusah, den der Wind auf die Scheibe meines Büros drückte, hatte er nicht viel über Geld nachgedacht.

Aber er begriff, sobald er die Skizzen der großen Windräder sah, dass er Geld sah, pures Gold wie aus einem Märchen, dass er den Wind selbst zwingen konnte, dass er reich werden konnte, da hatte er plötzlich Lust, einmal im Leben mutig zu sein, auf Recht und Gesetz zu scheißen, vom rechten Weg abzukommen und sich Geld zu nehmen, das ihm eigentlich nicht gehörte, das er aber zurückzahlen konnte, mit Zins und Zinseszins.

Und dann würde er reich sein, wie in eine glänzende Rüstung gesteckt, und endlich unverwundbar.

18

Am nächsten Morgen nahmen Oma und ich den Bus, der zweimal am Tag nach Neukirchdorf fuhr. Oma hatte uns Brote eingepackt, und wir kauften uns Kaffee, bevor wir in den Zug stiegen, der uns an der Sieg entlang bis nach Köln brachte. Wir frühstückten, beobachteten, wie der Morgennebel aus den Siegauen stieg, und sagten wenig. In Köln kannte ich mich gut genug aus, um zu wissen, dass wir mit der Neun bis zur Uniklinik fahren konnten.

Dann saßen wir vor der Intensivstation und warteten. Um elf durften wir zu Lena. Sie lag noch immer da, wie schlafend, und Oma hielt ihre Hand. Omas Hand sah rot und rissig aus, und Lenas war rosig mit einem eingerissenen Fingernagel, der blutig verkrustet war. Vielleicht vom Unfall, dachte ich.

Nach einer halben Stunde, in der Oma vor sich hin gemurmelt hatte – ich hatte nur ein paar Mal Lenas Namen verstanden –, mussten wir wieder gehen.

Ich küsste Lena auf die Wange. »Ich schaff das schon«, sagte ich leise zu ihr. Wahrscheinlich konnte sie mich nicht hören.

»Was Neues?« Michael holte uns am Bahnhof ab.

»Nein«, sagte Oma. »Aber auch nichts Schlechtes.«

»Gut«, sagte Michael. »Soll ich euch morgen wieder abholen?«

»Vielleicht will Andrea hin. Sie wollte heute noch anrufen.«

»Gut, sagt einfach Bescheid.« Michael fuhr den Neukirchdorfer Berg hoch und dann über die Schnellstraße. Ich sah Auroth unter uns am Berg liegen, verstreute Häuser an der Hauptstraße, das Neubaugebiet, die Kirche ganz unten im Tal, dahinter der Weg, der zur Ley führte.

Wir bogen von der Schnellstraße ab und kamen an Pauls kleinem Häuschen vorbei.

»Lass mich hier aussteigen, ich muss noch was mit Paul klären, wegen der Probe.«

»Komm doch erst mal mit nach Hause«, meinte Oma. »Du hast doch seit heute Morgen nichts mehr gegessen.«

»Bin in einer Stunde da, dauert nicht lang.«

Bei Paul war die Wirtschaft noch geschlossen, aber die Tür zu seinem Kramladen war offen. Paul stand an seinem Kühlschrank hinter der Verkaufstheke und aß ein Brot mit Käse.

Ich nickte ihm zu. Er nickte zurück und biss von seinem Brot ab.

»Was willst du? Brauchst du was?«, fragte er kauend.

»Ich will nur was fragen«, begann ich.

»Wegen dem Probenraum?«, unterbrach er mich. Dann kaute er weiter und steckte sich den Rest vom Brot in den Mund.

»Nein, es geht um ein paar Leute im Dorf.«

»Das bringt doch nichts«, schnitt er mir das Wort ab.

»Dann kannst du es mir auch sagen, oder? Du bist jedenfalls alt genug, um etwas über die Ley zu wissen.«

»Hm.« Er schluckte.

»Waren mal Russen dort? Zur Nazizeit, meine ich.«

»Ich war sieben, als der Krieg aus war. Was soll ich davon wissen?«, fragte er.

»Hast du Hans Bähner gekannt?«

»Ja, habe ich, natürlich.« Das konnte er auch schlecht leugnen.

»Und?«, fragte ich. »Wie war er?«

Paul humpelte an mir vorbei und kam mit einer Tasse, die er an seiner Kasse stehen hatte, wieder. Er goss sich Milch ein.

»Keiner, der sich hier blicken ließ.«

»Auch nicht sonntags zum Frühschoppen?«

»Der hatte doch ’nen Igel in der Tasche.«

»Also war er geizig? Weißt du, ob er ... also, man hat mir erzählt, dass er den Russen auf der Aurother Ley geholfen hat, aber jemand hat ihn verraten und er ist dafür in ein Konzentrationslager gekommen.«

»Die Leute hatten alle Angst damals«, sagte Paul.

»Was heißt das?«

»Dass du dir nicht vorstellen kannst, was die Leute damals getan haben.« Er nahm einen großen Schluck Milch und spülte damit in seinem Mund herum.

»Was kann ich mir nicht vorstellen?«

Er schwieg und schluckte seine Milch in kleinen, mühsamen Schlucken, so als sei sein Hals ganz verkrampft.

»Also stimmt die Geschichte?«, fragte ich weiter.

»Ich habe nichts dazu gesagt.«

»Wer könnte ihn denn damals verraten haben? Vielleicht wollte Jakob diesen Verräter anzeigen und deshalb ...«

Ich sah Pauls amüsiertes Gesicht und hörte auf.

»Das ist Quatsch, oder?«

»Rechne es doch einfach mal nach!«

Martha Pfeiffer machte mir vorsichtig die Tür auf. Sie trug eine Kittelschürze und in einer Hand hielt sie ein Staubtuch.

»Kann ich reinkommen ...?«, fragte ich. »Ich wollte ein paar Sachen wissen.«

»Ah, so«, machte sie. Aber sie ließ die Tür so weit auf, dass ich in den Flur treten konnte.

»Musst aufpassen, ich habe gerade geputzt.«

Um ihr meinen guten Willen und meine gute Erziehung zu zeigen, bückte ich mich schweigend und zog meine Schuhe von den Füßen. Leider hatte meine linke Socke ein Loch am großen Zeh.

Schuhlos watschelte ich hinter ihr her in die Küche.

»Setz dich«, sagte sie. »Was macht euer Mädchen?« Damit meinte sie Lena.

Ich setzte mich und schob meinen linken Fuß unter meinen rechten.

»Wir müssen abwarten. Sie liegt im künstlichen Koma.«

»Schlimm«, sagte sie. »Was das Ännchen alles erleben muss.« Sie schüttelte mit dem Kopf. Dann dachte sie daran, dass ich wohl auch eines von Ännchens schlimmen Erlebnissen war, und hörte mit dem Kopfschütteln auf.

»Ja, wer macht so was?« Ich sah, dass sie neugierig wurde. Ich redete schnell weiter. »Ich wollte dich eigentlich was ganz anderes fragen. Du warst doch schon geboren, als Krieg war, oder?«

Sie schien zu überlegen, ob sie mit mir reden wollte, um mehr über Lenas Unfall – sie musste es für einen Unfall halten – zu erfahren.

»Als der Krieg aus war, war ich vier«, sagte sie abwartend und faltete ihr Staubtuch zu einem akkuraten Rechteck.

»Und den alten Bähner, also den Hans, den hast du gekannt, oder?«

»Der ist doch erst in den Achtzigern gestorben. Der war doch unser Nachbar«, sagte sie langsam. »Hatte immer alles fein in der Reihe. Aber Jakob war ja genauso.«

»Was mich eigentlich interessiert, ist die Zeit, als er ins Konzentrationslager kam.«

»Was ist denn nun mit Lena? War das kein Unfall?«, fragte sie.

»Die Polizei ermittelt jedenfalls wegen eines …« Ich überlegte, ob ich meinen einzigen Trumpf schon ausspielen sollte. »Also, Lena hat wohl etwas herausgefunden, und ich vermute, dass ihr deswegen jemand an der Bremsleitung rumgebastelt hat.«

»Großer Gott!«

»Und irgendwie hängt das doch mit Jakob zusammen, du weißt doch auch, dass wir …«

Sie stand immer noch, die Hand auf eine Stuhllehne gestützt, und musterte mich bis zu meinem löchrigen Strumpf.

»Was macht denn Maria?«, fiel mir plötzlich ein. »Wüsste sie nicht auch gerne, wer das ihrem Mann angetan hat?«

Es war, als ginge vor Marthas Gesicht ein Rollladen runter.

»Maria ist bei ihrer Tochter.« Sie nickte mit dem Kopf in die Richtung, in der das Haus der Bähners stand. »Da steht alles leer. Und ich weiß nicht, was du von mir wissen willst.«

Ich wusste es selbst nicht, wurde mir auf dem Weg zu Elli klar.

»Ah, Mattes«, sagte Elli, als sie mir die Tür aufmachte.

Sie hielt den Telefonhörer in der Hand. »Und? Willst du bei mir auch ermitteln?«

»Ich … na ja. Dürfte ich reinkommen?«

Sie hob den Hörer ans Ohr. »Ja, ja«, sagte sie hinein. »Jetzt steht er hier.« Dann lauschte sie eine Zeit lang auf das, was anscheinend Martha zu ihr sagte. Ich stand vor der Tür in der Dämmerung und ließ mich von ihr mustern.

»Also gut, aber gleich kommt der Torben vom Martinsfeuer. Dann muss ich gekocht haben.«

Torben war ihr Enkel, einer von denen, die mit lautem Sub-Woofer in einem tiefer gelegten Auto durchs Dorf brettern und sich wahrscheinlich gerade darum kümmerten, dass nichts Lackiertes auf den Holzhaufen beim Neubaugebiet kam.

Ich nickte und ging hinter ihr her in die Küche. Sie machte einen Nudelauflauf.

»Also, was willst du?«, fragte sie und goss weiße Soße in die Auflaufform.

»Ich dachte, du könntest mir ein bisschen von Jakob erzählen, du kanntest ihn doch näher.«

»Warum?«, fragte sie.

»Weil Lena … du hast ja schon gesagt, dass wir ermittelt haben. Lena ist im Krankenhaus und ich« – mir kam da ein ganz neuer Gedanke – »bin vielleicht auch in Gefahr.«

»Dann geh zur Polizei.«

»Da war ich schon. Die haben aber die ganze Zeit gedacht, dass es Bruno war.« Ich stellte mich neben die Arbeitsplatte. »Ich glaube aber, dass es mit etwas anderem zusammenhängt. Mit dem Vater von Jakob vielleicht, oder mit Stefan Burkhart, oder mit dem Stefan, der verunglückt ist, damals.«

»Das sind doch alles alte Geschichten.« Sie öffnete die Backofentür und stellte den Auflauf hinein. Dann drehte sie die Küchenuhr.

»Lena und ich haben in den alten Geschichten gewühlt und dann hat ihr jemand die Bremsleitung angesägt.«

»Lass die Leute in Ruhe, dann passiert so was auch nicht!« Sie sah mich mit verkniffenem Mund an, so als wolle sie ausspucken.

»Aber …«

»Nix aber. Hat sich jemand eingemischt, als eure Andrea plötzlich mit dir dastand?«, fragte sie. »Sind wir zu Ännchen gegangen und haben gefragt, wer dein Vater ist?«

Für einen Moment war ich sprachlos von so viel Dummheit.

»Das ist doch was ganz anders«, sagte ich. »Das ist doch kein Vergleich!«

»Ein jeder kehrt vor seiner Tür, hat genügend Dreck dafür. Das sage ich immer«, presste Elli in tiefstem Platt aus ihrem Mund.

»Aber Lena liegt im Krankenhaus! Und hier läuft ein Mörder durchs Dorf.«

Sie schüttelte sacht den Kopf.

»Ihr Büdenhölzersch, ihr Übergescheiten, ihr wisst das immer alles.« Das Kopfschütteln wurde stärker. »Dann sieh dir doch mal an, wie weit euch das gebracht hat. Eins ist unverheiratet in Köln und schickt ihr behindertes Kind zur Oma, und das andere macht hier alles Mannsvolk unglücklich und hält sich auch noch für wer weiß wen.«

Sie schüttelte immer noch den Kopf, so als könnte sie gar nicht mehr aufhören. »Michael und Maja, die sind schon recht, aber das sind auch die Einzigen.«

Nach dem Abendbrot klingelte ich bei Marvin. Er freute sich, mich zu sehen, und fragte mich über Lena aus, da gab es wenig Neues zu sagen.

Wir setzten uns zusammen in sein Wohnzimmer vor das Papier, das ich ihm aufgemalt hatte. Aus seiner Anlage dröhnte die neue Westernhagen, aber er machte das wenigstens leiser.

Ich schrieb *Hans* über Jakobs Namen, dazu *Aurother Ley, Russen* und *KZ*, und erzählte Marvin davon. Ich erzählte auch von Martha und Elli. Das mit Lena und dem verrückten Mannsvolk ließ ich aber weg. Marvin schob das Papier hin und her und biss auf seiner Unterlippe herum.

»Dann lass uns mal eine Zeitleiste machen«, schlug er vor. Er nahm einen neuen Bogen Papier aus seinem Drucker und legte ihn quer vor sich hin.

»Hans muss etwa zwanzig gewesen sein, das weiß ich von Oma.«

»Also ist er um 1920–25 geboren worden. Wieso war er dann nicht im Krieg, ich meine, an irgendeiner Front?«

Daran hatte ich gar nicht gedacht.

»Stimmt, vielleicht hat die Aurother Ley gar nichts damit zu tun«, sagte ich langsam. »Aber Oma Burkhart hat davon gesprochen.«

»Wie alt ist sie? Wahrscheinlich hat sie alles als kleines Kind gehört und miteinander vermischt.«

»Hm«, machte ich. »Sie wird so um die siebzig sein, oder?«

»Sagen wir mal siebzig. Dann ist sie 1940 geboren und war fünf oder sechs, als Hans zurückkam. Keine besonders verlässliche Zeugin, oder?«

Ich sah auf das Papier, auf dem Marvin herumkritzelte.

»Wir müssten einfach mehr wissen. Aber wen könnten wir noch fragen?«

»Hör mal, ist das nicht ein geiles Riff?« Er machte lauter.

»Ja«, sagte ich. »Ganz gut.«

»Lena mag so Musik ja nicht besonders. Ich kann dir das brennen.«

»Vielleicht versuche ich, diesen Thiemo Christ zu erreichen. Der hat in einem der Heimatjahrbücher mal was über die Wahlen 1933 geschrieben.«

»Wer ist Thiemo Christ?«

Ich erzählte ihm, was ich durch die Heimatjahrbücher und das Internet herausgefunden hatte.

»Du bist ja ein richtiger Sherlock Holmes. Hätte ich nicht gedacht.«

»Aber dir ist doch klar, dass der, der Jakob umgebracht hat, auch Lenas Bremsleitung durchgeschnitten hat, oder?«

Ich sah auf die Papiere vor uns. Selbst wenn eine der alten Frauen Jakob wirklich die Kehle durchgeschnitten hatte, wie sollten sie Lenas Auto manipulieren?

Sommer 1944

Gestapo Koblenz, Lager Börgermoor, später Versen. Manchmal lag Hans nachts wach, wenn der Hunger in seinen Magen biss, und konnte kaum glauben, dass er immer noch lebte.

Früher, daran erinnert er sich, war er der Bruder von drei Mädchen und der Sohn seiner Mutter. Der Geruch von geröstetem Hafer, die Wärme im Kuhstall. Er sagt sich den Namen seiner Mutter, immer wieder, und auch die seiner Schwestern und seiner Cousins und Cousinen, sogar die Namen der Kühe.

Jetzt war er nur noch ein Hautbeutel voller Knochen, verlaust und verfroren stand er breitbeinig mit den anderen da, und sie hoben Dreck aus Löchern, gruben Gräben, schleppten Schienen, taten alles, wirklich alles, nur um dieses Leben zu behalten.

Wenn er abends endlich liegen durfte, machte er schnell die Augen zu und tastete nach etwas, das ihn an sich selbst erinnerte, doch alles, was er fühlte, war sein Bauch, der aufgedunsen war wie von einem verreckten Stück Vieh.

Und dann wurden sie alle aufgestellt, in Zweierreihen mussten sie marschieren. Der Wind brachte Regen über die norddeutsche Tiefebene, und vor Hunger fielen sie mehr, als dass sie gehen konnten. Wie kann das geschehen, fragte er sich, seine Haut hing faltig von seinen Armen und Beinen, als sei er ein alter Mann, dass man so ein Tier wird und immer noch an seinem Leben hängt.

Und plötzlich stand er über einen anderen gebeugt, der auch nur ein Totenschädel war, so wie er selbst, mit pochendem Hunger und Geschwüren auf dem Kopf, und der andere lag unter ihm, war gestolpert und gefallen, und flüsterte etwas, was Hans nicht mehr hören konnte. Er wollte nicht helfen. Nur das aufgeweichte Stück Brot, für das er die Hand des Sterbenden aufbrechen musste, wollte er und dann ging er weiter, er spürte einen Stock von einem, der schlagen durfte, und er durfte sich ducken und weitergehen. Das war alles, was er wissen wollte.

19

»Klar erinnere ich mich! Als Kinder hatten wir Angst vor dem!« Meine Mutter lachte. »Mattes ist am Telefon«, sagte sie vom Hörer weg, wahrscheinlich zu Ulf.

»Wusstest du, dass er im KZ war?«, fragte ich.

»Hm, irgendwie schon.«

»Irgendwie? Wer hat dir das gesagt?«

Meine Mutter überlegte ein bisschen.

»Deine Oma hat immer gesagt, wir sollen ihn in Ruhe lassen, weil er in seiner Jugend so viel Schlimmes erlebt hat. Irgendwie wusste ich das.«

Ich dachte nach.

»Und Herbert Burkhart? Wie war der?«

»Ach, Gott, das Bertchen! Der ging aufs Gymnasium, war ein ziemlicher Streber, immer alles korrekt. Hat mich mal morgens in Neukirchdorf aufgelesen – ich war ziemlich abgestürzt – und mir das Fahrgeld nach Auroth geschenkt. Bertchen war wohl auf dem Weg zur Arbeit.«

»Und sonst weißt du nichts?«

»Der ist zehn Jahre älter als ich, du weißt, wie das ist.«

Das wusste ich tatsächlich.

»Traust du ihm zu, dass er es getan hat?«, fragte ich trotzdem.

»Bertchen?« Andrea dachte nach. »Nein, eigentlich nicht. Aber auch sonst keinem. Was macht denn die Polizei?«

»Keine Ahnung. Im Dorf waren sie schon länger nicht mehr.«

»Vielleicht finden die ja was raus, was du nicht wissen kannst. Ich meine, die haben die richtigen Methoden, um den Tatort zu untersuchen, die Waffe, Blutspuren. Das muss doch ziemlich geblutet haben, oder?«

Ich sagte nichts.

»Bist du noch dran?«, fragte Andrea.

»Ja«, machte ich. »Ich denke nach.«

»Ich fände es besser, wenn du mit dieser Mörderjagd aufhören würdest. Du könntest wieder bei mir wohnen. Und wenn du eine Ausbildung hättest ...«

»Hat Maja mit dir gesprochen?«, unterbrach ich sie.

»Klar. Deine Oma macht sich auch Sorgen.«

»Ich weiß. Aber ich kann jetzt nicht einfach aufhören.«

»Warum nicht?« Andrea wurde lauter.

»Vielleicht wegen Lena. Ich meine, sie liegt da im Krankenhaus ... und ich will nicht einfach so aufgeben.«

»Weißt du, was das Beste ist, das ich gelernt habe? Dass man einfach aufgeben kann.«

»Wie meinst du das?«, fragte ich.

»Dass man nicht auf einem einmal gewählten Weg bleiben muss, ganz einfach.«

»Aber ...«

»Nichts aber. Man muss nicht alles zu Ende machen. Ist gut, wenn man ab und zu an einer Sache dranbleibt. Aber genauso gut ist es, wenn man eine Sache einfach mal loslässt.«

»Hm«, machte ich.

»Vielleicht solltest du dich mal wieder um deine Musik kümmern. Oder um ein Mädchen. Was ist damit?«

»Ach, Mama!«

»Nix, ach, Mama. Versprich mir, dass du über das Loslassen nachdenkst.«

»Worüber soll ich denn da nachdenken? Das Loslassen!«

»Na ja, alles kann man loslassen. Überzeugungen, Dinge, Menschen. Wir hatten hier in der Klinik eine Fortbildung zur Sterbebegleitung. Da hab ich das gehört.«

»Na, supi! Ich will aber noch nicht sterben. Ich will ...«

»Du könntest zum Beispiel deine Überzeugung loslassen, dass du behindert bist. Ich habe auch …«

»Aber ich bin behindert! Ich kann genauso gut aufhören zu glauben, dass D-Dur zwei Kreuze hat.«

Ich hörte, wie Andrea vor sich hin grummelte.

»Vielleicht hat D-Dur nicht immer zwei Kreuze. Oder du bist etwas anderes als D-Dur«, sagte sie. »Versprich mir, dass du darüber nachdenkst.«

»Versprochen«, sagte ich lahm. »Und grüß Lena von mir.«

Ich wusste, dass sie mit Lena reden würde, als sei sie wach, wenn sie sie heute besuchte. Wir legten auf.

Ich wählte die nächste Nummer und musste ewig klingeln lassen, bis jemand abnahm.

»Internet-Pages Christ.« An der Art, wie er das R in seinem Namen rollte, hörte ich sofort, dass er aus meiner Gegend war.

»Hier ist Mattes Büdenhölzer, ich rufe aus Auroth an.«

»Guten Tag, was kann ich für Sie tun?« Er lachte. »Braucht jemand in der alten Heimat einen Internetauftritt?«

»Nein, nein. Ich rufe aus persönlichem Interesse an. Ich habe einen Artikel von Ihnen gelesen. Im Heimatjahrbuch.«

Ich hörte ihn wieder lachen.

»Das ist so lange her, dass es schon gar nicht mehr wahr ist.« Er lachte noch immer. »Da war ich noch Schüler.«

»Sie haben damals über die Nazi-Zeit geschrieben … und da, also es geht um den alten Steinbruch, die Aurother Ley.«

»Hm, die Aurother Ley, klar.«

»Wissen Sie etwas darüber?«, fragte ich aufgeregt.

»War ein sogenannter kriegswichtiger Betrieb, klar, so ab 1941.«

»Was heißt ›kriegswichtiger Betrieb‹? Gab es da russische Gefangene, die …«

»Ja, klar. Wie sollte das denn sonst laufen? Die deutschen Männer waren alle an der Front. Kriegsgefangene, besonders die, die noch arbeiten konnten, wurden dazu eingesetzt, klar. Russen am liebsten zu den gefährlichsten Drecksarbeiten.« Er war plötzlich ernst geworden.

»Und, was geschah mit denen?«, fragte ich weiter.

»Die mussten einfach arbeiten, bis sie umfielen«, sagte Thiemo Christ. »Tot umfielen. Oder auf der Flucht erschossen wurden.«

Ich wusste nichts dazu zu sagen, deshalb schwieg ich.

»War's das?«, fragte er. »Und darf ich auch mal was fragen? Wie sieht's mit dem Mörder aus? Hat die Polizei den schon?«

»Wie, das hat sich schon bis nach Mainz herumgesprochen?«, fragte ich.

»Nein, nein, aber meine Mutter ruft mich sonntags immer an.«

»Ach so«, machte ich. »Den Mörder haben sie noch nicht. Da ist noch etwas … Hans Bähner, der war angeblich …«

»Oh Mann, der alte Bähner, klar. Den wollte ich gerne für meine Facharbeit interviewen. Lebt der noch?«

»Nein, der ist tot. Also, was ich wissen will … war der in einem Konzentrationslager?«

»Ja, zuerst Börgermoor, danach in Versen, einem Außenlager. Habe ich im Archiv in Koblenz in den Akten gefunden.«

»Und der hat den russischen Gefangenen hier geholfen?«

»Ja, deshalb war er dort.«

»Wissen Sie, ob ihn jemand verraten hat? Könnte das sein?«

»Könnte sein. Aber mit mir hat er nicht darüber gesprochen. Hat es überhaupt abgelehnt, darüber zu reden.« Er machte ein schnaubendes Geräusch. »Was hinterm Pflug ist, ist geackert.« Er sagte das in einem tiefen Platt, damit ich wusste, dass er Hans Bähner zitierte.

»Ich weiß.«

»Wieso fragen Sie das alles?«, wollte Christ wissen.

»Der Mann, der umgebracht wurde, war der Sohn vom alten Bähner. Jakob Bähner.«

»Das weiß ich, klar. Und deshalb kramst du in den alten Geschichten?« Er lachte. »Wie war noch mal dein Name?«

»Mattes Büdenhölzer.«

»Okay, Mattes, viel Glück.«

Oma und Renate saßen in unserer Küche. In Omas Hand steckte ein verknülltes Taschentuch, so als habe sie geheult.

Renate hielt ihre schmale Hand auf Omas Unterarm.

»Aber sie lebt doch und sie wird bestimmt wieder gesund.« Ihre Stimme war ganz zitterig und in ihrer schwarzen Trauerkleidung wirkte sie sehr blass.

»Aber sie hat einen Riss in der Lunge, und keiner weiß, wie weit ihr Gehirn …«

»Ännchen, ach, Ännchen«, flüsterte Renate.

Das mit dem Gehirn war mir neu, weder Maja noch Oma hatten mit mir darüber gesprochen.

»Was soll denn aus allen werden, wenn ich mal nicht mehr bin? Das ist verrückt, aber ich frage mich das die ganze Zeit«, flüsterte Oma. »Mattes, der nicht weiß, was aus ihm werden soll. Lena, ohne Arbeit und im Krankenhaus. Was soll denn werden?«

»Das darfst du nicht sagen, nicht mal denken darf man das«, flüsterte Renate.

»Äm«, machte ich. Die beiden schienen mich nicht bemerkt zu haben.

»Was ist mit Lenas Hirn? Wird sie irgendwie komisch werden?«, fragte ich.

»Ach, Mattes, das ist nur etwas, was die Ärzte denken. Lena wird genauso sein wie vorher«, antwortete Renate.

Oma sah sie kurz von der Seite an.

»Sie wissen es nicht. Kann sein, dass etwas …«, sagte sie dann zu mir. »Wir müssen das Beste hoffen.«

»Sie wird wieder ganz gesund.« Renates Stimme wurde unnachgiebig. »Das alles ist so schon schlimm genug.«

»Wer fährt morgen zu ihr?«, fragte ich.

»Andrea hat Frühdienst, danach fährt sie in die Klinik. Michael bringt mich dann am Samstag wieder hin.«

»Am Samstag komme ich mit«, sagte ich.

Den Abend wollte ich damit verbringen, mir einen neuen Song auszudenken, aber ich kam nicht richtig voran. Ich hatte keine richtige Idee, sondern sampelte Sachen aus dem Netz und schnitt sie gegeneinander. Ich machte mir ein Bier dabei auf, und dann noch eins und dann rief ich Suder an, ob wir nicht zusammen zu Paul gehen wollten.

»Felix und ich fahren ins *Starlight* nach Hachberg, kannst ja mitfahren.« Das *Starlight* war eine Mischung aus Kneipe und Bistro, nicht so interessant, wie es klang.

»Kommt Vane auch mit?«, fragte ich.

Suder kicherte.

»Nee, aber Felix' neue Flamme wird wohl da sein.«

Ich sagte einen Moment lang nichts.

»Echt?«

»Live und in Farbe. Und sie ist eine ganz arrogante Bratze.«

»Wieso das denn?« Das Mädchen war mir jetzt schon sympathisch. Felix hatte eine Freundin!

»Also, ich könnt' noch ein paar Bier brauchen.«

»Bin gegen neun da, okay?«

Wir legten auf. Ich zog nichts Besonderes an, schmierte mir aber ein bisschen Gel in die Haare und sprühte mir etwas Aftershave ins Gesicht.

Wir fuhren mit dem alten Kombi von Suders Vater. Felix saß vorne und Suder bemühte sich, ihn über seine Freundin auszuquetschen.

»Verdammt, es ist nicht meine Freundin! Und wenn einer von euch Arschgesichtern irgendwas darüber sagt, wird sie es auch nicht!« Er schüttelte unwillig seine langen Haare.

»Du bist ja richtig …«

Ein Lastwagen kam uns mit Fernlicht entgegen. Geblendet hielt Suder die Klappe.

»Ja, bin ich! Und jetzt fahr mal etwas langsamer, sonst haben wir gleich einen Unfall!« Dann drehte Felix sich um. »Entschuldige!«, sagte er zu mir.

»Schon gut«, sagte ich und nach kurzem Überlegen: »War ja auch gar kein Unfall.«

»Was?«, rief Suder und trat wirklich auf die Bremse.

»Die Polizei hat zu uns gesagt, dass die Bremsleitung angeschnitten war. Und Lena hat Drohbriefe bekommen.«

»Das sagst du uns erst jetzt?« Suder fuhr in Schrittgeschwindigkeit.

»Sie hat versucht, rauszufinden, wer das mit Jakob getan hat.«

»Und was hat sie rausgefunden?«, fragte Suder.

»Jedenfalls genug, um selbst, na ja, du weißt schon …«, redete Felix dazwischen.

»Weiß sie denn, wer es ist?«

»Das hätte sie mir gesagt.« Ich sah aus dem Fenster. Wir fuhren an der Abzweigung zu Mariae Gnaden vorbei.

»Und der Polizei, oder nicht?«, fragte Felix weiter. »Aber sie hat irgendwas getan, was den Mörder auf sie aufmerksam gemacht hat.«

»Also, ich habe ja von Anfang an nicht geglaubt, dass eine von den alten Weibern es war. Jeder wusste doch, wie diese Fahrten ins Blaue laufen. Zum Abschluss geht's immer nach Mariae Gnaden.

Da hat der Mörder dann gewartet.« Suder nickte nach rechts, wo Mariae Gnaden hinter den Hügeln lag.

»Kann sein, ja.«

»Komm, mach mal vorwärts. Wir kommen noch zu spät!«

Suder trat auf das Gaspedal und kurz darauf saßen wir im *Starlight.*

Felix' Neue hatte eine Freundin mitgebracht. Sie sahen beide süß aus, schlank und nett zurechtgemacht. Sie kannten sich alle vier von der Schule und quatschten den ganzen Abend davon. Ich saß daneben und trank Bier. Suder, der ja noch fahren musste, hielt sich den ganzen Abend an einer Cola fest, Felix dagegen bestellte sich einen Whisky und Cocktails für die Mädels. Gegen ein Uhr fuhren wir nach Hause. Bevor wir in das Auto stiegen, knutschte er mit seiner Neuen. Für ihn war der Abend ein voller Erfolg.

»Kannst du mich morgen Nachmittag nach Mariae Gnaden fahren?«, fragte ich Suder, als ich vor unserem Haus aus dem Auto stieg. »Ich muss da was erledigen.«

»Geht es um die Sache mit Lena?«, fragte Suder.

»Hm.«

»Okay, sagen wir drei Uhr?«

Mai 1945

Hans kam in den letzten Maitagen nach Hause. In den Ackerfurchen stand der Regen, die ersten Kartoffelpflanzen reckten sich nach oben und er sah den hellen Himmel, der sich in den großen Pfützen auf den Feldern spiegelte.

Die Haustür stand offen und er ging in die Küche. Er wusste, dass er aussah wie ein Gespenst, er hatte seit zwei Tagen nichts gegessen außer rohe Kartoffeln, überall auf den Straßen gab es Menschen wie ihn selbst, Hamsterer, Schläger, vielleicht Mörder, wer konnte schon sagen, was diese Menschen getan hatten, und sie gingen um wie

Gespenster, wieso sollte er anders aussehen. Und er war trotzdem bis hierher gekommen, und er würde jetzt nicht zusammenbrechen.

Seine Schwestern waren in einem ausgewaschenen Schwarz, so als trügen sie jeden schwarzen Fetzen, den sie im Haus hatten finden können, und er wusste, dass er sich, noch bevor sie ihn erkannten, auf den nächsten Schlag gefasst machen musste.

»Wo ist sie?«, fragte er.

Und seine Schwestern heulten und drückten ihn. Sie wollten, dass er sich setzte, dass er aß, dass er etwas zu ihnen sagte, etwas Versöhnliches, etwas, das ihn zu einem Menschen machen würde, doch er wiederholte noch mal seine Frage.

»Sie hat auf dich gewartet bis zum Schluss«, sagte die Jüngste.

Er drehte sich um, ging durch die offene Haustür, die Häuser entlang bis zur Kirche, und auf dem kleinen Hof dahinter war sie.

Er las ihr Geburtsdatum, ihr Sterbedatum, ein Tag, an dem er irgendwo im Emsland in einer Scheune gewartet hatte, um in der Nacht die Setzkartoffeln von den Feldern zu stehlen, und dann ging er zu Margarete.

»Willst du mich noch?«, fragte er.

Sie sagte Ja.

Er wischte sich über das Gesicht und dann ging er zu seinen Schwestern, um Brei aus geröstetem Hafer zu essen. Eine seiner Schwestern schlug ihm ein Ei hinein.

20

Die Klostergebäude von Mariae Gnaden waren in einem großen L an die Kirche gebaut. Sie waren schlicht und grau verputzt, und hatten in regelmäßigen Abständen große Fenster mit weißem Holz. Das Hauptportal war in der Mitte des L-Strichs. Darüber thronte die heilige Maria, die ihren Schutzmantel über eine Ansammlung von Mönchen gebreitet hielt und lachend auf sie hinabblickte. Links an der Tür befand sich die Klingel, auf die wir jetzt drückten.

Ein Mönch, etwa fünfzig Jahre alt und ohne jedes Haar auf dem Kopf, öffnete uns. Er trug gestopfte Socken in seinen Sandalen.

Ich fragte nach Pater Johannes.

»Pater Johannes ist wahrscheinlich bei seinen Kaninchen.«

»Und, können wir ihn dort besuchen?«, erkundigte Suder sich.

»Ihr müsst einfach um den Seitenflügel gehen und dann noch mal links. Da ist die Gartenpforte.«

»Dankeschön«, sagte ich.

Vor der Gartenpforte, die in die hohe Bruchsteinmauer eingelassen war, stand eine Schubkarre, beladen mit grobem Herbstgras, und eine Sense lag quer darüber.

Pater Johannes öffnete gerade die Pforte.

»Warten Sie, wir helfen Ihnen!« Ich schnappte mir die Karre und fuhr sie hinein. Suder kam hinter mir her.

»Dich kenne ich doch! Deine Schwester macht diese Dialektuntersuchung.«

»Meine Tante, ja.«

»Und? Wo ist sie?« Er sah sich suchend um. »Im Klausurbereich ist es nämlich schwierig mit den Frauen.«

»Sie liegt im Krankenhaus«, sagte ich wahrheitsgemäß.

Pater Johannes' Augen blieben einfach in meinem Gesicht hängen, nicht aufdringlich, nur so, als würde er warten.

»Darf ich ein paar Fragen an Sie stellen? Sie kennen doch die Aurother Ley, oder?«

»Ja, sicher. Ich komme doch aus Etzelbach.«

»Ich weiß. Vielleicht wissen Sie auch, dass es dort russische Kriegsgefangene in der Nazizeit gab.«

»Ich war ab 39 in der Schweiz, in einem Schwesterkloster.«

»Oh«, machte ich enttäuscht.

»Aber meine Familie war natürlich in Etzelbach. Was willst du denn so Dringendes wissen?«

»Wissen Sie etwas über Hans Bähner? Er ist der Vater des Opfers.«

»Aber ja, ein armer Junge. Kam zu Fuß zurück, verbittert, wütend.« Er lächelte traurig. »Hat danach nie mehr Freude gehabt.«

»Wieso war er im Konzentrationslager?«, fragte ich.

»Er hat nur versucht zu helfen, ehrlich. Kam von der Ostfront auf Heimaturlaub. Hatte dort wohl schlimme Dinge getan und ist damit nicht fertig geworden. Da hat er versucht, diesen russischen Jungen auf der Ley zu helfen.« Seine alten verblassenden Augen schauten immer noch traurig. »Seine Mutter hat viel um ihn geweint.«

»Wer hat dafür gesorgt, dass er ins Konzentrationslager kam?«

»Das kann ich dir nicht sagen, Junge.«

»Wissen Sie es nicht oder können Sie es nur nicht sagen?« Ich dachte an das Beichtgeheimnis.

»Ich war in der Schweiz. Ich weiß es wirklich nicht.« Er wusste, worauf ich anspielte. »Irgendwelche Wachposten werden ihn wohl verhaftet haben.«

»Kannten Sie ihn gut?«

»Er war aus dem Nachbardorf, man traf sich auf der Kirmes oder brannte sich gegenseitig das Martinsfeuer ab.« Er lächelte. »Sein

Vater ist früh gestorben und er bewirtschaftete mit seinen Schwestern und seiner Mutter den Hof, kaum dass er aus der Schule raus war.«

»Wieso waren Sie in der Schweiz?«, fragte Suder. »Ist so ein Tausch üblich in Klöstern?«

»Nein, nein«, lächelte er. »Jemand ist in der Nacht zum Abt gekommen und hat gesagt, dass die Nazis mich holen wollten. Da hat der Abt mich in die Schweiz geschickt, bevor ich … ihr versteht?«

»Aber wieso wollten die Nazis Sie holen?«, fragte Suder.

»Ach, wegen dieser Euthanasie-Geschichte, das ist lange her.« Er lächelte immer noch. »Da gab es den kleinen Muus aus Etzelbach, der war nicht ganz richtig im Kopf und den wollten sie nach Hadamar bringen. Wir gingen damals viel in die Nachbargemeinden, um die Messe zu halten. Und da habe ich dann von der Kanzel gesagt, dass in Hadamar Behinderte umgebracht werden. So ein strammer Kämpfer war ich damals.« Sein Lächeln wurde ironisch.

»Und was ist mit dem kleinen Muus passiert?«, fragte Suder. »Ist er umgebracht worden?«

»Nein, der alte Sannert hat sich um ihn gekümmert. Der hatte eine Schussverletzung aus dem Ersten Weltkrieg und war halb taub. Der hat ihn dann mit auf die Ley genommen und da hat er ihm bei den Gefangenen geholfen.«

»Also, der alte Sannert und der kleine Muus waren im Krieg auf der Aurother Ley bei den Gefangenen?«, fragte ich aufgeregt.

»Die haben denen nichts getan, das waren nicht die Aufpasser. Der kleine Muus hat gekocht und der alte Sannert war so eine Art Vorarbeiter.«

»Wissen Sie die Vornamen der beiden?«, fragte Suder.

»Alwin. Alwin Muus hieß der richtig, das weiß ich.« Er überlegte einen Moment. »Aber der alte Sannert? Keine Ahnung, den kannte ich nicht so gut.«

Ich bekam keinen Ton heraus. In Suders Gesicht war nichts zu lesen als reine Neugier. Anscheinend wusste er gar nicht, was uns der alte Pater gerade erzählt hatte.

»So, jetzt könnt ihr mir mal helfen, die Kaninchen zu füttern!«

Er öffnete den ersten Verschlag, in dem ein prächtiges weißes Tier saß. Es war groß wie ein Hund und hoppelte auf den Pater zu.

»Na, komm. Hier gibt es noch mal Gras, bevor es kalt wird«, sagte Pater Johannes zu ihm.

»Das ist ja ein prächtiges Vieh. Wie heißt es?«, fragte Suder und kraulte das Tier hinter den Ohren.

»Johann«, lächelte Pater Johannes. »Es hieß schon so, als ich es bekam.«

Suder steuerte über die Schnellstraße. Ich saß neben ihm und sah hinaus in die Dämmerung.

»Weißt du nun etwas Neues?«, fragte er nach einer Weile.

»Ja, irgendwie schon«, sagte ich.

In meinen Ohren pochte es bedrohlich. Die dunklen Hügel, auf die sich der Abend legte, sah ich gar nicht. Ich wusste nicht, wie und ob ich mit Suder darüber reden sollte. Wusste er wirklich nicht, wer der alte Sannert war? Wahrscheinlich nicht, er war ja auch nicht so oft auf dem Friedhof wie ich, er spielte nicht bei Beerdigungen, hatte nicht das alte Malchen als Nachbarin gehabt. Amalia Sannert stand auf dem Holzkreuz. Klar, ihre Tochter Renate hatte geheiratet und hieß jetzt Schmitz.

Meine Ohren summten weiter, nichts, womit ich nicht umgehen könnte, aber ich musste nun vorsichtig sein, musste eigentlich allein sein und in Ruhe über alles nachdenken. Oder – und das war ganz unmöglich – mit Lena reden.

Ich musterte Suder von der Seite.

»Ich weiß nur noch nicht genau, wie das alles wirklich zusammenpasst«, sagte ich.

»Ich auch nicht«, sagte Suder. »Aber ich find's spannend.«

Er blinkte und kurz darauf fuhren wir an Pauls Kneipe vorbei.

»Lass uns schon zu Paul gehen. Vielleicht kennt der den kleinen Muus oder den alten Sannert.« Heute Abend war Probe.

»Wir bringen aber erst das Auto weg, sonst kann ich wieder nichts trinken.«

Mir fiel etwas ein, was ich Suder schon lange fragen wollte: »Glaubst du, dass Vane jetzt noch an Felix interessiert ist?«

»War sie doch noch nie«, meinte Suder. »Wie kommst du denn darauf?«

»Sie machen eben viel zusammen.«

Suder parkte das Auto vor dem großen Scheunentor. Er stieg aber nicht aus, sondern blickte versonnen durch die Windschutzscheibe in die Dunkelheit.

»Weißt du es wirklich nicht?«, fragte er.

»Was weiß ich nicht?«

»Also, wenn Vane an jemandem interessiert ist, dann ja wohl an dir. Mattes hier, Mattes da, immer wenn du nicht da bist.«

Ich saß da wie verzaubert, eine Hand am Sicherheitsgurt, und lauschte. Nachdem der Motor aus war, knisterte etwas vorne in der Motorhaube. Suder gluckste neben mir.

»Du wusstest das wirklich nicht, was? Heute in der Schule wollte sie zum Beispiel unbedingt wissen, wie lange wir im *Starlight* waren, wer noch da war und so weiter. Dann hat sie genau gefragt, mit wem du geredet hast.«

»Ich habe mit überhaupt niemandem geredet.«

»Hab ich ihr auch gesagt!«, grinste Suder. »Du solltest allerdings langsam mal was machen. Mit ihr ins Kino gehen, oder so.«

»Sollte ich tun, ja.«

Paul putzte gerade den Boden in der Kneipe. Er hatte sämtliche Lampen angeknipst.

»Seid ziemlich früh«, sagte er. »Tretet euch schön die Füße ab!«

Wir wischten mit den Schuhen mehrmals über die Fußmatte. Dann tappten wir vorsichtig bis zum Tresen.

»Machste uns zwei?«, fragte Suder.

Wir warteten, bis das Bier vor uns stand. Paul brachte humpelnd den Putzeimer weg, dann stellte er sich auf seinen üblichen Platz hinter der Theke.

»Noch zwei?«, fragte er, obwohl wir noch nicht ausgetrunken hatten. Mir wurde plötzlich – es lag so etwas in seiner Stimme – klar, dass er Angst hatte.

»Kanntest du den alten Sannert?«, fragte Suder. »Oder den kleinen Muus aus Etzelbach?«

Er nickte und presste gleichzeitig seine Lippen aufeinander.

»Und?«, fragte Suder. »Was haben die auf der Aurother Ley gemacht?«

Suder sah mich auffordernd an, so als solle ich endlich auch was sagen. Ich schüttelte den Kopf. Ich musste das alles erst mal klar kriegen.

»Das wisst ihr doch längst.«

»Hatten die was damit zu tun, dass Hans Bähner … du weißt schon …«

»Nein, das wär im Dorf schnell rund gewesen, nein.«

»Wer sonst?«

»Ich kann euch nichts sagen. Ich weiß es nicht.«

»Wovor hast du Angst?«, fragte Suder.

»Wieso sollte ich Angst haben?«, fragte Paul zurück. Er dachte einen Moment lang nach.

»Der alte Sannert war immer ein rechter Mann. Der hätte niemals einen aus dem Dorf verraten, das glaube ich einfach nicht«, sagte er.

»Schon gut«, sagte ich leise zu Suder. »Hör mal auf, meine Ohren machen nicht mehr lange mit.«

»Und der Muus?«, fragte Suder weiter, als hätte ich nichts gesagt.

»Der schon gar nicht. Der wusste doch, dass er selber wegkommt, wenn er auffällt. Er konnte doch kaum reden.«

»Aber du glaubst auch, dass Jakob wegen dieser Geschichte umgebracht wurde? Wegen etwas, was Jakob selbst gar nicht getan hat«, fragte Suder. Er war einfach nicht zu stoppen.

»Bekommt ihr noch zwei?«, fragte Paul wieder. Er sah über uns hinweg und einen Moment später hörten wir, dass die Tür in unserem Rücken geöffnet wurde. Wir drehten uns um.

»Bruno, besuchst du mich auch mal wieder?«, begrüßte Paul den Busfahrer.

Bruno sah schlecht aus. Er wankte zum Tresen und strich einen Zehn-Euro-Schein darauf glatt.

»Wollten mich dabehalten. Aber mich kann man nicht einsperren«, flüsterte er.

»Machste Bruno mal einen Schnaps«, sagte Suder.

Brunos Kopf drehte sich langsam zu uns.

Ich erwartete, dass er mit irgendeiner ätzenden Bemerkung die Einladung ablehnen würde, aber er sagte nur: »Danke!«

Dann entdeckte er mich und grinste schief.

»Was macht deine Tante?«, fragte er.

»Geht so. Ist noch nicht wach«, sagte ich vorsichtig. »Aber mich interessiert vor allem, wer ihr die Bremsleitung angesägt hat.«

»Hab ich mir gedacht«, sagte Bruno. »Dabei ist der Deibel doch tot.«

»Meinst du Jakob?«, fragte ich.

»Bruno, ist gut!«, wollte Paul ihn zum Schweigen bringen.

»Ja, sicher! Der hat meinen Alten auf dem Gewissen. Und anderes auch. Wenn das stimmt, was dein Pope immer sagt, dann schmort der jetzt in der tiefsten Hölle.«

Ich wollte etwas sagen, aber Suders große schwielige Bauernhand legte sich auf meinen Arm. Bruno trank seinen Schnaps aus.

»Ich weiß nicht, wie er meinen Alten ins Gershaner Altersheim gekriegt hat, der feine Ortsbürgermeister, auf den hier immer alle große Stücke hielten, irgendjemand muss ihm dabei geholfen haben, aber dafür schmort er in der Hölle«, wiederholte Bruno. »In der hintersten Hölle.«

»Er ist betrunken«, sagte Paul.

Es war die schlechteste Probe seit Langem. Wir schrammelten auf unseren Instrumenten herum, als hielten wir sie zum ersten Mal in der Hand, und Felix sang furchtbar sentimental dazu. Wahrscheinlich dachte er die ganze Zeit an das Mädchen aus dem *Starlight*.

Ich konnte nicht anders, ich musste Vane ständig anstarren und an das denken, was Suder über sie gesagt hatte. Ihre dunklen Augen waren meistens auf die Noten vor ihr gerichtet, und ich konnte sehen, was für lange Wimpern sie hatte und wie sie konzentriert ihre Stirn krauszog.

Ich brach *Fairy Tale Bubbles* mehrmals ab, wies Felix auf Feinheiten hin, die ihm zum hundertsten Mal entgangen waren, aber er grinste nur dazu und warf seine Haare in den Nacken.

In Wirklichkeit dachte ich die ganze Zeit an das, was Pater Johannes, Paul und Bruno mir erzählt hatten, aber ich bekam es in keinen Zusammenhang. Und jedes Mal, wenn ich Vane ansah, dachte ich daran, wie es wäre, sie anzufassen. Mir wurde ganz schwindelig davon.

Und dann dachte ich wieder an Lena, die im künstlichen Koma in einem weißen Krankenhausbett in Köln lag, und an Oma, die sich Sorgen machte, und plötzlich wusste ich, mit wem ich darüber sprechen musste.

Marvin hörte wieder die neue Westernhagen. Er hatte sich ein Bier aufgemacht und saß auf seinem Sofa, die Beine weit von sich gestreckt und die Augen geschlossen. Sein weißes Hemd war zerknittert und seine Krawatte lag zusammengeknüllt auf dem niedrigen Tisch vor dem Sofa.

Renate hatte mir die Tür aufgemacht und mich nach oben geschickt.

»Hi«, machte ich und er schreckte zusammen, als habe ich ihn geweckt. Seine Augen, die er nun auf mich richtete, waren gerötet. Er hatte geweint.

»Mattes!«, sagte er und versuchte zu grinsen. »Warst du heute bei Lena?«

»Morgen fahr ich hin. Andrea war heute da.« Ich setzte mich neben ihn auf die Sofakante. »Es ist alles unverändert.«

Er bewegte sich nicht.

»Das ist gut, sagt Maja«, sagte ich, um ihn zu trösten.

»Am Sonntag könnte ich euch hinfahren«, bot er an.

Wir schwiegen eine Weile und lauschten der Musik.

»Bruno ist wieder da. Habe ihn eben bei Paul getroffen.«

Da drückte er auf eine Fernbedienung und es wurde still.

»Hat gesoffen, nehme ich an.«

»Ja«, sagte ich. »Kam, glaube ich, schon besoffen dahin.«

»Der bringt sich noch damit um.«

»Wahrscheinlich.« Ich wartete einen Moment, dann sagte ich: »Er hat gesagt, dass Jakob in der tiefsten Hölle sein müsste …«

»Ist er wahrscheinlich auch.« Er nickte. »Ich bin nicht mehr gläubig, schon als Messdiener war ich das nicht mehr, aber wenn es …«

»Jakob war der Freund von Stefan, oder?«, unterbrach ich ihn. »Deinem Onkel Stefan.«

»Kann sein«, sagte er langsam. Dann schüttelte er den Kopf und sah mich mit seinen geröteten Augen an.

»Als Oma Malchen gestorben ist, hab ich viel an ihrem Bett gesessen. Wir hatten sie aus dem Krankenhaus geholt, damit sie hier in Ruhe sterben kann.« Er blickte mich weiter an. »Hier, zu Hause.«

»Ja, ich weiß.«

»Weißt du, was sie mir da erzählt hat? Und nicht nur einmal, sondern mehrmals.«

Ich wagte nicht zu sprechen. Seine Augen standen voller Tränen, und es kam mir komisch vor, ihn weinen zu sehen.

»Es war kein Unfall! Jakob hat ihn angefahren und ist einfach weiter nach Hause!«

»Wen?«

»Stefan, meinen Onkel Stefan, seinen Freund! Mein Opa hat auf Stefan gewartet und ist nachts unruhig durchs Dorf gegangen. Und mein Opa hat Jakob gesehen, wie er seinen Kotflügel ausgebeult hat, mitten in der Nacht. Den Hammer abgepolstert, und am nächsten Tag hat er seinen Käfer gegen einen Stein gesetzt, sodass niemand die Spuren sehen konnte.«

»Das hat Oma Malchen dir erzählt?«

Marvin schloss die tränenden Augen.

»Ja«, flüsterte er.

»Und warum hat dein Opa Jakob nicht angezeigt? Das war doch mindestens Fahrerflucht.« Hatte es was mit Hans und dem alten Sannert zu tun?«

»Ich weiß es nicht. Er hat angenommen, dass Gott ihn bestraft. Das hat Oma gesagt. Dass Gott ihn bestraft, indem er ihm seinen Sohn wegnimmt.«

Er saß mit geschlossenen Augen da, die Fernbedienung in der Hand. Mit den Zähnen an der Unterlippe machte er ein leises Quietschen.

»Lasst mich am Sonntag mit zu Lena fahren, bitte!«

Er hob den Arm und Musik erklang.

»Ich hab sie so geliebt!«, flüsterte er. »Ich hab immer gehofft, dass sie zurückkommt … und dann passiert dieses Unglück.«

»Wofür? Wofür hat Gott ihn gestraft?«, fragte ich leise, aber Marvin schüttelte nur den Kopf. Vielleicht wusste er es wirklich nicht.

Ich ging nach Hause und kramte in der Mappe, die ich zum Orgelspielen mit in die Kirche nahm. Es waren meist zerknitterte Zettel, auf denen die Nummern von Liedern standen, oder der Gemeindebrief, in dem die Messen und Andachten unterstrichen waren.

Ich fand den Totenzettel von Malchen nicht, aber ich war mir sicher, dass ich einen bekommen hatte. Zusammen mit fünfzig Euro in einem Umschlag mit Trauerrand. Ganz unten in der Mappe lag der Umschlag, jemand, wahrscheinlich Renate selbst, hatte meinen Namen daraufgeschrieben. Ein Pfefferminzbonbon klebte daran. Der Umschlag war leer.

Lena, dachte ich sofort. Sie hatte es vor mir gewusst. In ihrem Zimmer roch es, als habe schon länger niemand mehr gelüftet. Ich suchte auf ihrem Schreibtisch, in den Jahrbüchern, und schließlich fand ich den Totenzettel in dem Schränkchen an der Treppe, in einer CD-Hülle, die anscheinend Aufnahmen von Malchen enthielt.

Auf der Vorderseite war eine Pieta – Maria, wie sie ihren toten Sohn auf dem Schoß hält – abgebildet. Der Totenspruch war aus dem Buch Hiob. *Der Herr hat's gegeben, der Herr hat's genommen, der Name des Herrn sei gelobt.* Ich las ihn mir halblaut vor. Dann las ich die Daten, die dort angegeben waren: *Amalie Sannert, geborene Mockenhaupt, 1925–2009.* Der alte Sannert muss ihr Schwiegervater gewesen sein.

Ich nahm den Totenzettel mit in mein Zimmer, legte ihn auf den Nachttisch neben mich. Plötzlich begriff ich, warum Marvin geweint hatte. Ich begriff, warum Männer überhaupt weinen, denn über meine Backen liefen Tränen und hörten nicht mehr auf.

November 1945

Er war ein Mann aus Knochen, ein Held, einer, dem sie Platz machten, wenn er in die Kirche ging. Die anderen Männer waren noch in Gefangenschaft oder tot oder vermisst, wer wusste das schon?

Wenn jeder an sich denkt, ist an alle gedacht, sagte er, wenn Margarete sprechen wollte, mit ihrem dicken trächtigen Bauch lag sie neben ihm und reihte ihre Worte aneinander.

Was sollte er erzählen? Er war ein Held, ein Held, einer, der dem Tod von der Schippe gesprungen war, einer, dem sie alle noch etwas schuldeten. Und er würde sich das holen, was ihm zustand. Für jeden Tag, an dem der Hunger ihn inwendig gebissen hatte, würde er sich etwas holen.

Und seinen Sohn würde er Jakob nennen, in Gedenken an Esau, der sein Erbe für ein Linsengericht verspielte. Jakob, murmelte er und legte seine Hand auf Margaretes Bauch.

21

Am Morgen – Oma und Michael waren schon unterwegs nach Köln – rief ich bei Vane an. Meine Ohren sausten und brannten und dann ging sie auch schon ans Handy.

»Mattes, hallo!«, sagte ihre Stimme so fröhlich, dass ich fast schon wieder weinen musste.

»Was machst du heute Nachmittag?«, fragte ich sie. »Wollen wir ein bisschen spazieren gehen?«

»Klar«, sagte sie.

»Ich hol dich gegen eins ab. Ist das okay?«

»Ist was passiert?«, fragte sie.

»Nee, nee, ich dachte nur, wir könnten mal wieder spazieren geh'n.«

»Gegen eins, okay.«

Den Rest des Morgens verbrachte ich vor meinem Keyboard und dokterte an einer Nummer herum. Ich hatte noch keinen Text dafür, aber ich machte etwas Leichtes, Klares, wie ein schneeiger Wintermorgen, in strahlendem F-Dur, ganz einfach, ganz schlicht.

Ich aß zwei Brote mit Fleischwurst, duschte und kämmte mich, zog mich dreimal um, bis ich fand, dass ich in allem gleich aussähe, und dann brannte ich die Keyboard-Version für Vane auf CD. Ich hörte sie mir noch ein paar Mal an.

Ich begann, die Bridge des Songs zu verändern, vielleicht war das alles doch zu einfach gestrickt, zu durchschaubar. Irgendwie klang es, als hätte ich es schon tausendmal so oder ähnlich gehört.

Als ich die neue Bridge hatte, gefiel mir der Refrain nicht mehr und ich stopfte ihn mit schwierigen rhythmischen Mätzchen voll, unter anderem mit zwei Fünf-Viertel-Takten. Jetzt hörte es sich so an, als wolle ich mich mit diesem Refrain wichtigmachen. Ich glättete es wieder und ließ es nur bei einem Auftakt. Ich nahm mir die Bridge wieder vor, die nun gar nicht mehr passte, und zum Schluss löschte ich den ganzen Scheiß. Es war Viertel vor eins und ich musste mich beeilen.

»Da bist du ja!«, sagte Vane, als sie die Tür aufmachte.

»Für dich, also, für die Band.«

Ich hielt ihr die CD hin.

»Komm doch kurz rein.« Sie ging einen Schritt zur Seite. »Meine Eltern sind nicht da.«

»Gut.«

Im Flur hing ein großes Gemälde, dick aufgetragene Farben, rot, grün und braun, das nichts Besonderes darstellte.

»Das sieht gut aus«, sagte ich, um etwas zu sagen.

»Hm«, machte Vane. »Hat mein Vater gemacht. Er malte eine Zeit lang ziemlich viel.«

Ich ging näher an das Bild heran.

»Willst du was trinken? Komm doch.«

»Okay«, machte ich. Ich ging hinter ihr her in die Küche. In der Mitte des Raumes stand der Herd, darüber schwebten Regale, die von Seilen gehalten wurden. Vane goss uns Apfelsaft ein.

Zum Garten hin hatte die Küche eine große Fensterfront. Ich nahm das Glas Apfelsaft und betrachtete den Garten.

»Willst du es dir nicht ein bisschen gemütlicher machen?«, fragte Vane. »Komm, wir gehen ins Wohnzimmer.«

Das Wohnzimmer hatte große gläserne Türen zu einer Terrasse hin. An einer Wand war ein Regal mit Hunderten von Büchern. Ich setzte mich auf das Sofa davor.

Neben mir hing ein weiteres Gemälde, ähnlich dem im Flur, nur in Rot und Schwarz gehalten. Die Wand dahinter war leuchtend rot gestrichen. Vane setzte sich neben mich.

»Das ist auch schön«, sagte ich und nickte zu dem Bild.

Vane lächelte. Sie sah mir lange in die Augen und nahm dann noch einen Schluck Apfelsaft. Ich hatte mich bemüht, ihrem Blick nicht auszuweichen, und jetzt brannten meine Ohren vor Aufregung.

»Willst du nicht die Jacke ausziehen?«, fragte sie. Sie stand auf und verließ den Raum. Kurz darauf kam Musik aus den Lautsprechern.

»Ist das gut?«, fragte sie, als sie zurückkam.

»Ja«, sagte ich. Ich hörte ein Klavier, auf dem Akkorde angeschlagen wurden, dazu eine dunkle Stimme, die einer Frau gehörte, eher einem Mädchen.

»Findest du wirklich?«

Vane setzte sich wieder neben mich, diesmal noch ein Stückchen näher. Ich nahm noch einen Schluck Apfelsaft, konnte ihn aber nicht herunterschlucken, denn sie nahm meine Hand und legte so meinen Arm über ihre Schultern. Dann kuschelte sie sich an meine Brust. Ich behielt den Saft im Mund, ich konnte einfach nicht schlucken.

»Ist das gut so?«, fragte sie. »Ich kann dich nicht ansehen, wenn du mir zuhörst.«

Ich brummte etwas. Der Saft stieg mir in die Nase und ich würgte ihn hinunter. Ich wusste, dass sie früher mal Klavierunterricht gehabt hatte. Und ich hatte nicht gewusst, dass sie eine so schöne Altstimme hatte. Ehrlich gesagt, je länger Vanes Stimme aus den Lautsprechern kam, desto ruhiger wurde ich. Es war, als könne nie wieder etwas wirklich Schlimmes passieren.

»Du singst sehr schön«, sagte ich langsam.

Vane kicherte. Plötzlich kam mir das alles ungerecht vor. Wenn ich das alles gemacht hätte, ihren Arm genommen und mich an ihren Brustkorb gedrückt, dann hätte das mit Sex und allem zu tun gehabt. Ich wäre dabei vor Angst gestorben. Und bei Vane wirkte das alles so einfach. Sie konnte gleich aufstehen und dann war das alles nur gemütliches Musikhören gewesen. Ich hoffte, dass noch mehr Nummern auf der CD waren.

Da drehte Vane sich zu mir um und ihr Mund schmeckte nach warmem Apfelsaft, und ich hielt die Augen geschlossen, unfähig, mich zu bewegen, und hoffte nur, dass sie nie mehr damit aufhören würde.

»Denkst du, ich bin behindert?«, fragte ich sie, als ihr Mund sich von meinem löste.

»Jetzt fängt diese Scheiße wieder an«, sagte Vane genervt. »Ja, ich halte dich für einen Voll-Spasti, zu blöd, sich die Schuhe richtig zu binden. Deshalb mache ich das hier auch.« Sie küsste mich noch mal, aber richtig heftig, sodass ich ihre Zahnreihen spürte.

»Komm, fass mich an!«, sagte sie dann und steckte meine Hand unter ihren Pulli. Darunter trug sie nur ein Unterhemd oder ein T-Shirt, dünner Stoff jedenfalls.

»Richtig! Fass mich richtig an!« Sie zog den Stoff aus ihrer Hose und meine Finger berührten ihren warmen Bauch.

»Komm, du Behinderter«, kicherte sie. Und dann zog sie sich mit einer einzigen Bewegung den Pulli und das Unterhemd aus.

Ich lag neben Vane im Bett und die Dämmerung stand blau im Zimmer, als mein Handy ging. Ich ging nicht dran. Kurz darauf klingelte es schon wieder.

»Mach's doch aus!«, murmelte Vane in meine Armbeuge. Sie kuschelte ihren Hintern an meinen Oberschenkel.

Ich langte über ihren nackten Rücken, küsste ihre Schulter und griff in meine Hosentasche. Die Nummer gehörte Achim.

»Moment!«, sagte ich zu Vane. »Es ist Achim!«

»Mattes, kann es sein, dass du den Sankt Martin vergessen hast?«, fragte Achim.

Der Martinsumzug. Ich hatte überhaupt nicht mehr daran gedacht, dass ich beim Kindergottesdienst Orgel spielen sollte.

»Verdammt!«, sagte ich. Ich bekam dafür 15 Euro extra. Und ich konnte ihn nicht mit den Kindern und Laternen hängen lassen.

»Mattes!« Damit meinte er mein Gefluche.

»Ich bin gleich da!«, versprach ich.

Ich sammelte meine Kleidung ein, meine Hose lag vor dem Bett, mein Pulli hing über dem Treppengeländer und meine Unterhose fand ich unter der Bettdecke.

»Weißt du eigentlich, dass ich einmal bis nach der Kirche gewartet habe, nur um dich spielen zu hören?«, fragte Vane.

»Echt? Du warst in der Messe?«

»Nein, ich habe vor der Tür gewartet, bis alle auf dem Friedhof waren, nur du hast noch gespielt.«

»An Allerheiligen?«, fragte ich. »Wieso bist du vor mir weggelaufen?«

Sie zuckte die Schultern.

»Ich weiß nicht.«

Ich konnte ihr natürlich nicht sagen, was für einen Schrecken sie mir damit eingejagt hatte.

»Ich hatte plötzlich das Gefühl, es sei zu … na ja, jemanden zu belauschen.«

Ich setzte mich auf die Bettkante und bemühte mich, sie nicht anzustarren. Unter der Bettdecke war sie nackt, verdammt. Ich küsste ihr Schlüsselbein und danach ihren Nacken.

»Sehen wir uns morgen?«, fragte ich. »Ich rufe dich an, ja?«

Sie räkelte sich unter der Bettdecke und drehte sich zur Seite und die Bettdecke rutschte ein bisschen herunter, sodass ich mehr von ihr sehen konnte. Ich küsste Vane auf den Mund und fast hätte ich meine Klamotten wieder ausgezogen und wäre unter die Bettdecke geschlüpft.

Achim machte die Sache kurz. Er las die Geschichte vom Heiligen Martin vor und segnete die Kinder. Die meisten hatten selbstgebastelte, nicht gerade traditionelle Laternen, es gab ziemlich viele Fische, orange, rot und golden, und eine ganze Abteilung, die Ananas und andere, nicht ganz so gut erkennbare Früchte aus Pappmaschee und Kaninchendraht gebaut hatte. Jedenfalls hatten die Lehrerinnen und Erzieherinnen sich in diesem Jahr einiges einfallen lassen. Ich spielte die Stücke, die Achim immer bei den Kindergottesdiensten hören wollte.

Vor der Kirchentür standen bereits der Sankt Martin und ein paar Jungs von der freiwilligen Feuerwehr. Der zottige Haflinger, auf dem der Heilige reiten sollte, wurde gerade ausgeladen.

Die Blasmusik stimmte das erste Martinslied an – die Instrumente verstimmten in der Kälte – und die Feuerwehrleute und die nicht mehr ganz so kleinen Kinder zündeten ihre Pechfackeln an. Der Martinszug ordnete sich, als der Heilige voranritt.

Ich zog meinen Schal fester. Unter der schiefen Blasmusik konnte ich das leise Wispern von Achims Fackel hören.

So zogen wir durchs Dorf. Viele hatten Lichter in die Fenster gestellt und standen vor ihren Häusern.

Achim und ich hielten Abstand voneinander, ich wollte ihn nicht in Verlegenheit bringen.

Am Martinsfeuer hockte der Bettler und bemühte sich mit dem Heiligen auf dem Pferd die Mantelteilung aufzuführen. Sie hatten Mikrofone und sprachen verzerrt, während schon die ersten Fackeln in den hoch aufgerichteten Holzhaufen geworfen wurden.

Die ersten Holzscheite, und ich bin sicher, dass ziemlich viele Grillanzünder im Holz lagen, knackten, und bald, wahrscheinlich durch den Wind, der kalt von Norden kam, brannte der Haufen turmhoch und grelle Flammen schlugen hoch aus in den Himmel.

Ich sprach mit niemandem. Während ich zusah, ordnete sich viel in meinem Kopf und ich ging allein zurück, noch bevor die ersten Kinder zur Brezelausteilung ins Dorf zurückkamen. In einzelnen Fenstern stand noch ein Licht, aber die meisten saßen schon wieder vor ihren Fernsehern, wie ich am bläulichen Schein erkennen konnte. Auf der Straße war niemand.

Als ich nach Hause kam, wartete das Päckchen auf dem Treppenstein auf mich, genau wie das, in dem die tote Katze gewesen war.

Ich hob den Deckel des Schuhkartons hoch. Darin lag ein Stein und ein einfacher Bogen DIN-A4-Papier.

Komm, wenn du dich traust!, las ich mir selbst halblaut vor. Ich spürte ein dunkles, warnendes Rauschen in den Ohren. Dann nahm ich das Päckchen und trug es auf mein Zimmer.

Dann legte ich die neue CD von Placebo ein, die Lena so gut gefallen hatte, und dachte nach.

Ich erinnerte mich gut an jenen Tag in Köln, als ich am Deutzer Bahnhof zusammengebrochen war, an die Tage danach, als ich wie begraben in grauem Morast der Geräusche auf der Kinderpsychiatrie gewesen war, halb tot, bereit mich umzubringen, sobald es irgendwie möglich war, mir das Hirn zermarternd, um nur irgendeinen sinnvollen Ton zu hören. Ich erinnerte mich an meine Mutter, die kam und nichts sagte, weil sie wusste, dass ich sie nicht hören konnte, allein in dem schallschluckenden Raum, in dem man mir ein Bett aufgestellt hatte, reizarme Umgebung, dann die Tabletten, die Spritzen, die mich wenigstens schlafen ließen. Meine Mutter, deren Tränen ich zu hören glaubte, irre und gefangen in meinem eigenen Kopf, der nur noch Albträume hervorbrachte, schreiend wachte ich morgens auf und wusste selbst oft nicht, dass ich schrie. Es konnte sein, dass ich wieder dorthin musste.

Ich hatte eine Scheißangst, seit ich das Päckchen auf dem Schoß hielt. Ich nahm den Stein und rieb darüber. Es war Basalt. Es war eine Einladung.

Ich schloss die Augen und lauschte Brian Molkos Stimme. Ich würde nie so sein wie er. Ich würde nie ein Bankierskind sein, nie in London ein Konzert besuchen und dort meinen späteren Bandkollegen treffen, nie mit dem Musik Express über meine sexuellen Vorlieben reden, nie in einem Hotelzimmer liegen und mir nachts um drei Rührei bestellen können.

We're still fucking peasants, summte ich leise gegen die Musik an. Lena hatte es gewusst. Wir waren Bauern, armselige Bauern. Ich würde nie reisen, nie auf großen Festivals spielen, nie in einem Schloss leben, Amerika sehen, so etwas eben, was ich auf den Starseiten gelesen hatte. Was auf MTV und Viva kam.

Ich ging runter, wo Oma meine Hosen bügelte.

»Was Neues von Lena?«, fragte ich sie ohne viel Hoffnung.

Oma sah auf und sie lächelte.

»Am Montag wird sie aus dem Koma geholt. Der Lungenriss sieht gut aus, jedenfalls glaubt der Oberarzt, dass man es wagen kann.«

»Echt? Ich kann am Montag mit ihr reden?«

»Na ja, sie wird sehr müde sein. Aber wach ist sie dann.«

Ich brauchte eine Weile, um mich vorzubereiten, dann nahm ich den Stein, warf ihn ins Moos neben den Essigbaum und machte mich auf den Weg zum Steinbruch. Draußen war es überhaupt nicht kalt oder vielleicht kam es mir auch nur so vor. Ich dachte an Lena, an Vane und daran, dass ich mich beeilen sollte.

Ich ging am Pfarrhaus vorbei und in Achims Fenstern war Licht. Ich meinte sogar, durch das geschlossene Fenster das Keith-Jarrett-Konzert zu erkennen, das wir letztens noch zusammen gehört hatten.

Ich nahm eine Handvoll Splitt von der Garageneinfahrt und warf sie an Achims Fenster.

Der Umriss seines Kopfes erschien. Ich winkte ihm zu, er winkte mir zaghaft zurück, und dann ging ich weiter über den Feldweg zur Aurother Ley. Ich hätte ihm gerne erzählt, was mit mir und Vane gewesen war, eigentlich war er der Einzige, dem ich es erzählen konnte, und ich musste darüber kichern, weil er ja katholischer Priester war. Und dass es Lena besser ging. Ich machte mir, während ich über den Feldweg trabte, keine Sorgen mehr. Es würde schon alles gut werden.

Ich kam zum Steinbruch. Das verrostete Gitter, das normalerweise den Stollen versperrte, war weggeschoben, sodass ich wusste, wo ich hinmusste. Ich zwängte mich hinein.

»Bist du schon hier?«, fragte ich in die Stille.

Es roch, als wäre im Stollen vor Kurzem etwas verbrannt worden, vielleicht war es aber auch nur das Martinsfeuer, das auf dem Hügel gegenüber glimmte. Ich leuchtete mit der Taschenlampe, aber ich konnte nichts erkennen.

Ich steckte mir den MP3-Player in die Ohren und startete die Musik, die Vane für mich überspielt hatte, nachdem wir miteinander geschlafen hatten. Dann tastete ich mich langsam vorwärts, die Wände mit der Taschenlampe ausleuchtend. Der Geruch, so meinte ich mich zu erinnern, kam mir von Silvester bekannt vor. Ich war mir sicher, dass ich – hätte ich den MP3-Player für einen Moment aus den Ohren genommen – gewusst hätte, ob ich allein im Stollen war. Aber ich traute mich nicht, meine Ohren hier ohne jeden Schutz zu lassen. Ich musste das hier ohne Gehör schaffen.

Vor mir, nahe an dem Geröllhaufen, der den weiteren Stollen versperrte, war eine Kiste. Ich leuchtete sie mit der Taschenlampe an. Sie war größer als die, die ich vor unserer Haustür gefunden hatte, und mit einem Jutesack, so wie ich ihn für die Kartoffeln benutzt hatte, bedeckt. Ich hob den Sack vorsichtig hoch. Eine alte Kartoffelkiste stand vor mir und sie war bis obenhin gefüllt mit Böllern.

Ich drückte auf Play. Ich lief. Hinter mir donnerte die Kiste los. Vanes Stimme in meinen Ohrenstöpseln wurde zu einem dünnen Faden Nähseide, wie Oma sie benutzte, wenn sie vorsichtig ein gutes Stück flickte. Aber was ist ein so dünner Faden gegen den Krach, der in diesem Stollen gefangen war, von den Wänden und der Decke widerhallte und in meinen Ohren barst?

»Marvin!«, schrie ich. Aber ich durfte nicht schreien. Ich musste mich auf meinen Faden konzentrieren und mich daran entlang ins Freie hangeln.

Hinter mir explodierten weitere Böller, und dann war es da. Das Rauschen in meinen Ohren übertönte alles, sogar die Kracher, die hinter mir losgingen und die Stollenwände abwechselnd in grünes und oranges Licht tauchten. Ich stolperte. Ich verlor die Taschenlampe, als ich versuchte, mir die Ohren zuzuhalten.

»Lena!«, schrie ich. Aber ich konnte nicht so genau sagen, ob ich überhaupt noch schrie, denn die Welt schien aus grauem Morast zu bestehen und langsam an mir hochzusteigen.

Aber der Faden war noch da und ich musste ihm nur folgen. »Komm, du Behinderter!«, hatte Vane gesagt, genauso dunkel, wie sie jetzt in meinen Ohren sang, und gelacht. Ich stellte es mir wieder und wieder vor, ihr Kichern und die schnelle Bewegung, mit der sie ihren Pulli ausgezogen hatte. Sogar an das helle Geräusch dazu konnte ich mich erinnern. Ich konnte mich daran erinnern, wie sie gelacht hatte, als ich ihre Handfläche – ein leichtes Schmatzen – küsste, dass ich selbst kichern musste, weil ihr dunkles, ein wenig struppiges Haar mich gekitzelt hatte, ich konnte mich an den Geruch ihrer Achsel erinnern, an die raue Haut an ihrer linken Ferse, an die Zartheit ihrer Kniekehle. Ich wusste immer noch, dass sie oberhalb ihres Pos zwei winzige Grübchen, dass sie eine winzige Narbe auf dem rechten Schulterblatt hatte. Ich konnte mich erinnern, dass sie zwischen ihren Brüsten anders roch als an ihrem Hals, dass sie winzige lockige Härchen im Nacken hatte und zwischen ihren langen Wimpern ein paar blonde saßen, die man nur bemerkte, wenn man sie küsste und dabei die Augen geöffnet ließ, um glauben zu können, was man alles mit ihr tat. Ihr Herzschlag und ihr Atem waren zwei verschiedene Rhythmen, und mein Herzschlag und mein Atem passten sich ihr an, sogar mein Herzschlag, das war unfassbar gewesen, als ich es gehört hatte, während ich mich auf ihr und in ihr bewegte. In ihrer Kehle war ein Zittern gewesen, und sie hatte mit ihrer dunklen Stimme meinen Namen gesagt, während sich alles in meinen Ohren auflöste.

Das Gitter war inzwischen wieder in seine Verankerung gedrückt. Ich warf mich dagegen.

»Marvin! Was hast du gedacht? Dass du mich mit ein paar Böllern kleinkriegst?«, schrie ich durch die Stäbe in die Nacht.

»Ich war mir nicht sicher«, brüllte Marvin zurück. Er stand neben mir in dem engen Stollen, mit einem professionellen Gehörschutz, und hielt ein Messer in der Hand. Es war ein SKÄRA von IKEA, glaubte ich zu erkennen.

Wahrscheinlich hatten Lena und ich es uns anders vorgestellt, als wir anfingen, mit ihrem Laptop und ihrem Mikro um die Häuser zu ziehen und unsere Vermutungen auf einem Stück Tapete notierten. Wir hatten uns wohl vorgestellt, dass wir zum Schluss zu Krämer und Kempf gehen und ihnen unsere Ergebnisse präsentieren würden. Daraus sollte nichts mehr werden.

Als Erstes riss Marvin mir die Stöpsel aus den Ohren. Vanes Stimme war nur noch verzerrt von weit her zu hören.

Hinter mir explodierte ein Böller und der Schmerz traf mich, als dringe etwas Glühendes in meinen Gehörgang ein.

»Du bist so …«, schrie er mich an. Er konnte sich selbst anscheinend nur schwer hören. »Wie kannst du glauben, dass dich ein bisschen Musik rettet?«

»Und du?«, schrie ich zurück. »Du versuchst Lena umzubringen und heulst nachher darüber!«

Ein weiterer Böller krachte im Stollen los. Ich meinte, er durchstoße meinen Kopf und ließ nichts mehr davon übrig.

»Das war keine Absicht!«, schrie Marvin mich an. »Hörst du mich? Sie hätte es merken müssen, wenn sie, wie jeder andere auch …«

»Keine Absicht! Sieh dir doch mal an, wie sie da liegt, als sei sie tot!«

»Sie hätte am Berg zurückschalten müssen! Da hätte sie bemerkt, dass etwas mit der Bremse nicht stimmt!« Er riss sich den Gehörschutz vom Kopf. Das Messer hielt er immer noch vor meine Kehle. »Das sollte nur eine kleine Warnung sein, damit sie nicht weiter nachforscht!«

»Eine kleine Warnung? Sie hätte sterben können!«, brüllte ich ihn an.

»Und dass der Bus kommt, das konnte ich doch wirklich nicht wissen!«

Wir sahen uns über das Messer hinweg an.

»Ist das das Mordmesser?«, fragte ich. »Wo hast du es die ganze Zeit versteckt?«

»Ich hab's letzte Woche gekauft.«

»Weißt du, dass die Polizei das überprüfen wird?«, fragte ich weiter. Er sah mich immer noch an, jedenfalls glaubte ich das im Dunkeln zu erkennen. Hinter uns war wieder eine Explosion zu hören. Ich taumelte nach hinten wie getroffen. Verdammt, dachte ich. Ich war ja völlig hilflos.

»Und wo hast du das echte Messer? Das Messer, mit dem Jakob getötet wurde?«

Und da wurde mir klar, dass ich heute am frühen Abend schon gesehen hatte, wo das Messer verbrannt worden war. Konnte die Polizei an einem Messer, das sie im Holz des Martinsfeuers fand, genug Spuren finden, um sie zuzuordnen? Vielleicht. Aber bestimmt nicht mehr, wenn es verkohlt war.

Marvin presste mir die Klinge des Messers gegen die Wange.

»Ich fand dich immer …«

»Was?«, machte ich, als käme es noch darauf an.

»Dieses ganze Getue um dich! Das bist du einfach nicht wert! Du bist einfach nur ein bisschen …«, und bevor er das Wort aussprach, lachte er, »… minderbemittelt. Und wie Lena sich immer um dich gekümmert hat! Als hättest du einen Magneten im Arsch!«

Das Messer rutschte ein bisschen näher an mein Ohr und gleichzeitig ging wieder ein Böller los. Ich griff nach oben, in einem dummen Reflex, ich weiß, nur um mein Ohr zu schützen, und dabei erwischte ich die Klinge. Sie schnitt meine Finger auf, als seien es Würstchen.

»Es ist mein Ernst, behinderter Mattes«, flüsterte Marvin. »Das hättest du nicht von dem kleinen Spießer gedacht, hm? Über den du dich immer lustig gemacht hast.«

Draußen knackte ein Zweig, ich war mir ganz sicher, obwohl es in meinen Gehörgängen so schmerzte, dass ich meinte, Blut flösse mir aus den Ohren heraus. Meine Finger spürte ich nicht mehr, es war eher so, als wäre meine ganze Hand eine brennende Fackel. Dann raschelte etwas zwischen den Büschen. Wir waren nicht mehr allein, aber ich wusste nicht, ob Marvin das auch wusste. Wieder knackte es.

»Weißt du, dass Lena am Montag aus dem Koma geholt wird? Und du hast dann ihren Neffen umgebracht«, redete ich weiter. In meinen Gehörgängen echoten die Explosionen. »Sie wird wissen, dass du es getan hast. Weil du ihr, genau wie mir gestern Abend, von Stefans Tod erzählt hast. Sie wird sich das alles zusammenreimen können.«

Ich redete weiter und weiter, damit er nicht hörte, dass sich etwas anschlich, inzwischen war er ein wenig außer Atem, er hatte wahrscheinlich eben noch ein Zigarillo geraucht.

»Als du es ihr erzählt hast, wusstest du gar nicht, dass es mit dem Mord an Jakob zusammenhing, oder?« Ich ließ ihm keine Zeit zum Antworten. »Du hast nur daran gedacht, dass deine arme Oma ihren Sohn verloren hatte und die ganze Zeit damit leben musste.«

Ganz in der Nähe raschelte es wieder.

»Ihr Schwiegervater, der alte Sannert, hatte damals im Krieg Hans Bähner verraten, deshalb hat sie nichts gesagt. Damit es niemand erfährt.«

»Da täuschst du dich, ihr Mann Robert hat Hans verraten, so war das. Hast du doch nicht alles rausgefunden, hm?«, fragte Marvin und zog mit einem leisen Zischen Luft zwischen Zähnen und Unterlippe ein. Ich meinte, genau hinter ihm ein leises Geräusch zu hören, sodass ich hastig weitersprach.

»Kann sein, ja. Und Renate hängt auch mit drin, oder?«

»Wenn du wüsstest, was die Bähners alles bekommen haben«, zischte Marvin weiter. »Nicht nur, dass Jakob nie bestraft wurde. Du kannst dir nicht vorstellen, wie der alte Bähner war!«

»Er hat Renate dazu gebracht, was an der Zusammenlegung zu drehen. Sie arbeitet doch bei der Verbandsgemeinde, oder? So hat er Burkharts Feld bekommen, und ich bin mir sicher, dass er sie auch gezwungen hat, ihm bei der alten Mühle zu helfen.«

Marvin sah zu Boden. Er zischte nicht mehr.

»Und dann ist Jakob zu dir gekommen, am Tag, bevor er ins Blaue gefahren ist, hat alte Rechnungen aufgemacht und wollte Geld.«

»Ja, Klaus war auch dabei. Sie wollten Geld für eine Windkraftanlage hier oben auf den Höhen, aber so viele Sicherheiten hatten sie einfach nicht! Ich kann das Geld von der Bank nicht einfach gegen nichts verleihen!«

»Und da hast du beschlossen, dass der ganze Spuk ein Ende nehmen muss!«

Er sah zu Boden.

»Ja, ich habe ihm aufgelauert, als er …«

Er lügt, dachte ich plötzlich, ich war mir ganz sicher. Er log. Und er würde mich auch nicht töten. Ich hörte es im Zittern seiner Stimmbänder.

Meine schmerzenden Finger ließen sich ganz vorsichtig bewegen.

Hinter ihm, auf der anderen Seite des Gitters, hörte ich Achims sonore Stimme, ausgebildet und gewöhnt über Tod und Schuld zu sprechen.

»Marvin, hör jetzt auf!«, sagte er ganz ruhig. »Leg das Messer weg. Lass Mattes in Ruhe.«

Achim drängte sich zu uns, ohne Angst, und leuchtete in Marvins Gesicht. Marvin weinte schon wieder.

Die Polizei kam mit dröhnenden Motoren und Blaulichtern, mit Scheinwerfern, die über die Hügel strichen. Sie waren Hunderte. Im Dorf hörte ich plötzlich Gebell, Autos, die angelassen wurden, Rufe, was denn los sei, und noch mehr Lärm, auf den ich nicht weiter achtete.

Ich winkte mit meiner Taschenlampe den ankommenden Polizeiautos zu. Meinen Schal hatte ich um meine blutende Hand gewickelt. Es war nichts, jedenfalls nicht so schlimm, wie es sich zuerst angefühlt hatte. Am Feldweg bremsten sie und ich konnte erkennen, dass Leute ausstiegen. Sie schienen bewaffnet zu sein.

Durch ein Megafon sagten sie uns, dass wir die Waffen fallen lassen sollten.

»Wir warten hier auf Sie!«, schrie Achim ihnen entgegen. Hinter ein paar Polizisten, die sich in ihren Körperpolstern kaum bewegen konnten, erkannte ich den kahlen Kopf von Krämer.

»Werfen Sie die Waffen weg!«, schrie der Kommissar noch mal in sein Megafon.

»Wir sind unbewaffnet!«, schrie Achim. Er nahm Marvin das IKEA-Messer ab und warf es in die Büsche.

»Was hast du ihnen denn gesagt, dass sie hier mit Hundertschaften anrücken?«, fragte ich ihn.

»Dass es ein Notfall ist! Als ich die Knallerei im Steinbruch hörte, war mir klar, dass das mit deinen Ohren ... und mit dem Mörder zu tun haben würde«, sagte Achim über Marvin hinweg.

»Und wieso bist du mir gefolgt?«, fragte ich.

Auch Marvin drehte den Kopf in Achims Richtung.

»Ich dachte, du hättest die Steinchen geworfen, um mich mit dir zu treffen ...«

Die Polizei war wohl eher erstaunt, einen heulenden Marvin, Achim, der ihm einen Arm um die Schultern gelegt hatte, und mich, mit der Taschenlampe winkend, anzutreffen.

»Ich war's! Ich habe Jakob Bähner ermordet«, sagte Marvin zu Kempf, der sich daraufhin triumphierend zu Krämer umdrehte. Krämer verhaftete ihn ganz offiziell. Marvin sah uns dabei nicht an. Er ging, gebeugt wie ein alter Mann, zwischen ihnen und ließ sich in ein Polizeiauto helfen.

»Und?«, fragte Achim mich, als wir endlich mitten in der Nacht allein vor dem Pfarrhaus standen. »Fühlst du dich wie ein Held?«

»Er war's nicht«, sagte ich zu Achim. »Er hat gelogen.«

»Warum sollte er lügen?« Achim schüttelte den Kopf.

»Kann ich mit reinkommen?«, fragte ich. »Ich würde dir gerne etwas vorspielen.« Ich hielt meinen MP3-Player hoch.

Achim sah mich einen Moment an, er dachte vielleicht an seinen Bischof und das alles, aber dann nickte er.

»Warum hast du der Polizei nicht gesagt, dass er lügt?«

»Weil Krämer nur an Computeranalysen glaubt. Und die kann er ja nun von Marvin machen.« Ich holte tief Luft und sah Achim nachdenklich an. Er hatte mir immer geholfen, dachte ich, er war ein echter Freund.

»Und außerdem wird die, die er die ganze Zeit schützen will, es gar nicht zulassen.«

»Ja, das weiß ich«, sagte Achim langsam. Er zog seinen Haustürschlüssel hervor.

»Na, komm, ich mache eine Flasche Wein auf.« Wir gingen rein ins Warme, ich machte es mir in dem Sessel bequem, in dem ich immer Musik hörte, und sah Achim zu, wie er meine Hand säuberte und verband.

Er lauschte der Musik, die von meinem MP3-Player über seine Anlage kam.

»Das ist meine Freundin«, sagte ich und musste grinsen. »Ist sie nicht toll?«

Gegen drei Uhr am Morgen ging ich – Vanes Stimme im MP3-Player – nach Hause. Ich dachte an sie. Endlich hatte ich richtig Zeit, um nur an sie zu denken. Ich würde sie morgen anrufen, ich würde sie wieder küssen, würde wieder in ihrem Bett liegen. Ich würde etwas für sie schreiben, etwas Explizites, eine Nummer, bei der allen klar würde, dass ich sie für Vane geschrieben hätte. Sie würde besser werden als alles andere. Und wir – die Band – würden damit zu Antenne 222 gehen und den verdammten Wettbewerb gewinnen.

August 1969

Die Angst ließ Robert in dieser Nacht keine Ruhe, immer wieder stand er auf und ging über die Dorfstraße, auf der noch die Hitze des Sommers stand, auf seinen Sohn wartend.

Und nachts – später – sah er dann Jakob, den Freund, verstohlen und hastig schlug er mit einem Hammer, mit Lumpen umwickelt, auf den Kotflügel seines Käfers ein.

Aber das Gesicht von Jakob war ernst und grob, und die Angst lähmte ihn.

Und so saß er da, als endlich die Nachricht kam, dass sein Sohn nicht mehr lebte, wie ein verdorrter Baum, der mit wenigen Axthieben umgeschlagen werden kann, und er weinte nicht. Der Herr selbst hatte ihn gestraft.

Seine Frau schrie, seine Tochter auch, und er hatte nichts mehr zu denken, als dass er nun niedergedrückt wurde von einer strafenden Faust, und er wünschte sich, mehr als seinen Sohn, jene Nacht im Mai zurück, in der er hätte schweigen müssen.

22

Gegen drei Uhr am Morgen drehte ich meinen Haustürschlüssel im Schloss. Ich stieß die Tür auf und blinzelte in den hellen Raum. Sie warteten auf mich, Oma und Renate.

»Mattes!«, sagte Oma, aber ich sah an ihr vorbei. Renate beobachtete mich aufmerksam, sagte aber nichts, gab auch keine Erklärung, warum sie mitten in der Nacht in unserer Küche saß. Sie hatte auf mich gewartet.

»Sie haben Marvin verhaftet«, sagte ich zu ihr. »Er hat alles zugegeben.«

Oma setzte sich langsam zu ihrer Freundin.

»Das hat er nicht, der dumme Junge!«, sagte Renate leise.

»Ich hab es selbst gehört«, sagte ich. »Glaubst du mir nicht?«

Renate zog ihre Ärmel bis über ihre Handgelenke, so als sei ihr kalt.

»Ich muss was tun«, flüsterte sie. Sie biss sich auf die Unterlippe und nagte daran herum, aber sie quietschte nicht so wie ihr Sohn damit.

»Aber warum denn?«, fragte Oma. »Soll das etwa heißen, dass er auch Lena … ich dachte immer …«

»Ja, das heißt es, begreif es doch endlich!«, sagte ich zu ihr. »Und mir hätte er heute Nacht auch fast die Kehle aufgeschnitten!«

»Marvin ist kein Mörder!«, sagte Renate in einem neuen Ton. »Und du bist jetzt endlich mal still. Ich muss nachdenken.«

»Aber bestimmt hat er Lena nicht in Gefahr gebracht, bestimmt nicht!« Oma sah in Renates weißes Gesicht, als würde sie von dort eine Antwort bekommen.

»Ach, Ännchen, du weißt so vieles nicht. Und das war auch besser so.«

»Was meinst du?«, fragte Oma. »Marvin hat doch nichts damit zu tun, oder?«

»Zuerst nicht. Zuerst war es eine Sache zwischen mir und Jakob. Aber irgendwie hat der dumme Junge das alles rausgekriegt.«

Oma betrachtete ihre Freundin weiter.

»Nein, Renate, sag das nicht! Sag nicht, dass du …«

Renate seufzte.

»Ich geh jetzt und weck meinen Mann, damit er mich nach Neukirchdorf fährt. Ich lass doch meinen Jungen nicht allein.«

Sie drückte sich an Oma vorbei. Oma versuchte sie zurückzuhalten.

»Hör auf, Ännchen, ich hab gedacht, ich könnte es so endlich beenden. Und sieh dir an, was daraus geworden ist. Dein Kind im Krankenhaus, meins im Gefängnis, und dabei wollte ich doch nur, dass es … er sollte einfach aufhören.«

»Ich weiß nicht, wovon du redest!«, sagte Oma, aber ich hörte, dass sie log.

»Jakob wollte Marvin in alles reinziehen, da konnte ich nicht länger stillhalten, verstehst du?«

Oma kniff die Augen zu, so als könne sie Renates Anblick kaum ertragen.

»Mit dieser verrückten Windkraftanlage, die sie da oben bauen. Sie hatten sich völlig verkalkuliert. Marvin sollte Geld bei der Bank unterschlagen. Er wäre dann genauso erpressbar gewesen wie ich. Da habe ich nur noch …«

Oma kniff die Augen weiter zu, so als könne sie so nichts hören. Aber sie bekam natürlich jedes Wort mit.

»Hans und Jakob haben alles von mir bekommen, ihren Bauplatz an der alten Eiche, die Mühle vom Rühmert, nur damit sie nicht erzählen, dass es mein Vater war, der Hans damals ins Konzentrationslager gebracht hat.«

Renate stand auf und packte meine Oma an den Schultern.

»Jakob hat Stefan damals angefahren, verstehst du? Und hat Fahrerflucht begangen. Mein Vater hat sich nicht gewehrt, hat es als Strafe …« Renate holte Luft und packte Oma fester. »Verstehst du! Alles haben sie von uns bekommen!«

Oma nickte langsam. Sie hielt die Augen immer noch gesenkt.

»Aber mein Kind sollte er nicht kriegen, den sollte er nicht in seine schmutzigen Geschäfte hineinziehen. Das habe ich ihm gesagt, immer wieder.«

»Ist gut«, flüsterte Oma. Sie hob langsam die Arme und drückte Renate an sich. »Ich versteh's ja.«

»Aber wie hast du's angestellt?«, fragte ich leise. Zuerst dachte ich, Renate hätte mich nicht gehört, doch dann sah sie mich an und ihre Augen waren auf eine merkwürdige Art klar und die Stimme, die aus ihrer Kehle kam, genauso:

»Mit meinem Küchenmesser, das hab ich mir ganz scharf gemacht, wie früher zum Schlachten. Und ich hatte einen alten Frisierumhang mit, wegen dem Blut.«

»Und?«, fragte ich weiter.

»Ist verbrannt. Ich habe das Zeug ins Martinsfeuer geworfen«, sagte Renate.

Oma drückte ihre Freundin fest, wie zum Abschied. Dann ging Renate, um ihren Mann zu wecken und nach Neukirchdorf zu fahren.

Ich sah zum ersten Mal, wie viele graue Strähnen Oma in ihrem blonden Haar hatte und wie viele Falten sich um ihre Augen und ihren Mund in ihre Haut gedrückt hatten. Sie war alt geworden und ich konnte nicht anders, ich wollte sie trösten und ihr über die grau gewordenen Locken streicheln und über ihr kleines Ohr, das mit ganz zarter Haut überzogen war. Es kam mir vor, als könne ihre Haut jederzeit reißen, als könne überhaupt alles an ihr irgendwie kaputtgehen und ich müsse sie vorsichtig anfassen und dabei auch beschützen.

Am nächsten Tag kamen natürlich alle zu mir. Die Ersten, die ich in der Trainingshose empfing, waren Krämer und Kempf. Ich ging vor ihnen her ins Wohnzimmer und setzte mich auf die Couch.

»Darf ich mich setzen?«, fragte Krämer.

Ich nickte in Richtung Sessel. Kempf ließ sich in den anderen fallen.

Sie schwiegen eine Weile. Dann fragte Krämer mit einem Blick auf den großen Aschenbecher aus gelblichem Glas, ob er rauchen dürfe, und zündete sich eine Zigarette an.

»Wie bist du darauf gekommen?«, fragte er. »Ich meine, nun ja … sie sagt nichts.«

»Ich habe mich umgehört«, sagte ich unbestimmt. »Und Lena hat gemeint, wir müssten beim Motiv ansetzen. Danach habe ich dann gesucht.«

»Hm«, machte Krämer. Kempf zog ebenfalls eine Zigarette hervor und zündete sie an. Er pustete den Rauch aus.

»Und? Was war das Motiv?«, fragte er.

»Sie wissen es wirklich nicht?«, fragte ich. »Kann ich auch eine Zigarette haben?«

Ich paffte ein paar Züge und betrachtete die beiden, wie sie da in den abgewetzten Sesseln saßen und mir zuhören mussten.

»Sie wollte ihren Sohn schützen, natürlich. Sie wollte die ganze Geschichte endlich beenden.« Ich machte die Zigarette aus. »Und es wäre ihr ja auch fast gelungen.«

»Welche Geschichte?«, fragte Krämer.

Und dann erzählte ich ihm endlich alles.

Gegen Mittag – ich hatte gerade die Kartoffeln aufgesetzt und humpelte in der Küche herum – klingelte Achim.

»Lässt du mich rein?«, fragte er. Er war noch nie bei uns gewesen.

»Ich wollte nach deiner Oma sehen.«

»Sie schläft«, sagte ich. Oma lag wirklich noch im Bett.

»Dann warte ich.«

»Ihr geht es nicht so gut. Vielleicht kannst du ein andermal wiederkommen?«

»Ich will sie nichts fragen, oder so«, erwiderte Achim. »Ich bin hier, um ihr meinen geistigen Beistand anzubieten.«

»Ach«, machte ich blöde.

»Vielleicht hilft es ihr ja, mit mir zu beten.«

»Vielleicht.« Was sollte ich dazu sagen?

Achim setzte sich an den Küchentisch.

»Was gibt es denn?«, fragte er, als er sah, dass ich kochte.

»Kartoffelpüree, Spinat und Spiegelei.« Ich nickte in die Richtung von Omas Schlafzimmer. »Das mag sie gerne.«

Achim lächelte mich an.

»Du bist ein guter Junge, weißt du das?«, meinte er. »Zumindest kümmerst du dich um ihr leibliches Wohl.«

»Ja«, sagte ich.

»Ihr habt einen schönen Garten«, fing Achim an.

»Den muss ich noch umgraben, bevor der erste Frost kommt«, sagte ich und goss die Kartoffeln ab. Dann gab ich Butter und Sahne dazu und begann, sie zu stampfen.

»Hm«, machte er. »Hat mein Vater früher auch immer gemacht. Tut dem Boden gut.«

Achim sah mir zu, wie ich den Spinat mit Muskat und Pfeffer würzte.

»Du wärst ein richtig guter Koch«, sagte er.

»Ich war mal in einer Großküche. Habe dort ein Praktikum gemacht. Nach zwei Tagen musste ich aufgeben, weil es zu laut war.«

»Hm«, machte er. Er betrachtete immer noch den Garten.

»Ich habe mit dem Bischof gesprochen. Und ihm gesagt, dass ich sein Verbot für unsinnig halte und so weiter.«

»Heute Morgen?«

»Ich hab's gestern Nacht schon seinem Sekretär erzählt. Nachdem die Polizei Marvin mitgenommen hat, habe ich angerufen und ihnen erklärt, dass ich für alle meine Schäfchen da sein werde.«

Ich musste grinsen, obwohl ich das Bild vom Schäfchen nicht mochte.

»Und? Kommt ihr wieder? Ich meine, in den Kirchenkeller?«

»Klar, was denn sonst?«

Achim grinste auch, dann wurde er wieder ernst.

»Weißt du, ich habe die ganze Zeit viel nachgedacht. Ist es nicht so, dass ein Verbrechen den Verbrecher auch verletzt? Ich meine, Renate ...« Er verstummte, weil Oma mit zerknautschtem Gesicht in die Küche kam. Sie trug noch die Kleidung von gestern Nacht.

»Frau Büdenhölzer«, sagte Achim. »Wie geht es Ihnen?«

Oma zuckte die Schultern.

»Ich dachte ... nun, vielleicht sollten wir miteinander beten ...« Er wedelte mit den Händen ein bisschen in der Luft herum.

Oma wurde ein bisschen rot, aber sie nickte zögernd.

»Ich würde gerne für Renate beten, und für Marvin und für Peter.« Dann sah sie, dass ich gekocht hatte. »Aber zuerst sollten wir etwas essen. Kommen Sie, Mattes ist ein guter Koch.«

Vane klingelte am Abend bei uns an der Tür, ich hatte gerade ein Schmerzmittel genommen wegen meiner angeschnittenen Finger, und noch bevor ich mir eine Hose anziehen und nach unten gehen und so verhindern konnte, dass sie mich in meinem alten Kinderzimmer sah, waren ihre Schritte schon auf der Treppe zu hören.

»Mattes?«, fragte sie.

Ich zog den Reißverschluss hoch und riss die Tür zu meinem Zimmer auf. Im dunklen Treppenhaus sah ich zuerst nur ihre Hand, die auf dem Geländer tastete, dann ihr strahlendes Gesicht und ihren glänzenden Pony. Ich spürte ein Grummeln in meinem Bauch. Ich bin verliebt, dachte ich, und gleichzeitig war mir Vane so vertraut, die Art, wie sie grinste, die Bewegung ihres Kopfes, mit der sie sich den Pony aus den Augen schüttelte, einfach alles an ihr.

»Schön, dich zu sehen«, sagte ich. Wir saßen nebeneinander auf meinem Bett und sahen uns an. Ich meinte das wortwörtlich.

»Heftige Sache ... obwohl, ich weiß gar nicht, was ich sagen soll. Heftige Sache trifft es ja nicht so ganz.«

»Ich weiß es auch nicht.« Dann fiel mir etwas ein. »Komm mal mit.«

Wir gingen in Lenas Zimmer, ließen das Licht aber aus.

Gegenüber war das Fenster von Marvin. Wir konnten sehen, dass eine kleine Lampe brannte.

»Er ist nicht da«, sagte ich langsam. »Vielleicht ist es Peter.« Ich mochte gar nicht daran denken, wie ich Peter jemals wieder begegnen sollte.

Vane nickte.

»Du fühlst dich beschissen, hm?«, fragte sie.

»Ich weiß es nicht«, erwiderte ich ehrlich. »Ich sage mir die ganze Zeit, dass ich wütend sein sollte. Wegen Lena.«

»Man kann sich nicht aussuchen, was man fühlt, oder?«

»Ich glaube ihm. Es war total idiotisch von ihm, die Bremsleitung zu manipulieren. Aber vielleicht wollte er wirklich nur, dass Lena sich aus der ganzen Sache raushält.«

»Vielleicht«, sagte Vane. »Aber er hätte doch auch ...«

»Mit Lena reden?«

»Ja«, meinte Vane.

Wir blickten weiter auf das Fenster von Marvin.

»Wie sollen wir denn alle hier weiterleben?«

Vane legte ihren Arm um meine Taille und zog mich zu sich. Ich steckte meine Nase in ihren Nacken und roch an ihren Haaren.

»Irgendwie, irgendwie leben wir hier weiter«, sagte Vane.

»Wollen wir uns in mein Bett legen und ein bisschen kuscheln?«, fragte ich sie.

Suder fuhr mich zu Pater Johannes. Es war ein kalter regnerischer Novembertag und ich meinte, dass Schnee in der Luft lag.

Wir trafen ihn bei seinen Kaninchen. Er trug einen alten Mantel und an den Füßen hatte er mit Schlamm bedeckte Gummistiefel. Seine hellen Augen sahen uns unter einem speckigen Hut an.

Wir begrüßten uns, und er führte uns zu einem Unterstand, unter dem er auch das Heu für seine Tiere lagerte.

»Durch Sie bin ich darauf gekommen«, sagte ich ihm. »Sie haben mir die Namen genannt.«

Er nickte und zupfte dabei an einem Heuballen.

»Ich wollte mich bedanken.« Ich wusste nicht genau, was ich erwartet hatte, aber Pater Johannes sah mich nur an und sagte nichts.

»Wenn Sie nicht …«

»Ich habe lange über alles nachgedacht, weißt du. Und dann dachte ich, dass die Wege des Herrn …« Er zuckte die Schultern und klappte sein Taschenmesser auf. Er schnitt die Heukordeln durch.

»… unergründlich sind?«

»Ja«, machte er einfach. Er lächelte uns mit seinen hellen Augen zu und nickte lange. »Und je mehr ich nachdenke, desto verschlungener werden die Wege.« Er grinste breiter. »Dann ist wieder alles ganz einfach. Gelobt sei der Herr.«

Suder sah mich an, aber ich wusste, was der Pater meinte, und nickte auch.

»Wie hat Renate es angestellt?«, fragte Suder mich auf der Heimfahrt. »Das frage ich mich die ganze Zeit.«

»Sie hatte einen ihrer Friseurumhänge dabei. Und das Messer muss sie auch in der Handtasche gehabt haben.« Ich lauschte dem dunklen Quietschen des Scheibenwischers und dem Wasser, das unter den Reifen wegspritzte. »Die hatten ja alle ihre großen Handtaschen dabei, für Brote, Schirme und alles Mögliche.«

»Aber wenn die Polizei in die Handtaschen geschaut hätte? Was dann?«, fragte Suder.

»Ich glaube, Renate war fest entschlossen, Jakob umzubringen. Sie hat dieses Risiko in Kauf genommen, um Marvin zu schützen.«

»Hm«, machte Suder.

»Sie haben wohl tatsächlich Reste eines Plastikvorhangs und ein SKÄRA-Messer im Martinsfeuer gefunden. Jedenfalls haben sie das bei Paul erzählt, gestern Abend.«

Das Wasser stand auf der Fahrbahn und zischte unter den Rädern, als wir darüber hinwegfuhren.

»Renate wird Jakob herausgelockt haben, sie muss irgendetwas über ihren toten Bruder gesagt haben, und dann hatte sie das Überraschungsmoment auf ihrer Seite.«

Wir fuhren über die Schnellstraße und sagten nichts mehr, bis wir Auroth sahen.

»Ist unglaublich, nicht wahr?«, meinte Suder. Ich blickte auf das Dorf im Regen. In Gedanken gab ich Suder recht.

Lena konnten wir gegen Abend besuchen. Oma, Andrea und ich musterten sie. Ich zumindest versuchte es ziemlich unauffällig zu machen. Sie sah aus, als hätte sie mindestens zehn Kilo abgenommen. Ihr Hals war sehnig geworden und ihre Augen lagen in großen dunklen Höhlen.

»Wie läuft's?«, fragte sie leise.

»Gut«, sagte Andrea, bevor ich etwas sagen konnte. »Alles gut.«

»Wo ist Marvin?«, fragte Lena. Ihre Stimme war kaum zu verstehen. »Wartet er draußen?«

Oma und Andrea wechselten einen Blick.

»Er kommt später mal. Morgen, oder so.«

Ich wollte etwas sagen, aber der Absatz meiner Mutter drückte sich auf meine Zehen.

»Jetzt werde erst mal gesund, ja?«, sagte Oma.

Lena schaute mich an.

»Was macht Krämer?«, fragte sie mich. »Gibt es was Neues?« Sie flüsterte.

»Nichts wirklich Neues«, log Oma.

»Wie geht es dir denn überhaupt?«, fragte Andrea. »Hast du starke Schmerzen?«

»Geht so. Das Atmen tut ziemlich weh.« Lenas Kopf sank tiefer in die Kissen. »Und ich bin müde. Dabei habe ich wirklich viel geschlafen.«

Oma strich über Lenas schmales Handgelenk.

»Dann mach ein bisschen die Augen zu. Alles andere hat Zeit.«

Lena schloss die Augen und auf Zehenspitzen verließen wir ihr Zimmer.

»Irgendwann müssen wir ihr alles erzählen«, sagte ich, als ich mit meiner Mutter und Oma vor der Uniklinik stand.

»Irgendwann. Nur nicht heute«, sagte Andrea. Wir wechselten einen Blick.

»Aber du gefällst mir wirklich gut. Du wirkst heute ganz erwachsen.«

»Ist er ja auch.« Oma wuschelte mir durch die Haare. »Und er hat eine Freundin.«

»Echt? Das freut mich für dich.« Andrea wollte mir ebenfalls durch die Haare wuscheln, ließ es dann aber.

»Ja«, sagte ich.

Danke:

Meine Kindheit und die Geschichten, die mir in dieser Zeit erzählt wurden, sind der Steinbruch, aus dem ich diesen Text abbauen konnte. Deshalb möchte ich vor allem meiner Mutter danken, von der ich meine Leidenschaft fürs Erzählen habe und von der die größten Brocken stammen.

Mir ist es leider unmöglich, alle Quellen zu nennen und mich bei ihnen zu bedanken. Ich war, als ich diese ganzen Geschichten hörte, ja noch ein kleines Kind, und von vielen weiß ich nicht mal genau, ob ich sie gehört oder mir er- oder weitergesponnen habe.

Auf einen realen Menschen bin ich allerdings gestoßen, dessen Geschichte unbewusst in den Text eingeflossen ist und den ich später wiedererkannt habe:

Dr. Eberhard Hoffmann (geb. 1878), Abt in Marienstatt, musste tatsächlich 1936 aus seinem Kloster fliehen, um nicht von den Nazis verhaftet zu werden, und starb 1940 in der Schweiz.

Trotzdem muss ich natürlich sagen, dass es das Dorf Auroth und die Aurother Ley nicht gibt und nicht gegeben hat, auch wenn viele Menschen, die mich kennen, bestimmt Gesteinsbrocken oder doch zumindest Splitter von alten Geschichten wiedererkennen werden.

Folgende Personen haben mir außerdem bei diesem Text geholfen und ich bin ihnen zu großem Dank verpflichtet.

Die erste Idee zu diesem Text kam mir, als ich meine Mutter in den frühen Neunzigern auf einer Pilgerreise im Bus nach Rom und Assisi begleitete. Daher danke ich natürlich allen Mitpilgern, die mich inspiriert haben.

Alexandra Legath von der Literarischen Agentur Weniger hat mich – wie immer – gut beraten und vertreten.

Für die musikalische Unterstützung war vor allem Mark Gätjens zuständig, von dem ich viel über Popmusik gelernt habe.

Die Teilnehmer und Teilnehmerinnen des Drehbuchcamps in Wiesbaden, die für mich »Bus gefahren« sind, waren eine große Hilfe.

Mattias Mattheis danke ich dafür, dass ich mir seinen Namen ausleihen durfte.

Dorothee Hasskamp, Dr. Ullrich Brinkmann und seine Tochter Paulina, Monika Labudda, Monika Bücker, Ute Kuhn-Steinbach, Isabelle Fladl und René Schlender haben den Text unter verschiedenen Aspekten gelesen und mir wertvolle Hinweise gegeben. Euch allen gilt mein aufrichtiger Dank!

Den größten Dank schulde ich meiner Lektorin Susanne Bertels, die sich mit Engagement und Sachverstand um Mattes Abenteuer gekümmert hat.

Düsseldorf – Hamburg – Kausen bei Betzdorf
Agnes Hammer

Das Herz schlägt bis zum Hals

Agnes Hammer:
Herz, klopf!
280 Seiten, ISBN 978-3-8390-0104-2

Mitten im Getümmel des Düsseldorfer Straßenkarnevals wird ein Mädchen entführt: Franka, 13 Jahre, eher unscheinbar, aber sehr begabt. Franka schreibt Gedichte, sehr emotional und fast apokalyptisch, und tauscht sich per Internet mit anderen Jugendlichen darüber aus.

Im krassen Gegensatz dazu steht ihr Alltag in einem sozial eher schwachen Stadtviertel Düsseldorfs, mit ihrer alleinerziehenden, arbeitslosen Mutter. In der Schule wird die blasse Franka häufig gemobbt, wäre da nicht Lissy, die Starke, die auch schon mal zuhaut, wenn ihr einer dumm kommt.

Aus irgendeinem Grund fühlt sich Lissy für Franka verantwortlich. Als Franka verschwindet, macht sich Lissy auf die Suche nach ihr. Während die Polizei noch glaubt, dass Franka einem Serientäter zum Opfer gefallen ist, checkt Lissy Frankas E-Mails und findet heraus, dass sich Franka am Tag ihres Verschwindens mit einem gewissen »Erlkönig« verabredet hatte. Und weil Lissy nicht locker lässt, weiß sie auch bald, wer der Erlkönig ist und wo er Franka versteckt haben könnte. Was Lissy nicht weiß, ist, dass der Erlkönig auch sie selbst schon lange beobachtet.

script5